坪田譲治名作選

坪田理基男・松谷みよ子・砂田　弘　編

風の中の子供

松永禎郎・絵

小峰書店

坪田譲治名作選

風の中の子供——目次

正太樹《しょうたき》をめぐる……5
コマ……19
一匹の鮒《ふな》……25
お化けの世界……41
風の中の子供……85
随筆・評論
三重吉《みえきち》断章……218
私の童話観……238
論争よ起れ……250
童話の考え方(1)(2)(8)……258
坪田譲治によせて
神秘派作家の風貌……小川未明《おがわみめい》 274
わが師「風の中の子供」……壺井《つぼい》　栄《さかえ》 278

坪田先生のこと……椋《むく》 鳩十《はとじゅう》 282
聞き書き譲治文学……前川康男《まえかわやすお》 286
引揚《ひきあげ》少年の坪田譲治……五木《いつき》寛之《ひろゆき》 296
坪田譲治文学賞　受賞の言葉
太田《おおた》治子《はるこ》……300
李《イ》 相琴《サンクム》……302
森《もり》 詠《えい》……304
坪田譲治の文学への歩み……坪田《つぼた》理基男《りきお》 308
魔性の時代――坪田先生との出会い……松谷《まつたに》みよ子《こ》 314
思いだすままに……あまん きみこ 320
いただいた宝物……沖井《おきい》千代子《ちよこ》 326
解説　譲治文学の魅力・活力・魔力……紅野《こうの》敏郎《としろう》 332
坪田譲治略年譜……338

正太樹《しょうたき》をめぐる

平原の村に一本の松の樹《き》が生えていた。

古い松の樹で、幹《みき》には荒《あら》いウロコのような皮の上に乾《かわ》いた苔《こけ》が生えていた。頂《いただき》は高い秋の空の上に聳《そび》え、幽《かすか》な風にも針《はり》のようなその葉を震《ふる》わせて、低い厳《おごそ》かな音を立てていた。秋の白い雲はその上を飄々《ひょうひょう》として飛んでいた。

松の根許《ねもと》は樽《たる》のように太くて、しっかり土の中に入っていた。夏にはその土から蟬《せみ》の幼虫《ようちゅう》が穴《あな》を開けて出て来て、幹に登り殻《から》をぬぎ棄《す》てた。秋になってもその干枯《ひから》びた蟬殻《せみがら》は荒い樹の皮の処々《ところどころ》に残っていた。

ある秋の午後、一人の子供がその幹に片手《かたて》をかけ、グルグル樹の周囲を廻《まわ》っていた。子供は学校の帰りで、身体の半分もあるようなカバンを背中《せなか》に掛《か》けていた。廻《まわ》る度にそのカバンの中で弁当箱《べんとうばこ》がカチャカチャと音を立てた。それでも子供はわざと音を立てるように、ずり下がった袴《はかま》の裾《すそ》を蹴《け》って、サッサと歩き続けていた。

子供は正太《しょうた》。正太の家は直《す》ぐ彼方《むこう》にあった。クルリと樹《き》を一廻りすると、彼方に見えるのが正太の家だ。白壁《しらかべ》の土蔵《どぞう》、茅葺《かやぶき》の大きな屋根、築地《ついじ》の塀《へい》に、屋根のある門。クルリと廻ると、正太の家。正太はそれが面白い。隠《かく》れたと思うと、また出て来る家。自分の家、母の家、弟の家、お爺《じい》さんの家。クルリ、クルリ、隠れたと思うとまた出て来る家、正太の家、正太の家。何度廻っても面白い。次から次へ、何度でも出て来る家、正太の家。

先刻《せんこく》まで正太は学校にいた。学校の時間は永《なが》かった。何時《いつ》も、何時も、いや、生れるときから斯《こ》うして家を離《はな》れて、永年教室にいるような気がして来た。こんなにして家を離れて学校にいる間に、お爺さんもお母さんも、歳《とし》をとって、白髪《しらが》になって死んでしまうのではあるまいか。教室の午後正太のいつもする心配である。今日もまた、その心配が始まった。

これからいつ迄《まで》たったら家に帰れるのだろう。正太はもう帰れないのかもしれない。だって、机《つくえ》の上に窓《まど》からさし込《こ》んでいる日影《ひかげ》は光も弱く、斜《なな》めになって机の端《はし》に一寸《いっすん》ばかりさしているきりだ。もう日の暮《く》れるのも近い。

習字の時間だが、書いても書いても鈴《すず》が鳴らないのだ。窓《まど》の外の空は蒼《あお》く遠く澄《す》み渡《わた》り、その空の遠い処《ところ》、玩具《おもちゃ》のように小さく空が地上に近づいている処、そこに正太《しょうた》の村が小さく可愛《かわ》ゆく浮《うか》び上って見えるではないか。遠くからは竹藪《たけやぶ》に埋《うま》って見える村。その屋根の上に、空際《そらぎわ》に高々とさしあげられた柿《かき》の枝《えだ》に粒々《つぶつぶ》になって見える柿の実の数々。また、その空に砂《すな》を投げたようにバラバラと小さく飛んでいる小鳥の群《むれ》。

やがて、正太の心に一本の柿の樹《き》が活動の大写しになって近づいて来た。曲りくねって高く空に跳《は》ね上った枝の上に、テラテラ光る一つの柿の実がなっている。それを枝をゆりゆり一羽《わ》の鴉《からす》がつついている。鴉の嘴《くちばし》は馬鹿《ばか》に大きい。枝が鴉の重みで大きくゆれると、鴉は黒い翼《つばさ》を拡《ひろ》げバサバサとそれを動かす。

コラッ
と、正太は呼《よ》んで見たい。そんなにハッキリと、眼《め》の前に明るい空際に、鴉は浮んで見える。だが、樹の下には子供がいる。二人も三人も。彼等《かれら》は長い棹《さお》をもってためつすがめつ葉蔭《はかげ》の柿を狙《ねら》っている。そこへ一人の子供が走って来る。それは善太《ぜんた》だ。善太は金輪《かなわ》を廻《まわ》している。

シャンシャン、シャンシャンシャン

金輪《かなわ》の音は今この教室で習字をしている正太《しょうた》の耳に響《ひび》いて来る。善太《ぜんた》は今柿《かき》の樹《き》の周囲を廻《まわ》っている。何度も何度も廻っている。金輪の輪は円くその線は鉛筆《えんぴつ》でひいた紙の上の筋《すじ》のように細い。空中に消えそうにさえ思われる。だが、それを廻す善太の姿《すがた》の快《こころよ》さ。

「あいつ金輪は上手だ」

善太は村の道を走り出した。

「あいつ何処《どこ》へ行くんだろう」

善太は道を遠くへ、金輪を廻して走り去った。小さくなるまで、家の蔭《かげ》に隠《かく》れる迄《まで》、正太は善太の後姿《うしろすがた》を追いつづける。

友達は村でこんなに遊んでいるのに、先生は教壇《きょうだん》の上で椅子《いす》に腰《こし》をかけて、何か小型の書を読んでいる。先生があんなにして書を読むので、尚《なお》さら時間が永《なが》くなるのだ。

「帰りたいなあ」

先生の様子を眺《なが》めると、こんな言葉が正太の心を衝《つ》きあげて来た。そこで、正太は筆を投げすて、ゴシゴシと墨《すみ》をとってすり出した。

「アッ、半鐘《はんしょう》だ、火事だな」

正太は耳の中でカンカンという音を聞いたように思って、此時《このとき》墨の手をとめた。耳をすました。

と、音は幽《かすか》に、そして遠く、やがて何処《どこ》かへ薄《うす》れて消えた。それなのに今度は遠い空の下で火の見の上で黒い小さい半鐘《はんしょう》がカンカンカンカンと物狂《ものぐる》わしく暴《あば》れ出した。ああして半鐘は鳴っているのだ。キットああして鳴っているのだ。

煙《けむり》！

正太《しょうた》は窓《まど》を見た。遠くにムクムクと白い煙が上っていた。

ウチだ。正太のウチだ。

正太は眼《め》の前に真紅《まっか》な火を見た。それから、怒《いか》り、わめき、荒《あ》れ狂《くる》うているものが眼に映《うつ》った。

ウチだ。

正太の家が燃《も》えている。燃えながら家は怒っている。燃えながら、家は戦っている。火と、風と、煙と、炎《ほのお》と、火の渦巻《うずまき》と、煙の渦巻と。怒り、わめき、荒れ狂うて——。

ゴ——、ゴ——、ゴ——ッ

と、いう音を正太は耳にするように思った。だが、もう火事は止《や》んでいた。そこは早や焼跡《やけあと》だ。黒い黒い焼跡だ。方々にいぶっている灰《はい》。ただようている煙。処《ところ》で何とそこの明るくなったことだろう。窓が開いたように、明るい空虚《くうきょ》が出来たのだ。風もそこを自由に吹《ふ》いて行くだろう。けれども、家がなくなったら、お母さんやお爺《じい》さんはどうするのだろう。今晩《こんばん》何処にねるのだろう。早く帰りたい。帰らなければ、みんなは何処《どこ》かへ行ってしまう。そしたら正太《しょうた》には帰っても行く処《ところ》がなくなるのだ。家には黒い灰《はい》と石ころだけが転がっている。みんなは正太が後から来ると思って行ってしまうのに違《ちが》いない。だけど正太は火事の時に行く処を知らない。

あッ、そうだ。

正太は伯母《おば》さんの処へ行きさえすればいい。伯母さんは火事の時にみんなの行った処を教えてくれるに違いない。帰りを直《す》ぐ伯母さんの方へ廻《まわ》ればいい。

だけど、家はホントに焼けたのかしらん。村に帰って、家が焼けたか見なければなるまい。でも、伯母さんの内は遠いのだ。行く内に日が暮《く》れる。村に帰っていては間に合わない。直ぐ行こうか直ぐ。が、伯母さんは、どうして来たと聞くだろう。

フト、正太はボンヤリして机《つくえ》に向いている自分に気がついて、また墨《すみ》をとってすり出した。ゴシゴシ、ゴシゴシ。

学校はどうしてこんなに永《なが》いんだろう。日が暮れる迄《まで》、学校の鈴《すず》が鳴らなかったらどうしよう。それとも、もう直ぐ日が暮れるのではあるまいか。見れば、校庭に列《なら》んだポプラの葉がヒラヒラと吹《ふ》く風に斜《なな》めの線を引いて飛んでいる。ポプラの樹《き》は黒い影《かげ》を長々と裾《すそ》のように地上に引いて、その影《かげ》と影の間には傾《かたむ》いた秋の日が斜《なな》めに明るくさしている。

先生はいつ迄《まで》もいつ迄も書を読んでいて、時間の来たのを知らないんだ。それとも、小使さんが鈴《すず》を鳴らすのを忘《わす》れているのか。いや！　鈴はもう先刻《せんこく》鳴ったのだ。誰《だれ》もそれに気がつかなかったのだ。そうだ！　先刻もう鈴は鳴った。早く手をあげて先生に知らせればよかった。

「先生――」

正太《しょうた》は危《あや》うく手をあげようとした。だが、彼《かれ》は躊躇《ちゅうちょ》した。

家が焼けたのなら、お母さんが呼《よ》びに来てくれればいいのに、いつもこんなことには気のつかないお母さんだ。今日も屹度《きっと》お母さんは正太のことを忘れているのだ。

今は正太はお母さんに腹《はら》が立って来た。早く呼びに来てくれればいいのに、そうしないと、もう日は暮《く》れてしまうのだ。伯母《おば》さんの内に行こうにも、暗くなったらあの大川《おおかわ》の橋の処《ところ》には追剝《おいはぎ》が出て来るのだ。あの墓《はか》のある丘《おか》の辺には人をばかす狐《きつね》もいるんだ。

「早く早く、早く早く」

正太はその時小便のはずんでいるのに気がついた。彼《かれ》は一刻《いっこく》もじっと腰《こし》がかけていられないような気になった。ドンドンと地蹈鞴《じたんだ》をふまないでは居《い》られない。

「先生――」

彼はまた危くあがりそうになった手を引こめた。其時《そのとき》、ガヤガヤバタバタという音が学校中に湧《わ》き起った。正太《しょうた》は不思議そうに周囲を見廻《みまわ》した。みんな立上って、道具をしまって、カバンに入れている。何のことだ。時間は終ったのだ。さあ、早く帰ろう。正太も道具をカバンに入れ、カバンを肩《かた》にかけて立上る。みんなと出口で下駄《げた》を争う。ガヤガヤガヤガヤガヤで校庭に列《なら》ぶ。礼をして別れる。

さあ、急がなくてはならない。彼《かれ》には周囲にいる友達も、友達の声も解《わか》らなくて唯《ただ》多勢のガヤガヤばかりが感じられる。彼は前のものに突《つ》き当り、横のものの中に割込《わりこ》み前へ前へと急き《せ》立てる。何しろ正太は小便がしたいのだ。それなのに、多勢は見るだろうし、からかうだろう。正太は逃《に》げ遅《おく》れた鼠《ねずみ》のように戸惑《とまど》いして、みんなの間をチョロチョロと駈《か》けぬける。

斯《こ》うして、やっと皆《みな》から少し離《はな》れた時、彼はずり落ちた袴《はかま》を後に引《ひき》ずって、大きな帽子《ぼうし》をアミダにして、トットト、トットト、と走り出した。それから振《ふ》り返り振り返り大分みんなから離れたのを知って、正太は堪《こら》えきれなくなって、道端《みちばた》の草に向いて前を拡《ひろ》げた。だが、余《あま》り大急ぎで前を拡げたので、小便が袴の裾《すそ》にかかり、足の甲《こう》に飛び散った。足にかからせまいと、正太はそこで出来る限り大股《おおまた》に踏張《ふんば》って、前を一層《いっそう》引きあげて反《そ》り返った。其時《そのとき》、フト道の彼方《むこう》を大急ぎにやって来る一人の大人《おとな》が眼《め》に映《うつ》った。紺《こん》の襦袢《じゅばん》に、紺《こん》の股引《ももひき》、跣足足袋《はだしたび》で、帽子《ぼうし》も冠《かぶ》らない。その人は百姓《ひゃくしょう》の田圃姿《たんぼすがた》で急いでいる。

正太《しょうた》を迎《むか》えにやって来たのではあるまいか。正太はその方に一層《いっそう》顔をねじ向ける。

オヤ、善太《ぜんた》とこのおじさんだ。じゃ、きっと正太を迎えに来てくれたんだ。

正太は益々《ますます》顔をねじ向ける。処《ところ》が余《あま》りその方に身体をねじったので、倒《たお》れそうになってヒョロヒョロした。だが、おじさんは正太には眼《め》もくれない。フーフー云《い》い云い行き過《す》ぎる。

聞いて見ようか。正太は僕《ぼく》だと云って見ようか。

正太は何もよう云わない。ただ、その方に顔をねじ向け突《つ》き出し、見てもらおう解《わか》ってもらおうと、おじさんを注視《ちゅうし》する。おじさんの方では、正太などには眼もくれない。何しろ先を急ぐと見えて、正太の側は急ぎ足で通り、通り過ぎると走り出した。正太はおじさんを呼《よ》び止める方も知らず、たよりない気持で、小便を終ったまま、一寸《ちょつと》立っておじさんを見送っていた。が、また思出した。家は焼けたのだ。そこで、小便にぬれた袴《はかま》をつまみあげ、村をさして走り出した。正太の身体の半分もあるようなカバンは、一足ごとに彼《かれ》の背中《せなか》をどやし付け、中の弁当箱《べんとうばこ》がカチャカチャ鳴った。そこで正太は息が迫《せま》った。息が迫ると、悲しくなった。お母さんが迎えに来てくれればいいのに、来ないばかりに袴がぬれた。

松の樹《き》の手前まで来た時、正太はソロソロと歩き出した。何しろ、直《す》ぐもう家が、焼けた正太の家が見えるのだ。正太は松の樹の手前の家の角で立止った。その角から少し頭を突き出した。

はて、何のことだ。

松の樹《き》はそこに立っている。彼方《むこう》には白壁《しらかべ》の土蔵《どぞう》だ。茅葺《かやぶき》の大屋根だ。見なれた正太《しょうた》のなつかしい家だ。何の変りもありはしない。そこで、正太は家の角から走り出て、松の樹に片手《かたて》をかけると、クルリ、クルリ、と廻《まわ》り始めた。一廻りしては彼方を見る。一廻りしては彼方を見る。そこには明るい正太の家。クルリ、クルリ、正太は廻る。正太は廻る。

フト、此時《このとき》正太は後に人の気勢《きせい》を感じて、振《ふ》り向いた。正太は何しろはにかみやだ。こんな処《ところ》を人に見られては恥《はずか》しい。だが、後に立っていたのはお母さんだ。ニコニコ笑ったお母さんだ。お母さんだって、正太にはやはり恥しい。そこで、正太はスタスタと駈《か》け出し、母親の膝《ひざ》の処にとり縋《すが》った。

「お母さん――」

「お帰り」

「何処《どこ》へ行ったん」

「西の畑へ」

「何をとりにな」

「お芋《いも》をとりに」

「芋《いも》？　さつま芋じゃなあ」

「いんや、里芋《さといも》」

「里芋？　さつま芋の方がええわ」

「そねえな事を云《い》うて、さつま芋はもう無《の》うなったぞ」

「無《ね》え？　無うなったんなら、何かつかあさい」

「何か云うて、何がありぁ」

「それでも、さつま芋がないいんじぁもの、何かつかあさい」

「それなら、裏《うら》の柿《かき》をおとり」

「柿は駄目《だめ》、他の何か」

「他にと——他には何もない」

母親は斯《こ》う云うと、正太《しょうた》の顔を覗《のぞ》き込《こ》んだ。

「何か、何か、何か呉《く》れにゃ動かん」

正太は今は全く甘《あま》えて、母親の片手《かたて》に両手でもってブラ下った。

「さ、帰ろう帰ろう。こんなにしていては、晩《ばん》の御飯《ごはん》が遅《おそ》くなる」

「ウンニャ、さつま芋が無いから駄目」

正太《しょうた》はカブリを振《ふ》りつづける。母親はもて余《あま》す。が、正太は何も欲《ほ》しい訳《わけ》ではない。ただ先刻《せんこく》恥《はず》かしかったばかりに、いや、正太の家が焼けていなかったばかりに、斯《こ》うして母親に甘《あま》えなければならなかった。

「そんなにブラ下ると、お母さんは転げてしまうぞ」

「ええ！　転げてもええ。さつま芋《いも》をくれんのだもの」

「アッ、正太、お爺《じい》さんが呼《よ》んどられる。な、それ、正太、正太」

正太が立つと、母親はニコニコして歩き出した。

「嘘《うそ》だ嘘だ、お母《かあ》さんは嘘をついたな」

正太は母親を追いかけ、またその手にブラ下がる。

「まあ——転げるが転げるが」

母親はそう云《い》い云い、身体を円めてブラ下る正太を引いて、家の門を入って行く。

それから一月《ひとつき》とたたないある日の午後、正太の母はその松の樹《き》の処《ところ》にやって来てハッとして立ちすくんだ。

クルリ、クルリ

正太が松の樹を廻《まわ》っている。片手《かたて》を樽《たる》のような樹の幹《みき》にかけて、小さいあの正太が。だが、今では、もう此世《このよ》にいない筈《はず》であるあの正太《しょうた》が。

母親は立ちすくんで、その姿《すがた》をじっと眺《なが》めた。だが、眺めている内に、その姿は煙《けむり》のように消えてしまった。後には荒《あら》いウロコのような樹《き》の皮の処々《ところどころ》に、干乾《ひから》びた蟬《せみ》の殻《から》が幾《いく》つも幾つもくっ付いていた。彼女《かのじょ》は暫《しばら》く佇《たたず》んで、透明《とうめい》な秋の空気の中に立《たっ》ているその松の樹の幹《みき》を眺《なが》め入った。然《しか》しもう正太の姿は現《あらわ》れなかった。大気が移《うつ》りつつあるのか、冷い風が吹《ふ》くともなく、松の幹を吹いていた。その時その松の幹が、母親に何と淋《さび》しく味気なく見えたことであったろう。正太はいない。いなくなったのだ。そこには干乾びた幾つかの蟬殻《せみがら》ばかり。

それから何日かたち。

それからまた幾月かたち。

母親は樹の周囲を廻《まわ》っている正太の姿を見たのである。

クルリ、クルリ、と小さい正太の姿。

コマ

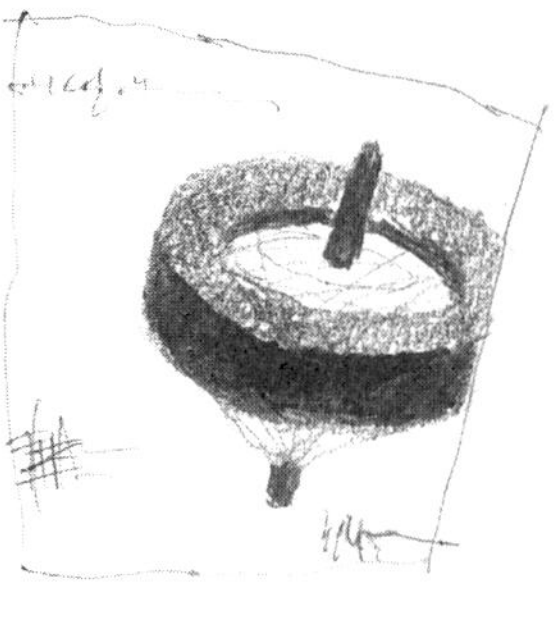

若葉《わかば》の柿《かき》の樹《き》の下で、正太《しょうた》はコマを廻《まわ》していた。鉄の厚縁《あつぶち》のコマである。

正太は小さいながら、コマ廻しは得意であった。だから、麻緒《あさお》のコマ糸を巻《ま》いている首を傾《かし》げた姿《すがた》にも、サッと、それを地上に投げつける素早《すばや》い手附《てつき》にも、子供らしい自信が見えていた。

正太に投げつけられたコマはブンブン唸《うな》って、夕日のさしている土の上をあちらこちらとほつき廻りながら、一人で何か不平をこぼしていた。そして近くで彼《かれ》を見ているものでもあろうものなら、グングン構《かま》わず近よって行って、身体をぶっ付けてけし飛ばした。彼方《あちら》で飛ばなければ、此方《こちら》でけし飛んだ。

正太はこれを見てほほ笑んだ。

正太のコマはそんな子供で——全く彼は子供であった——ありながら、廻さないで置くと如何《いか》にも無器用《ぶきよう》で、黒い顔をして、何時《いつ》までも縁側《えんがわ》などにねころんでいた。

正太《しょうた》とても、またこのコマのような子供であった。


正太が亡《な》くなってから五六日経《た》った時、小野《おの》夫婦《ふうふ》は正太の机《つくえ》の中からコマを見つけ出した。それには麻緒《あさお》が巻《ま》かれていた。二人は、泣いた後ムッツリして隠《かく》れていた正太自身を見つけたように、可愛《かわい》さに打たれて涙《なみだ》を流した。

「まあ、あなたこれをまた明日廻《あしたまわ》そうと思っていたんですよ」

二人はそれを机《つくえ》の上に置いて、手のさわるも大切なもののように打ち眺《なが》めていた。巻いた緒の端《はし》が上下の心棒《しんぼう》に懸《か》けられて、解《と》けないように結んであった。

「ねえ、あなたこんなことまでしていますよ」

二人はこんなことにも、正太の子供らしい心を見ることが出来た。そればかりでなしに、小野にはこの巻いてある緒の中に、正太の小さな生命が入っているように感じられた。

「ね、これはこのままソッとしまっといてやろうよ」

二人はボール箱の底に綿《わた》を敷《し》いて、その上にコマを入れた。そして戸棚《とだな》の奥深《おくふか》くしまった。然《しか》し、斯《こ》うはしたものの、小野にはこの巻かれた緒の中から、何時となく、正太の生命が煙《けむり》のように淡《あわ》く空中にうすれて行くように思えてならなかった。実際《じっさい》、それを出して見ると、その度《たび》に、いつとなく正太《しょうた》の感じがそのコマの中からあせて行くのが感じられた。

一年ばかり経《た》った後、小野《おの》は久《ひさ》しぶりでコマの入っている箱を戸《と》棚《だな》の奥《おく》から取出した。すると、どうだろう。箱の上には大きな穴《あな》が開いている。見ると、中にはまだ目のあかない鼠《ねずみ》の子が五匹も六匹も盲目滅法《めくらめっぽう》に歩き廻《まわ》って、互《たがい》に重なり合っては団子《だんご》のように、コロコロところげていた。鼠は実にあつらえ向きの巣を見つけたのだ。そこで巻きつけてあったコマの緒《お》を嚙切《かみき》って、綿《わた》の上に円く輪形に列《なら》べていた。その上邪魔《じゃま》になるコマは箱の隅《すみ》に仰向《あおむ》けにして転がしていた。

これを見ると、小野は正太にすまないという心持から、黯然《あんぜん》として、手をつかねた。然《しか》しまたそれ等の小さな鼠の子を見ては、手荒《てあら》なことも出来なかった。で、それらの鼠の子をまた箱の中に入れたまま、ソッと戸棚の奥に入れてやった。するとその夜のことである。チューチューという鼠の声がしきりに聞えていたが、翌日《よくじつ》はもうそこには一匹の鼠もいなかった。それからまた一《ひと》月《つき》とたたない内、それらの鼠の子が大きくなったのか、天井《てんじょう》をドロドロと、打ちそろって、マラソンのように駈《か》けめぐった。

それから間もなく正太《しょうた》の弟が、又柿《またかき》の樹《き》の下で、あのコマをもって遊んでいた。コマは土の上をうろつきながら、一人で何か不平をこぼしていた。

一匹の鮒《ふな》

昔の話であります。因幡《いなば》は鳥取《とっとり》の城下《じょうか》に扇屋久兵衛《おうぎやきゅうべえ》という男が住んで居《お》りました。久兵衛には宗助《そうすけ》という一人の子供がありました。そして其他《そのほか》には身内のものが一人もなかったのであります。或日《あるひ》のこと、それは秋の日であります。子供の宗助をつれて、町端《まちはず》れの大山神社《だいせんじんじゃ》にお詣《まい》りをして帰って居りました。宗助は七歳《さい》であります。お父さんにお宮の屋台店から買ってもらった絵本を懐《ふところ》から出して、覗《のぞ》き覗きお父さんの後について来ました。それは岩見武勇伝《いわみぶゆうでん》の絵本であります。赤や黄で宗助の心を奪《うば》うような沢山《たくさん》の絵が書いてあったのであります。だから宗助はお父さんに遅《おく》れ遅れても、その絵本を一寸《ちょっと》でも覗《のぞ》かずには居られなかったのであります。そして絵本を覗いては、お父さんの後を追うて走り、また絵本を覗いてはお父さんの後を追うて走りしました。

久兵衛は子供がおとなしく自分と一緒《いっしょ》に歩いて来ないので、何だか心持が頑《かたく》なになりました。

自分から離《はな》れ離れに歩く子供が何となしに気懸《きが》かりであったのでもあります。

ある曲り角に来ると、久兵衛《きゅうべえ》は角に立って、子供の追《お》いつくのを待って居《お》りました。父親が自分を待っているのを見ると、宗助《そうすけ》はまた絵本を懐《ふところ》にねじこんで走り出したのであります。処《ところ》が父親に二三間《げん》という処で、道の凸凹《でこぼこ》につまずいて、宗助はコロコロと道の上に転がりました。

久兵衛はこれを見ると、今迄《いままで》の腹立《はらだた》しさがグッと胸《むね》に上って来て、自然に厳《いか》つい目をして宗助をにらみつけました。起上ろうとして下から久兵衛のこの目を見た宗助の顔には、誠《まこと》に父親にすまないというような哀《あわ》れな表情《ひょうじょう》が浮《う》かんで居りました。これを見ても久兵衛の心はまだ和《やわ》らがなかったのであります。だから宗助が起上って、衣物《きもの》についた土を落しているのを見ると、宗助の下駄《げた》の鼻緒《はなお》が切れているらしいのも、わざと知らぬ顔をして、角を曲って歩き出してしまいました。それでも久兵衛は十間程《ほど》行くと立止ったのであります。そして後を振《ふ》り返りました。宗助はまだ角を曲りません。それからまた十間程行って立止りました。やはり宗助はやって来ません。

久兵衛は一寸《ちょっと》そこに立って居りましたが、余《あま》り来ないので癇癪《かんしゃく》を起し乍《なが》ら引返しました。すると其時《そのとき》、何処《どこ》とも解《わか》らない遠い処から、幽《かす》かに「お父さん――」と呼《よ》ぶ宗助の声を聞いたような気がしたのであります。久兵衛は、ハッとして、思わず道の角迄《かどまで》急ぎました。処が、これは如何《どう》したことでありましょう。そこには宗助の影《かげ》も形も見えません。他の屋敷《やしき》から道へ突出《つきだ》している曲りくねった柿《かき》の枝《えだ》の端《はし》に残った一枚《まい》の葉が、吹《ふ》くとも無く吹く秋の午後の風に、唯《ただ》ヒラヒラと動いているばかりでありました。

久兵衛《きゅうべえ》は一筋《すじ》の道を、ズッと彼方《かなた》まで見渡《みわた》しました。そこはお屋敷町《やしきまち》で、道の両側には大きな屋敷の黒板塀《くろいたべい》ばかりが連なって居《お》りましたが、不思議なことには、この時この道には一人の人さえ通っていなかったのであります。

斯《こ》うして子供は永久《えいきゅう》に久兵衛の視界《しかい》を去ってしまったのであります。久兵衛の夢《ゆめ》とも現《うつつ》ともつかない心持はその時から始まりました。

初めの内は久兵衛は子供が鳥取《とっとり》の町の中に居るように思えて居りました。そのためか夢にもしきりに、鳥取の町の中にいる子供を見たのでしたけれど、五日と過《す》ぎ六日と経《た》つ内に、いつとはなしに久兵衛には子供が鳥取の町を離《はな》れて、旅に出て行く姿《すがた》が幻《まぼろし》のように映《うつ》り出したのでありました。これが彼《かれ》の心をどんなに苦しめたことでありましょうか。

何処《どこ》とも解《わか》らぬ淋《さび》しい他国の山道を、見もしらぬ荒《あら》くれ男に追立てられて、子供は小さい体に負い切れぬ位の大きな荷物を負って喘《あえ》ぎ喘ぎ登って行く姿などを夢に見るのでありました。時にはこんなにして旅をしている宗助《そうすけ》は、大勢《おおぜい》の子供に道端《みちばた》で取巻《とりま》かれて、他国者だと虐《いじ》められていることなども、夢に見るのでありました。

また風の日には風に吹《ふ》かれて歩き悩《なや》む子供の姿《すがた》が目に見え、雨の日には、雨の中を傘《かさ》もなしに行く子供の後姿《うしろすがた》が見えるのでありました。

斯《こ》うして久兵衛《きゅうべえ》はいよいよ子供が旅に出ていると思うようになりました。或時《あるとき》などは、子供をつれた一人の巡礼《じゅんれい》が、二人を今にも呑《の》みでもするように倒《たお》れかかって行く大きな浪《なみ》を避《さ》け乍《なが》ら、風に吹かれて海辺の道を歩き悩んでいる錦絵《にしきえ》を見ると、俄《にわか》にまた子供の生死が心配で、遠い海に死んだ人があるなどと聞けば、出雲《いずも》や播磨《はりま》の海辺へもわざわざ人をやって、それが子供であるか、どうかを聞かせたりするのでした。

「ああ、今日はいい夢を見ました。」

或日《あるひ》のこと、久兵衛は斯《こ》う云《い》って昼寝《ひるね》の夢《ゆめ》からさめたのでした。

「どんな夢で御座《ござ》いましたか。」

と、歳《とし》とった番頭がききました。

「何でも広い野原だった。空は秋と見えて蒼《あお》く晴れていた。その空を二三羽《ば》の鶴《つる》が白い翼《つばさ》を大きく拡《ひろ》げて飛んでいた。その翼の風を切る音が聞える位、私《わたし》に近く、低い処《ところ》を飛んでいたのだ。野原には一筋《すじ》の道がついていた。そこを一人の巡礼が鈴《すず》を鳴らして通っていた。私は確かにその鈴の音を耳にしたと思う位だ。それから、その巡礼の唄《うた》う御詠歌《ごえいか》も確《たし》かに私の耳に聞えたのだ。私にはそれは夢《ゆめ》でないように思えたのだが——その巡礼《じゅんれい》が私に云《い》ったのだ。——巡礼になって、諸《しょ》国《こく》を遍歴《へんれき》なさりませ。仏様のお力で、キットあなたもお子様に会われることが出来まする——」。

斯《こ》う話している時、本当の鈴《すず》の音と、本当の御詠歌《ごえいか》の声とが聞えて来ました。二人は驚《おどろ》きの余《あま》り顔色を変えて、耳をすましました。それは全く擬《まご》う方《かた》なき鈴の音と、巡礼の御詠歌でありました。

歳《とし》をとった白髪《はくはつ》の巡礼が久兵衛の店の前に立った時、番頭は久兵衛の意を察して、沢山《たくさん》の米とそして巡礼には過《す》ぎる程《ほど》の鳥目《ちょうもく》とをやりました。そして何処《どこ》から来て、何処へ行くのかと尋《たず》ねたのであります。そうすると、この巡礼は石見《いわみ》の国浜田《はまだ》のもので、船に乗って出て最早《もは》や十年も帰らない息子《むすこ》を尋《たず》ねて、諸国を遍歴《へんれき》しているものだと答えたのであります。そうして番頭から久兵衛の子供について訊《き》かれた時、久兵衛が夢で聞いたと同じように、久兵衛に巡礼になることをすすめて、

「仏様のお力で、キッとあなたも何年かの後には御子様《おこさま》に会われることが出来まする。」

と、斯う云《い》って、また鈴を鳴らし乍《なが》ら、御詠歌の節も哀《あわ》れに、道を彼方《むこう》に次第に遠ざかって行きました。

それから四五日してのことでありました。久兵衛は店の後をスッカリ番頭に任《まか》せて、行方《ゆくえ》定め

ぬ旅に立ったのであります。

久兵衛《きゅうべえ》には初めの内は旅の先ばかりが急がれました。先の方にばかり子供がいるように思えたのであります。路《みち》の遠くにいる子供の姿《すがた》はみな宗助《そうすけ》のように思われて、息せき切って近づけば、どれもこれも似《に》もつかない子供ばかりでありました。中には賑《にぎ》やかな町の中で、チラッと見た宗助としか思えぬ子供の角を曲って行く後姿《うしろすがた》に心をひかれて、一日もその町をうろつき廻《まわ》った末、それもやはり似もつかない子供の姿に力を落したのであります。

遠くにいて形のハッキリしない姿、人ごみの中でチラリと見る姿、フト彼方《かなた》を見渡《みわた》した時、チラリと角を曲って隠《かく》れる姿、これらに久兵衛は殊《こと》に心をひかれました。そして見ている人に気をかね乍《なが》ら、それらの子供の後を追うて走ったりなどするのは毎日のことだったのであります。また他の家に入って行く子供の姿にも、もしやとまどうたのであります。

然《しか》しある時などは、真によく似た子供に出会って、宗助ではないとよく解《わか》り乍らも、その家の周囲と、その村とから何日もよう去らなかったことさえあったのであります。

宗助がいなくなったのは秋も終りのことでありましたが、久兵衛が旅に出たのは次の歳《とし》の春立ちそめる頃《ころ》でありました。初めは山陰道《さんいんどう》を但馬《たじま》、因幡《いなば》、出雲《いずも》、石見《いわみ》と下って、それから山陽道《さんようどう》を長門《ながと》、周防《すおう》、安芸《あき》、備後《びんご》、備中《びっちゅう》、備前《びぜん》、播磨《はりま》と上って来たのであります。其《そ》れらの内にその歳も暮《く》れて、彼《かれ》が四国《しこく》を巡《めぐ》っている内に二年目の歳《とし》も暮れ、彼が讃岐《さぬき》の国志度《しど》の海辺についた時は、丁度三年目の秋半ばのことでありました。

その頃久兵衛《ころきゆうべえ》の心は全く落付き切って居《お》りました。子供のことは最早《もはや》殆《ほとん》どあきらめていたせいでもありますけれども、また一つには夢《ゆめ》の中で宗助《そうすけ》が以前のように苦しい放浪《ほうろう》の旅をしなくなって、何処《どこ》ともしれぬ他国の海辺に落付いたからであります。そこは松の多い浜辺《はまべ》の村で、白い鷗《かもめ》などが松林の上を飛んで居ります。そこで宗助は熊手《くまで》を片手《かたて》に掻《か》き集めた松葉を背負《せお》って、林の中を歩いて居ることがありました。また時としては小さな籠《かご》を腰《こし》に下げて、手には手網《たも》を持って、浪打際《なみうちぎわ》に立って、ボンヤリ海の遠くを眺《なが》めていることもありました。けれども何故《なぜ》か久兵衛は夢の中で同じ処《ところ》ばかりを見つづけるのでありました。そこで久兵衛は宗助が最早や他国の何処かの浜辺に落付いて、そこで貧《まず》しい乍《なが》らも、兎《と》に角《かく》生きて暮らしをつづけていると思って、いくらか心が落付けるようになったのであります。一つの処に宗助が落付いてさえいてくれれば、あの巡《じゅん》礼《れい》が話したように、いつかは仏様のお力で、子供に会われる時が来ると、久兵衛には思えたからであります。

海辺づたいの街道にはズラット大きな松の樹《き》がつづいて居りました。その一本の松の樹の下に小さな石の地蔵様《じぞうさま》が祀《まつ》ってありました。地蔵様は街道の埃《ほこり》にまみれて、誰《だれ》もこれを顧《かえり》みる人が無かったので、石ころのように松の樹《き》にもたせかけられてありました。

久兵衛《きゅうべえ》はその前に立って、一節の御詠歌《ごえいか》を唄《うた》い、幾度《いくど》か鈴《すず》を鳴らして、さてそこを立去ろうとしてビックリしたのであります。永《なが》い間幾度か夢《ゆめ》にみて、極楽《ごくらく》を尋《たず》ねるような彼《かれ》の旅路の目的になっている幻《まぼろし》の景色《けしき》が、今彼の目前に開けていたのであります。

海の近く一つの低い丘《おか》がありました。丘の上に低い築地《ついじ》に囲まれた一本の樫《かし》の樹が立って居《お》ります。樫の樹の下には苔《こけ》むした小さな観音《かんのん》を祀《まつ》った石碑《せきひ》が一つ立って居りました。丘をめぐって小さな川が流れて居りました。丘や築地の小さなのに比《くら》べて、樫の樹は非常に大きく、近い瀬戸《せと》内海《ないかい》や四国《しこく》の山を背景《はいけい》にして空に聳《そび》えて居りました。遠く見れば円形をして茂《しげ》っているその樹の上を白い秋の雲が南の方に聳え立つ彼《か》の石鎚山《いしづちやま》を目がけて飛んでいました。鷗《かもめ》も折々その丘を訪《たず》ねて、樹の上をめぐって飛ぶのでありました。

この景色を見て、久兵衛の目から涙《なみだ》が止らなかったのであります。彼は三年もの長い旅をして、遠くここ迄辿《までたど》りついたことを思ったのであります。そして長い旅の苦労が一時に胸《むね》に込《こ》みあげて来たのであります。宗助が直《す》ぐ近くにいるように思えて、彼は自分の長い辛苦《しんく》を訴《うった》え、また子供からも永年《ながねん》の苦難《くなん》を聞いているように思われて、一層《いっそう》涙が止らなかったのであります。

丘の上の樫の樹の下で暫《しば》らく鈴を鳴らした後、久兵衛はまるで故郷《こきょう》を訪ねるもののような心持で、村の人家の方へ鈴《すず》を鳴らして行ったのであります。そして初めは誰《だれ》にも話しかけないで、唯《ただ》村の中をあちら、こちらと歩き廻《まわ》ったのであります。それは宗助《そうすけ》がこの村にいることは、もう信じ切って少しも疑《うたが》わなかったからであります。会う人毎《ごと》に彼《かれ》は「宗助が大変お世話様になりました。」と、話しかけたく思う位でありました。また会う人毎に、今こそあの人達は知らないけれど、「ウン、あれが宗助の親父《おやじ》さんであったか。」と今に思いあたるに違《ちが》いないなどとも思うのでありました。

小さな村のこととて、彼は二十分も経《た》たない内に村中を周り尽《つく》したのであります。その内一人の親切な老人を見付けて、轟《とどろ》く胸《むね》を押《お》さえ乍《なが》ら、

「私は宗助の親父で御座《ござ》いますが」

と、久兵衛《きゅうべえ》は語り始めたのであります。

久兵衛の長い話を聞き終って、親切なその老人は次のように返事をしたのであります。

「聞けば聞く程《ほど》お気の毒な話で、私は何と云《い》ってあげていいやら解《わか》らないけれど、私はこの土地に生れてこの土地に育って、この土地を三月《みつき》と離《はな》れたことなくもう六十五にもなるものだが、御《ご》覧《らん》の通りに、ここは誠《まこと》に辺鄙《へんぴ》な土地で、昔からここを出て行ったものはあるけれども、ここへやって来たものは覚えてからは一人もない。まあ、村のものにも聞いてあげますけれど、宗助さん

とやらが来ておいでになるというのも、この村じゃありますまい。志度《しど》というのは、この海辺一帯のことじゃ。隣《となり》の村も聞いて御覧《ごらん》なさい。」

それから暫《しばら》くの後、久兵衛《きゅうべえ》は多くの村の人の慰《なぐさ》めの言葉を後に聞き乍《なが》ら、全く力を失って、杖《つえ》を頼《たよ》りにトボトボと、その家を立ったのであります。然《しか》し思えば、久兵衛には何としても不審《ふしん》な次第であります。何故《なぜ》こんな見も知らない土地の景色《けしき》が自分の頭に映《うつ》るようになったのであろうか。仏様のお告《つ》げとばかり信じていたものを、一体何に自分はまどわされているわけであろうか。

彼《かれ》は再《ふたた》び彼の夢《ゆめ》に見た樫《かし》の樹《き》の丘《おか》にとって返したのであります。そしてその丘の上で、樫の樹の根元で、秋の午後の日を浴び乍《なが》ら、久《ひさ》しく唯《ただ》ボンヤリと坐《すわ》っていたのであります。

フト彼にそこが日本の果てでもあるような気がして来たのであります。一群の雁《かり》が高い蒼《あお》い空に海を越《こ》えて、本州《ほんしゅう》の方へと飛んで居《お》ります。下には藍《あい》と白との広い海の彼方《かなた》に、幽《かす》かに山のようなものが見えました。あれは島であろうか。島なれば何島であろう。こんなことを久兵衛はボンヤリ考えて居ったのであります。島と思われる山の裾《すそ》には波が寄《よ》せては返すと見えて、白い波のしぶきの線が一筋《すじ》に筋を引いて見えるのでありました。

それは誠《まこと》に静かな日で、海にも陸にも何一つ動いているものはないように見えるのでしたけれども、よく見れば幾《いく》百と数え切れない海鳥が浪《なみ》の間から立ってまた浪の間へ、島影《しまかげ》から出てまた島影《しまかげ》へと飛んでいたのであります。また幾《いく》十と数え切れない白帆《しらほ》が蒼《あお》い島々の間を縫《ぬ》うて、音も無く行き交《こ》うていたのであります。久兵衛《きゅうべえ》にはこれが夢《ゆめ》であるのか、現《うつつ》であるのか、解《わか》らないような心持になりました。夢と思えば夢、現と思えば現でありました。これから如何《どう》しようという考えの少しもない彼《かれ》は、唯《ただ》周囲の動くとも無く動いている世界に、移《うつ》るともなく移っている日ざしに、只茫然《ただぼうぜん》と目をやっているばかりでありました。

其時《そのとき》彼は築地《ついじ》にさす日ざしで、最早《もはや》日が傾《かたむ》いていることを知りました。そして腰《こし》につけた弁当《べんとう》に手をやって見て、今朝《けさ》からまだ食事をしなかったことを知ったのであります。それから彼はその樫《かし》の樹《き》の下で、少しの味もなく唯飯粒《ただめしつぶ》と梅干《うめぼし》とを呑《の》みこみました。弁当を終ると、いつもの習《しゅう》慣《かん》で、彼は弁当行李《べんとうごうり》と箸《はし》とを持って、小川の岸に屈《かが》んで、その飯粒を洗《あら》い落したのであります。すると、何処《どこ》からやって来たのか一匹の鮒《ふな》が出て来て、浅い水底に落ちて行った一つの飯粒をつつき始めました。

久兵衛は何の気もなしに、フトその小鮒《こぶな》に目を落しました。秋ふけて水が澄《す》んでいるせいか、流れに逆《さか》って泳ぐ小さなその鰭《ひれ》の打震《うちふる》う有様、銀色に光る小さな鱗《うろこ》、そしてまた金色に縁《ふち》どられた小さな黒い目、パクリパクリと飯粒に食いつく小さなその口、久兵衛の遠い目にも手にとるように映《うつ》ったのであります。処《ところ》が丁度其時《そのとき》、川上から一枚《まい》の木の葉が流れて来ました。これに驚《おどろ》いたのか、久兵衛《きゅうべえ》が気がつくと、鮒《ふな》は何処《どこ》に行ったか見えなくなって居《お》りました。久兵衛は隠《かく》れる処《ところ》もない位に浅いその水底を目を大きくして覗《のぞ》きこみました。何故《なぜ》か久兵衛はその小さな鮒を見失いたくなかったのであります。

暫《しばら》くして気がつくと、鮒はまた小さなその口でパクリパクリと飯粒《めしつぶ》に食いついていたのでありました。これを見つけた久兵衛の顔には、鮒の口つきの可愛《かわい》さに、幽《かす》かな微笑《びしょう》さえ浮《うか》んだのでありました。鮒は小さな飯粒を、右からつつき左からつつき、流れのために兎《と》もすると押《お》し流され、時にはまた飯粒を二三回も水底を転がせました。

其時《そのとき》久兵衛はフト考えたのであります。

「三年も旅をして、艱難《かんなん》苦労を嘗《な》めた末が、この小さな鮒一匹に会うためであったのであろうか。長い旅路の山坂を、小鮒《こぶな》を目当に歩いて来たというのか。」

そして久兵衛は――ハハハハハと絶望《ぜつぼう》のために笑ったのであります。

「しかも三年の艱難苦労の末に見つけたその鮒が、流れよる木の葉一枚《まい》のためにも姿《すがた》を消してしまうというのだ。」

けれども此度《このたび》は、久兵衛の考えが突然《とつぜん》異《ことな》って来たのであります。ものの相会《あいかい》し、また相別れる深い意味が一時に頭に上ったのであります。数ならぬこの小鮒と会うこの一瞬《いっしゅん》のためにさえ、久《きゅう》兵衛《べえ》の過去《かこ》三年の苦労が要《い》ったのであります。その内でも彼《かれ》の宗助《そうすけ》を失ったという比《くら》べるもののない程《ほど》大きな苦難《くなん》が要ったのであります。然《しか》しそれは三年処《どころ》ではないのであります。久兵衛《きゅうべえ》五十年の過去が必要だったのであります。いやまだそれ処ではありません。久兵衛の父母の代、そのまた父母の代、久兵衛の生れて来る迄《まで》の凡《すべ》ての先祖《せんぞ》の経歴《けいれき》が必要だったのであります。

処がそれとまた同様に、この鮒《ふな》にとっても、この小さな飯粒《めしつぶ》をつつく迄には何万年か何億年か、鮒の祖先が生じて、そしてその後裔《こうえい》である小鮒《こぶな》が今ここに来る迄の凡ての経歴が、入用だったのであります。それらの経歴の中の何億何兆《ちょう》という凡てのものと、凡てのこととの内、例えその塵《ちり》一筋《すじ》が欠けても、今のこの二人のものの会合は遂《と》げられなかったのであります。例えばつい先程《さきほど》この小川を流れて小鮒を驚《おどろ》かせて行ったあの木の葉が、も少し早く水の上に落ちたならば、遂《つい》にこの小鮒は久兵衛が飯粒を洗《あら》って立上るまでには、この場所に来られなかったかもしれません。またその木の葉にしても、今日少しの風でも吹《ふ》いていましたら、丁度小川の上へは散らなかったであリましょう。また一匹の小虫がその木に飛んで来てその葉を蝕《むしば》んでいなかったならば、その葉が散らなかったばかりでなく、今迄幾度《いままでいくたび》もこの流れを下ってその度に小鮒を驚かせた幾枚《いくまい》の葉もやはり散らなかったでありましょう。もし葉が散らなくて、鮒を驚かせなかったならば、鮒はトックの昔にこの丘の下のこの橋の側を泳ぎ過《す》ぎてしまったことでありましょう。処がその木の葉についていた小虫は、この歳《とし》の春、この丘《おか》の近くを飛んでいた一羽の蝶《ちょう》が生みつけた毛虫でありました。蝶が他の樹《き》に生みつけないで、何故《なぜ》その樹に生みつけたのでありましょうか。それには丁度卵《たまご》を生みつけようとしている時、他の樹には蜘蛛《くも》が網《あみ》を張《は》っていたり、雀《すずめ》が餌《えさ》をあさっていたりしたことでありましょう。

斯様《かよう》に考えて見ると、久兵衛《きゅうべえ》にはこの世のどんなに小さなことでも、それが起る迄《まで》には数え切れない沢山《たくさん》の原因《げんいん》のあることが解《わか》ったのであります。然《しか》しまたそのように多数の原因が集ってものごとが出来るのでありますれば、どんなに大きなことでも、例えば久兵衛自身にとっては、自分の生命に係《かかわ》る一大事でも、遠い丘の上の柿《かき》の葉が一枚《まい》風に翻《ひるがえ》ったか否《いな》かによって、生死が定まるものであることを悟《さと》ったのであります。それ故《ゆえ》この世にあってはものとして互《たがい》に影響《えいきょう》し合わないものは一つもない位であります。世界は誠《まこと》に複雑精巧《ふくざつせいこう》な機械のようで、世界の果てに散る一枚の木の葉は、その影響を水に落ちた石が起こす波紋《はもん》のようにまた他の果てに迄及《までおよ》ぼすものでありました。そうすれば、久兵衛が今この小鮒《こぶな》に会したということは、誠に千載一遇《せんざいいちぐう》というべきものであります。

然《しか》し今会ったことが千載の一遇であれば、今ここに久兵衛が一寸《ちょっと》手を上げて小鮒を驚《おどろ》かせて、彼《かれ》を流れの藻《も》の中に隠《かく》れさせたが最後、また再《ふたた》び会うことは、最早《もは》やこれは期し難《がた》いことであったのであります。然《しか》も鮒《ふな》は木の葉一枚《まい》にも姿《すがた》を隠《かく》して、久兵衛《きゅうべえ》にはそれをどうすることも出来ないのであります。人の相会《あいあ》うということもこれと同様で、いつの対面もみな千載《せんざい》の一遇《いちぐう》で、再会《さいかい》は誠《まこと》に期し難《がた》いのでありました。そして別れるということは、彼方《むこう》の丘《おか》で風に吹《ふ》かれる木の葉のいいいひらめきでさえもよく起し得るのであります。

久兵衛は懐《ふところ》から珠数《じゅず》を出して、鮒《ふな》に向って手を合せました。凡《すべ》て今会するものは千載の一遇であるという考えが、不思議に見るもの凡てに愛惜《あいせき》の心を引起させました。久兵衛が手を合しているうち、不思議なことには、彼《か》の小鮒《こぶな》から金色の光がさし始めました。そして金の小鮒を中心として、周囲に円く五色の光が散って、光は天に迄《まで》達しました。久兵衛はその光に包まれて、時のたつのを知らずにそこに立ちつくして居《お》りました。

お化けの世界

小学三年の三平《さんぺい》は獅子《しし》が強いというのである。小学六年の善太《ぜんた》は大蛇《だいじゃ》が強いというのである。

「大きな獅子だよ。牛のように大きいんだよ。」

三平が言う。善太も負けずに言う。

「大蛇だって大きいさ。十メートルもあるんだよ。獅子が来たら直《す》ぐ木に登るんだ。獅子は登れないだろう。下でウオーウオー言ってる間に、上の枝《えだ》に尻尾《しっぽ》をかけてさ、ズーッと下にぶら下って来るんだ。獅子が飛びかかろうとしている処《ところ》を、サッと落ちてって、獅子の胴中《どうなか》に巻《ま》きついてしまう。そうなったら、獅子なんか、どんなにしようたってもう駄目《だめ》だ。縄《なわ》を巻いたようにしめてしまう。」

すると、三平が言う。

「もし登る木がなかったら。」

「木が？　木のないことあるかい。大蛇《だいじゃ》は木のない処《ところ》なんかには居《お》らないんだもん。」

三平《さんぺい》は考え込《こ》んだ。どうしても獅子《しし》が強いと思うけれど、他にどうも言い方がない。

「獅子が強いやあい。」

そう言うと、すかさず善太《ぜんた》がはやし立てた。

「やあい、負けたじゃないか。獅子負け、獅子負け、大蛇が勝った。」

三平はくやしい。

「負けるかい。獅子勝ち、獅子勝ち、大蛇が負けた。」

とはやし立てた。そこで取っ組み合いになった。そうなると、善太はしめたものだ。直《す》ぐ獅子である三平を引き倒《たお》し、その胴中《どうなか》を足ではさんでしめつけた。

「どんなもんだい。痛《いた》いだろう。痛いだろう。」

三平はウンウン唸《うな》った。目から涙《なみだ》がころび落ちそうになった。そこで善太は足をゆるめ、三平を引起して言った。

「ね、大蛇が強いだろう。アフリカなんかじゃ、大蛇はいつでもああやって獅子を平らげているんだぞ。」

三平《さんぺい》は納得《なっとく》が行かないものの、負けたのだから仕方がない。少し黙《だま》っていた後、此度《こんど》こそはと、善太《ぜんた》に言う。

「じゃあ、獅子《しし》と狼《おおかみ》は？」

前のゆきがかりだ。

「狼の方が強いやい。」

善太は言わずには居《お》れない。

「獅子の方が強いやい。」

三平は負けてなるものかと言い放った。が、また善太が言い出した。

「だってさ、狼は一匹だけじゃ歩かないだろう。必ず何百匹って組をくんで歩いているんだよ。だから獅子の二匹や三匹、直《す》ぐ集ってって喰《く》い殺してしまう。」

「でも、もし一匹ずつだったら？」

「だって、一匹ってこと、狼にはないんだから仕方がない。」

「じゃあ、狐《きつね》は？」

「狐だって、獅子より強いや。」

「ウソだい。」

「だって、狐《きつね》は賢《かしこ》いだろう。獅子《しし》の急所を知っているんだ。獅子を見たら直《す》ぐ草の中に隠《かく》れてさ、獅子が通りすぎると、後から行って、急所にカブリっと噛《か》み付くんだ。」

「獅子が用心してたら。」

「用心してたって駄目《だめ》さ。狐は隠れるのうまいんだもん。」

これでは三平承服《さんぺいしょうふく》出来ない。

「だって、そりゃずるいや。そんなずるいの駄目だ。」

「駄目だってしょうがない。狐はずるい獣《けもの》なんだもの。ずるいからこそ強いんだ。」

「駄目、駄目、獅子勝ち、獅子勝ち、狐が負けた。」

三平がもうはやし立てようとすると、肩《かた》を押《おさ》えて、善太《ぜんた》が言う。

「だったら、三平獅子で、僕《ぼく》狐で、ここで勝負やって見よう。僕きっと急所で勝って見せるから。」

「だって――。」

と三平は言いたかった。

「兄チャンの方が強いにきまってらあ。」

と。が、この場合そうもゆかない。そこでまた善太に確《たし》かめた。

「だけど、兄チャン、ほんとうの狐になるんだよ。いいかい。」

「いいとも、僕《ぼく》、ほんとうの狐《きつね》、三平《さんぺい》ほんとうの獅子《しし》。」

そう言われても、三平はまだ心残りがしたけれど、もう善太《ぜんた》は彼方《あちら》へ行って、机《つくえ》の蔭《かげ》に狐らしく屈《かが》みこんだ。そこで三平は四《よ》つん這《ば》いになり、大きな口を開けて唸《うな》り出した。

「ウオ――ウオ――ウオ――ッ。」

元気が出て来た。随分《ずいぶん》強そうに思え出した。狐なんか何だい。一噛《か》みだ。然《しか》しこれを見て、狐の善太はニヤニヤ笑った。彼《かれ》は獅子なんか何とも考えていない。何処《どこ》の急所に噛み付いてやろうかと思っているばかりだ。でも、まず獅子の咆哮《ほうこう》に対し、

「コン、コン、コン。」

と一鳴きして見せる。

「ウオ――ウオ――。」

獅子は部屋の中を大威《おおい》張《ば》りで歩き始めた。四つん這いの尻《しり》を高く押《お》し立て、時々口を一生懸命《いっしょうけんめい》に押し開き、眼《め》をおそろしく引きむいて見せる。それからまた後足を跳《は》ねて、時々逆立《さかだち》の真似《まね》をやって見せる。これはいつか見た越後獅子《えちごじし》の真似である。何にしても大変な獅子の威勢《いせい》だ。これに答えて、狐の善太はイナリ様のような手付をして、

「ココン、コンコン。」

と鳴いていたが、ついおかしくなって、
と笑い出してしまった。これを聞くと、今迄《いままで》勢《いきお》い猛烈《もうれつ》だった獅子《しし》も咆哮《ほうこう》をやめて立上ってしまった。

「ハハハハ。」

「駄目《だめ》、兄チャンなんか笑ってしまうんだもん。」

「失敬《しっけい》、失敬。だけど、三平《さんぺい》チャン、余《あま》り激《はげ》しくやるもんで――。」

しばらく善太《ぜんた》の笑いは止らなかった。

「もう笑わない。此度《こんど》こそほんとうに戦争やろう。」

で、また狐《きつね》は鳴き始め、獅子は唸《うな》り始めた。獅子の勢は前より一層《いっそう》猛烈である。狐の前へ行って、口を開けたばかりか、舌《した》をペロペロ出して見せた。とても大変である。狐どころか、虎《とら》だって、象だって、これなら一遍《いっぺん》に恐《おそ》れて逃《に》げてってしまうだろう。でも、この狐自信があるのか、やはりニヤニヤ笑っている。獅子もそのことを知っているので、何度も飛びかかりそうな様子を見せながら、中々飛びかかって行かない。噛《か》みかかるような様子をしては後に退《しりぞ》き、部屋を一廻《まわ》りしては狐の前へ行って唸り立てる。そうして、そこで後足を跳《は》ね跳ねして逆立《さかだち》をして見せる。その逆立をした処《ところ》であった。狐は「ココン」と鳴いたと思うと、さっと一飛び、獅子の上に跨《またが》って、その両耳をつかまえてしまった。

「こんなもんだい。」

そこで獅子《しし》は一層猛烈《いっそうもうれつ》にうなり立て、首を振《ふ》ったり、尻《しり》をやたらに高くしたりしたものの、あばれればあばれる程《ほど》、耳が痛《いた》くなるもので、とうとう人間の声を出してしまった。

「いたいたたッ。兄チャン駄目《だめ》だい。余《あま》り乱暴《らんぼう》するんだもん。」

「そんなこと云《い》ったって、これが獅子の急所だもの。」

「急所っても、狐《きつね》に手なんかないじゃないか。」

「手はないけどさ、口があらあい。じゃあ、僕《ぼく》、口で噛《か》み付くよ。噛み付くぞ。」

これには三平《さんぺい》弱ってしまった。

「僕、もうよしたっ。」

こう言わずに居《お》れない。

「そうれ見ろ。狐の方が強いだろう。獅子なんか大弱虫だ。」

善太《ぜんた》にこんなに言われても、三平はかかって行く元気もなく、畳《たたみ》の上にねころんで暫《しばら》く息を入れていた。すると善太は部屋の中を片足《かたあし》でピョンピョン跳《は》ねながら、

「やっぱり狐が強虫だ。獅子は弱虫泣虫だ。」

とはやし立てた。聞いていると、三平《さんぺい》は黙《だま》って居《い》られない。

「狐《きつね》なんかずるいんだもん。犬だったら、僕《ぼく》きっと勝って見せる。」

「じゃ犬でやろう。犬だって、猫《ねこ》だって、鼠《ねずみ》だって僕勝たあ。」

善太《ぜんた》は大得意だ。

「へヘン。」

と、せき払《ばら》いさえして見せる。そこで少し休んだ後、三平はまた「ウオーウオー」とやり始めた。此度《こんど》は用心していて、善太の犬からずっと離《はな》れ、口を開けたり舌《した》を出したりは同じだけれど、もう逆立《さかだち》だけはしなくなった。その代り、首をやたらに振《ふ》り立てた。これは動物園の檻《おり》の前の獅子《し》の形を真似《まね》てである。これに対し、善太の犬は相変らず部屋の隅《すみ》の机《つくえ》の陰《かげ》にしゃがみ込《こ》み、時々「ワンワン」時々「ウーウー」とうなりながら、またニヤニヤと笑っていた。暫《しばら》くそうした後、此度は善太がジリジリと四《よ》つん這《ば》いで獅子《し》の方に近よって行った。ニヤニヤする犬なんか気持が悪く、獅子は尻《しり》を高くしたまま次第に後に後しざりした。壁《かべ》に尻がついて、もう逃《に》げる場所がなくなった時、犬は片手《かたて》を前に出して、獅子の恐《おそ》ろしい顎《あご》の下をチョッチョッとくすぐりそうな様子をした。そこで三平はその手にガクッガクッと噛《か》み付こうとしたのである。と、その時犬はその手を延《の》ばして来て、獅子の噛みつく間もなくその首の下をグルグルグルグルとくすぐりはじめた。

首の下ばかりか、三平《さんぺい》がキャッキャッ笑いくずれると、両脇《りょうわき》の下もくすぐるので、三平は足をバタバタやって、そこら中を転がり廻《まわ》って苦しがった。これで、此度《こんど》も犬の勝ちになった。

「獅子《しし》なんて、弱いもんだね。」

こう云《い》われても仕方なく、三平はねころんだまま「フウフウ」言って息を入れた。すると、善《ぜん》太《た》がまた言った。

「どうだい。三平チャン、此度は鼠《ねずみ》で行ったるからやって来いよ。」

「いやだ。」

「何故《なぜ》だい。」

「ずるいんだもの。それに急所をくるんだもの、いくら獅子だって負けらあ。」

三平はまだよく眠《ねむ》っていなかった。だから、お父さんが帰って来ると、直《す》ぐ目がさめた。それからお父さんとお母さんの話が始ったのである。

「ねえ、幸子《ゆきこ》、お前明日《あした》東京へ行ってくれないか。」

「何故ですの。」

「さあ、一番いいのは何も聞かずに、兎《と》に角《かく》子供をつれて、お爺《じい》さんの処《ところ》へ行っててくれ。頼《たの》みだ。」

「何言ってらっしゃるんです。突然《とつぜん》そんなことを言って。何かあったんですか。訳《わけ》も解《わか》らず行けるもんですか。私だって困《こま》るわ。」

「話せというなら話すけど――じゃあ、兎《と》に角《かく》話そう。やっぱり話さずには置けないことだから。兄と山田《やまだ》とが会社で争って来たのはここ二十年来のことで、お前も知ってる通りだ。処《ところ》が三年前に兄の多《た》数権《すうけん》が破《やぶ》れかかって、これを守るために永井《ながい》の株《かぶ》四百株私が引き受けたのだ。それが七千円、兄の保証《ほしょう》で宇《う》甘《かい》から借りてあった。処が兄が死ぬると、それは直《す》ぐ返さなければならなくなって、仕方なく会社の大阪《おおさか》支店《してん》から引出して支《し》払《はら》った。帳簿《ちょうぼ》にも記入して、約手《やくて》も入れていたけれど、決算報告《けっさんほうこく》にだけは得意先貸付《かしつけ》になっていた。だってやはり山田を敵《てき》に廻《まわ》している以上仕方がなかったんだ。処がだ、昨日《きのう》の総会《そうかい》で、俊一《しゅんいち》君がそれを暴露《ばくろ》した。それはまだいい。その上に俊一君は親父《おやじ》が二十年来敵として争って来た山田と組んで、私を取締《とりしまり》から落選させた。これもまだいいんだ。その上、親父の多数権を護《まも》るため、私の使った七千円を、此際《このさい》直ぐ支払えというのだ。支払わなければ、検事局《けんじきょく》へ告訴《こくそ》するというのだ。その上にだ、十八円で買ったその株を、二円にしか引取らないというのだ。そうなると、私の株全部と、この家を引渡《ひきわた》したところで、四千円になるかならないじゃあないか。そこでだ、宇甘に仲へ立って貰《もら》って、まだよく話はして見るつもりで居《い》るけれど、場合によっては、いつ検事局《けんじきょく》だの、いつ差押《さしおさ》えだのという問題が起るか解《わか》らない。そんな悲惨《ひさん》なことに子供達を会わせたくないと考えるんだ。だから、もう何も言わず、明日《あす》一番で東京《とうきょう》へ立ってくれ。」

「困《こま》ったわ。」

こう言うと、お母さんは長い長い吐《と》息《いき》をついた。お父さんがまた言い出した。

「仕方がない。彼方《あちら》は人非人《にんぴにん》でも、こちらに弱身があったんだから、私はこれを機会に身一つになって、また文学へ帰ろうと思うんだ。言って見れば、背水《はいすい》の陣《じん》で、決心がついていいかも知れない。」

「困ったわねえ。」

それからお父さんもお母さんも黙《だま》ってしまった。暫《しばら》くたって、お母さんが云《い》った。

「私達を出しといて、後であなた——。」

「何を言うんだ。」

「だって、兄さんだって。」

「兄と私とは性格《せいかく》が違《ちが》うよ。」

「でも、そんなことよく筋《すじ》を引くものよ。」

「馬鹿《ばか》ッ、こんなことで死んでたまるか。仕事はこれからだ。ハハハハ。」

「じゃあ、こうして下さい。私と美代子《みよこ》と先に行かせて下さい。今東京《とうきょう》兄さんと姉さんだけだから、事情《じじょう》を話して、直《す》ぐ善太《ぜんた》と三平《さんぺい》を引取りますから。」

「じゃそうしてくれ。解決《かいけつ》のつき次第私も東京へ帰って行く。」


その翌朝《よくあさ》のことである。三平が目をさました時には、茶の間にとっくに御飯《ごはん》の用意が出来ていた。三平はつくづくお母さんの顔を眺《なが》めながら、せき立てられて、学校へ行く用意をした。そしてカバンを背負《せお》い、靴《くつ》をはいたが、そこで心配でたまらなくなって来た。学校へ行ってる間に、会社が来て、この家をこわして持ってってってしまうのではあるまいか。それにお父さんもお母さんも東京へ行ってしまって、家は火事の跡《あと》のようになってしまうのではあるまいか。それで玄関《げんかん》に腰《こし》をかけたまま、宙《ちゅう》を眺《なが》めてじっとしていた。

「どうしたの、はばかり済《す》まなかったの。」

お母さんが聞いた。三平はかぶりを振《ふ》って、唯《た》だ足をぶら下げていた。

「どうしたんだい。遅《おく》れちゃうぞ。」

善太が言った。

「おかしな児《こ》だわ。頭が痛《いた》いの。」

「――」

「え？　どこか悪いの？」

お母さんが顔をよせた。三平《さんぺい》はまたかぶりを振《ふ》った。

「じゃあ、行きなさい。おくれるからね。」

お母さんの異様《いよう》な程《ほど》やさしいこの声で、三平は腰《こし》を上げた。すると善太《ぜんた》がその手をとって引張《ひっぱ》り、

「行こう。」

と、玄関《げんかん》の外へ引出した。そしてその肩《かた》を抱《だ》くようにして駆《か》け出した。

「おくれちゃうじゃあないか。」

三平は頬《ほお》に涙《なみだ》を伝わせながら走った。


その日善太が学校から帰って、玄関を入ると、三平の声がした。

「兄チャン、来いよう。」

「ウン。」

カバンを置いてると、また三平《さんぺい》が呼《よ》んだ。

「兄チャン、来いよう。」

行って見ると、三平は押入《おしい》れの中に入っている。蒲団《ふとん》の上に腰《こし》をかけ、奥《おく》の壁《かべ》にもたれかかっていた。

「来いよう。とてもラクチンだよ。」

それで善太《ぜんた》も真似《まね》をした。すると、三平が小さい声で言い出した。

「母さん、美代子《みよこ》と東京《とうきょう》へ行ったよ。」

善太がこっくりをして見せた。

「知ってるの。」

「ウン。」

「じゃあ、兄チャン、昨夜《ゆうべ》起きてた。」

また、こっくりをして見せる。

「僕達《ぼくたち》も東京へ行くんだって。」

「ウン。」

「兄チャン、行きたい？」

すると、これには答えず、善太《ぜんた》は暫《しばら》く黙《だま》っていた後、あくびを一つして見せた。でも、三平《さんぺい》は言いつづけた。

「兄チャン、検事局《けんじきょく》って知ってる?」

と、善太がしかつめらしい顔をして言った。

「三平チャン、そんなこと言うもんじゃあないんだよ。」

でも、三平は言いつづける。

「お父さん、会社やめたんだよ。この家、会社がとりに来るんだとさ。だけど、お父さん、俊一《しゅんいち》さんとこの叔父《おじ》さんのように死んだりなんかしないんだとさ。聞いた?」

だが、善太はまた一つ大きなあくびをして見せて言った。

「ああ、眠《ねむ》くなった。ここへ横になろうよ。」

そこで二人は仰向《あおむ》けになり、久《ひさ》しく目をパチクリやってたが、ついそれなり晩飯《ばんめし》に起される迄《まで》眠りこんでしまった。処《ところ》で、この押入《おしい》れはこれから二人の遊び場となって、そこで二人は雑誌《ざっし》を読みふけったり、小さい声で仲よく話し合ったりするようになった。その末よく日暮《ひぐ》れも知らず眠りこんでしまったりした。

学校から帰って来たものの、三平《さんぺい》は家へも入らず、門の前で石を蹴《け》って遊んでいた。家に入るのが恐《こわ》い。前にはそんなことはなかったのだけれども、会社から差押《さしおさ》えが来て、紙をべたべた方々へ張《は》り廻《まわ》したせいであろうか。三平達は一日も早く東京《とうきょう》へ行きたかった。然《しか》し会社のことは中々解決《かいけつ》がつかなかった。一日一日と東京行きが延《の》びて行った。それに、東京でもそんなに大勢《おおぜい》では一軒家《いっけんや》を借りて住む方がいいというし、また三平の家はもう随分倹約《ずいぶんけんやく》しなければならなかったので、三平達はお父さんと一緒《いっしょ》に東京へ帰って行く事になってしまった。それで三平は何度お母さんに手紙を出したかったかしれない。お母さん、この町は恐《おそ》ろしい。会社も恐い。家も恐い。然《しか》し三平は黙《だま》って、誰《だれ》にも何とも言わなかった。

今も、三平はさも愉快《ゆかい》そうに土の上に幾《いく》つか輪をかいて、これに小石を投げていた。それを片《かた》足《あし》で蹴って、次の輪へ入れて行く遊びである。折々横目で家の方を眺《なが》めながらも、一面さも熱心そうにそれをやっていた。そこへ善太《ぜんた》が帰って来た。

「どうしたい。」

カバンをかけているのを見て、善太が聞いた。

「ウウン、石蹴《いしけ》りやってんだい。とっても、上手《じょうず》になったよ。」

「フン。」

るらしい。

善太《ぜんた》が門を入って行くので、三平《さんぺい》もそれについて行く。玄関《げんかん》の戸に手をかけると錠《じょう》が下りてい

「お父さん留守なんだな。」

善太は台所口の方へ廻《まわ》る。三平もくっ付くようにしてそれに従《したが》う。井戸《いど》の流しの処《ところ》へ行くと、そこでカバンを下ろし、善太はポケットから一丁のナイフを出す。それからそこにあった砥石《といし》を引き寄《よ》せ、台の上のドンブリに水を汲《く》んで来て、ゴシゴシゴシと磨《と》ぎ始めた。三平はそれを立って眺《なが》めていた。と、善太が言うのである。

「オイ、茶の間からタオルをとって来いよ。」

「何にするんだい。」

「何だっていいやい。もって来いよ。」

「いやだい。何にするのか言わなきゃ。」

「手をふくんじゃないか。」

「何で手をふくんだい。」

「面倒《めんどう》くさい奴《やつ》だなあ。磨ぐのには水を使わなきゃならないだろう。水を使やあ、手がぬれるだろう。ぬれりゃ気持が悪いだろう。そこで手をふくんじゃあないか。手をふくのにはタオルがい

るじゃあないか。解《わか》ったかい。解ったら持って来いよ。」

「いや。」

「じゃ、何でいやなんだい。」

「いやだから、いやなんだ。」

「訳《わけ》をいえ、訳を。言わなきゃ、水をぶっかけるぞっ。」

「訳はいやだからさ。」

「だからさ、そのいやって訳を言うんだよ。」

「いやだから、いやなんだよ。」

「そんなことあるかい。タオルが高いとこにあるから、とるのいやだとか、家ん中が暗くてお化けが出て来そうだから、いやだとかさ。え？　どっちなんだい。」

実は三平《さんぺい》はそのお化けの方だった。然《しか》し恐《こわ》いなんて言われる筈《はず》がない。そこで言った。

「どっちでもないやい。」

「じゃあ、とって来いよ。」

「兄チャン、とって来ればいいじゃあないか。」

「三平とって来てもいいじゃあないか。」

「自分のことは自分でしろ。」

これを聞くと、善太《ぜんた》がニヤニヤし始めた。三平《さんぺい》をからかうことを思いついたのである。

「三平チャン、お化けが恐《こわ》いんだな。ははは、ははは、それで門の前で石蹴《いしけ》りしてたんだな。解《わか》った。解った。ははは、ははは。」

調子をつけてはやし立てた。三平は顔を赤くして言い出した。

「そんなことあるかい。お化けなんか恐いかい。僕《ぼく》なんか、いつか、夜だって物置に行ったことあるんだから——。」

これは善太の思うつぼだ。

「じゃ、とって来いよ。とって来られないんだな。恐いんだな。」

「じゃあ、とって来る。とって来られらい。どこにあるんだい。」

「茶の間じゃあないか。ウウン、縁側《えんがわ》かも知れない。」

縁側と聞いて三平はもう駆《か》け出した。縁側なら外からでもとって来られる。が、庭へ駆けてった三平がそこから途方《とほう》もない大声をあげていた。

「ないようッ。」

「なかったら茶の間だい。」

「茶の間にもないようッ。」

「ウソ言ってらあ。」

「ウソじゃあないようッ。」

そう声をあげあげ三平《さんぺい》はまた井戸端《いどばた》に帰って来た。声でも上げてないと、この淋《さび》しい家は三平には恐《こわ》いのである。

「おい、茶の間からとって来いよ。」

ナイフを磨《と》ぎ磨ぎまた善太《ぜんた》が始めた。

「いよいよこりゃお化けが恐いんだな。」

「恐いかあい。」

「お化けだあって出て来るぞう。」

こう言われては、三平もじっとしておれない。そこで靴《くつ》をぬぐと、台所口をガラッと開け、競争のスタートのような恰好《かっこう》をすると、

「とって来るぞうッ。」

と大声をあげて駆《か》け込《こ》んだ。それから襖《ふすま》や障子《しょうじ》をわざとガタンピシャンと乱暴《らんぼう》に開け立てした。

障子が引《ひっ》かかると、

「何だい、この障子奴《しょうじめ》。」

と叫《さけ》んだりした。そしてやはり競争のように行かないでもいい処《ところ》を、家中走り廻《まわ》っていた。これを相変らずニヤニヤして聞いていた善太《ぜんた》は、しばらくすると、家の中がしーんとして来たのに気がついた。

「あれ、どうしたんだろう。」

彼《かれ》も気になって来て、靴《くつ》をぬぐと、そっと上へ上って来た。そしてぬき足さし足三平《さんぺい》をさがして歩いて行った。部屋と部屋の境《さかい》へ来ると、首を延《のば》して中を覗《のぞ》き、それから片足《かたあし》を次の間へさし入れた。三平をおどかそうという下心である。茶の間を通って、奥《おく》の間へ行くと、そこで三平は押入《おしい》れの中に頭をつっ込《こ》み、中で何かゴソゴソやっていた。これを見ると、善太は気味悪い声を出した。

「お化けだあ！」

三平は何か解《わか》らない声を上げたようであったが、押入れの上の段《だん》で激《はげ》しく頭を打って、身を引いた。身体をそこから出したと思うと、善太の身体にぶっつかって来た。それと一緒《いっしょ》に善太は手に痛みを感じた。手に噛《か》みつかれたのだ。

「痛《いた》いッ。」

善太《ぜんた》は三平《さんぺい》をそこに突《つ》き飛ばした。

「痛《いた》いじゃあないか。ヒドイことする奴《やつ》だ。」

手を見ると、深い歯形がつき、そこから血がにじんでいる。

「余《あま》り何だってヒドイじゃあないか。」

善太は本気で怒《おこ》り出した。然《しか》し三平の怒り方はそれどころではない。素早《すばや》く跳《は》ね起きると、

「恐《こわ》いじゃあないか。恐いじゃあないか。」

と泣声で繰返《くりかえ》しながら、また善太の懐《ふところ》に飛びついて行った。そこで上になり下になり取っ組合いになった。その末三平は畳《たたみ》の上に仰向《あおむ》けに押《お》し付けられ、下からペッペッ唾《つば》を吐《は》きかけた。善太もこれには弱り、顔をそむけていたが、折を見て、パッと次の間へ逃《に》げ出した。そこで隅《すみ》にぶら下っていた長箒《ながぼうき》を手にとると、

「ほうら、お化けだあ。」

と、また奥《おく》の間へ覗《のぞ》かせた。すると、三平はまた押入《おしい》れの中に頭を突《つ》っ込《こ》み、そこから善太も今迄《いままで》見たことのない黒鞘《くろざや》二尺《しゃくた》足らずの刀を取り出し、

「もう切ってやるんだ。」

と半泣きの声を出した。が、それと同時にもう黒い鞘をぬいていた。銀色のその刀身を見ると

善太《ぜんた》は顔色が変るほどビックリして、箒《ほうき》をそこに投げ出して、台所口から靴《くつ》を両手に下げて走り出した。門の外まで走って行くと、そこで彼《かれ》は靴をはきにかかった。靴をはいてしまうと、そこに立って、家の中に聞き耳を立てていた。そして心配しいしい考えた。

「三平《さんぺい》はどうしたんだろう。」

そこでまたそっと引き返して縁側《えんがわ》の方へ廻《まわ》って見ると、三平は気がおさまったか縁側に腰《こし》をかけて、遠い空を眺《なが》めていた。そこへ善太は寄《よ》って行った。

「三平チャン。」

そしてニコニコした。これで二人の喧嘩《けんか》は終った。

「どうしたんだい。さっき？」

善太の問いである。

「おどかすんだもん。僕《ぼく》、とっても恐《こわ》かったんだ。だってさ、あの押入《おしい》れの中に刀があるんだろう。恐いぞう。あれどうしたんだろう。もしかしたら泥棒《どろぼう》が置いてったんじゃないだろうか。」

二人がこう話していると、風呂場《ふろば》の方の戸が開く音がして、そこから人の来る足音がつづいた。二人は驚《おどろ》いて顔色を変え、逃《に》げ腰《ごし》になってその方を見た。何だ。彼等《かれら》には無関心なようなお父さんではないか。

「お父さん、どうしたの？」

「ウン？」

「今迄《いままで》何処《どこ》にいたの？」

「ウン？」

「お父さん、押入《おしい》れにとっても恐《こわ》い刀があるよ。」

何を言ってもこんな有様である。

お父さんが縁側《えんがわ》に来て坐《すわ》ったので、三平《さんぺい》はまたたずねた。

「お父さん、風呂場《ふろば》にいたの。」

「ウン。」

「どうしたの。」

「どうして暮《くら》そうかと考えてたんだよ。」

これで二人は安心した。お父さんさえいれば何も心配することはない。

然《しか》し、その夜三平は恐い夢《ゆめ》を見た。

机《つくえ》の上に首が載《の》っている夢である。

その首は眼《め》をギロリギロリと動かせていた。白い黒い大きな眼、強い眼である。それが動きやめると、次第に眼《め》の力が消えて、眠《ねむ》るように瞼《まぶた》がふさがって来る。すると、首が死んだようになってしまう。暫《しばら》くすると、口がパックパックとやり始める。水から上った鯉《こい》のように、これは空気を噛《か》んでいるのだ。口が止まると、眼がパッと開く。ギロリギロリと動く。首が生きる。瞼がふさぐと、首は死ぬる。大きな鼻、大きな耳。

これがお父さんの首だった。

三平《さんぺい》は恐《こわ》い。

すると、いつの間にか、机《つくえ》の上には一本の手が載《の》っていた。三平の方を向いて、それは軽く拳《こぶし》を握《にぎ》っていた。ところが次第にそれが指を拡《ひろ》げ出した。青白くて長い指が一杯《ぱい》に拡げられると、その指先に次第に力が入って来て、何か掴《つか》もうとするように曲って来た。次にはそれが次第に三平の方に延《の》びて来た。三平を掴もうとするのだろうか。

それがお父さんの手なのである。

三平は恐《おそ》ろしくて、夢《ゆめ》の中で声を上げた。

それで眼がさめた。見ると、電燈《でんとう》がついていて、お父さんが側《そば》に立っていた。

「夢、見た。」

そう小さく言うと、三平はまた眼をつぶった。お父さんが側にいたので、安心して直《す》ぐ眠れた。

ある夜のこと、三人の床《とこ》をとると、お父さんはその上に長々と仰向《あおむ》けになって、「ああああ。」と、大きな吐息《といき》をついた。暫《しばら》くすると、首を上げて、善太《ぜんた》と三平《さんぺい》に声をかけた。

「さあ、降参相撲《こうさんずもう》。二人でかかって来なさい。」

これを聞いて、二人がどんなに喜んだことだろう。思わず顔を見合せてニッコリし合った。

「こりゃ面白い。」

善太は直《す》ぐ飛んでって、大蛇《だいじゃ》が獅子《しし》を巻《ま》く要領《ようりょう》で、足を以《もっ》てお父さんの胴中《どうなか》をしめ上げた。三平は三平で、

「僕《ぼく》、急所をゆこうッ。」

と声を上げると、お父さんの首に跨《また》がり、胸《むね》に腰《こし》をかけ、その両耳を力一杯《ちからいっぱい》握《にぎ》りしめた。

「どうだ、どうだ、どうだ。」

善太は力一杯しめ上げ、息をつめて言うのであった。が、お父さんは長々と延《の》びたまま、

「ああ、いい気持だ。」

これを聞くと、三平、

「よし、それなら息を出来なくしちゃえ。」

と、片手《かたて》で鼻をつまみ、片手でお父さんの口を押《お》さえた。暫《しばら》くそうして、

「降参《こうさん》の時は畳《たたみ》を叩《たた》くんだよ。」

と言ったのだが、お父さんはやはり、

「ああ、いい気持だ。」

三平《さんぺい》の手の下で言うのである。

「これじゃ駄目《だめ》だ。三平チャン、お父さんの帯をとこう。帯でもって、お父さんの腹《はら》をしめちまおう。」

まるで獲物《えもの》に集った鼠《ねずみ》のように、二人は両方からお父さんの腹にのしかかり、その帯をとくと、一重結びをつくって、両方から綱《つな》引きのように引《ひっ》張《ぱ》り始めた。

「ウン――ウ――ン。」

「エン――エ――ン。」

お父さんの腹がくくれて、瓢簞《ひょうたん》の細いところのようになった。然《しか》しそれでもお父さんは仰向《あおむ》けになったまま、

「ああ、いい気持、いい気持。」

二人とも、これでは気抜《きぬ》けがしてしまう。

「どうしよう。」

三平《さんぺい》が言う。

「お父さん、この次ぎもう首しめるよ。」

善太《ぜんた》が言う。

「いいとも、いいとも。」

「じゃ、やろう。」

善太が言っても、三平は心配である。

「お父さん、死んじゃうじゃあないか。」

「いいさ、いいさ。」

こんなに言われて見ると、尚《な》お心配である。

「兄チャン、お父さん死んだらどうする？」

「馬鹿《ばか》ッ、死ぬかい。」

「お父さん、死なない？　え、死ぬ？」

「ハハハ、死なないよ。」

お父さんが斯《こ》う言っても、三平《さんぺい》はまだ心配だ。

「いやだなあ。僕《ぼく》、そんなん嫌《いや》や。」

三平はその帯に手をふれないが、善太《ぜんた》はお父さんの首に帯を巻《ま》いて、それを両手でしめつけた。

「ああ、何とも言えない良い気持。もっと、もっと、もっと。」

然《しか》し善太は疲《つか》れて、蒲団《ふとん》の上に転げ込《こ》んでしまった。そこで三平が聞く。

「お父さん、ほんとに良い気持？」

「そうさ。」

「そうかなあ。」

三平は考え込んだ。が、ほんとうはお父さんは会社の事件《じけん》や此後《このあと》の生活を考えてもう疲《つか》れはてていたのである。死にたいとは、いや、死のうかとは絶《た》えず去来《きょらい》する考えである。また決心のつきかねる考えである。だからして、この二人の可愛《かわい》い遊戯《ゆうぎ》の内に死ぬことが出来たら、将《まさ》に極楽《ごくらく》というべきだ、それがお父さんの気持である。

「いい気持だったなあ。死んだっていいようだった。」

これでまた三平がたずねた。

「ほんとに、そんなにいい気持だったの。」

「そうさ。眠《ねむ》たいようだったよ。」

三平《さんぺい》の家から見ると、北の方に幾《いく》つもの山が聳《そび》えていた。一里ばかりの近い処《ところ》から三里も遠い処まで、山は段々《だんだん》高くなって重なっていた。その一番高い山の上には一つのお宮があって、そこにともす燈明《とうみょう》の灯は夜々星のように一つ光っていた。昼はそこに白壁《しらかべ》の家でもあるのか、白いものが日に光って見えた。

今日その山の上に壮大《そうだい》な雲の峰《みね》が浮《う》かんでいた。白銀色の巨大《きょだい》な雲の塊《かたまり》は空の大きさを思わせ、その奥《おく》の深さ、その上の高さを思わせていた。

善太《ぜんた》と三平はその時近くの川岸を歩いていた。投鈎《なげかぎ》の餌《えさ》にする青蛙《あおがえる》をさがしていた。川の上を虎斑《とらふ》のやんまが飛んでいた。岸には水楊《かわやなぎ》が茂《しげ》っていた。この水楊は若枝《わかえだ》を年々刈《か》りとられるので、幹《みき》ばかりが岩のように曲りくねって、水の上に突《つ》き出ていた。その根は水に洗《あら》われて、老人の髯《ひげ》のように水中に垂《た》れていた。そんな処《ところ》に鯰《なまず》や鰻《うなぎ》が隠《かく》れていた。そこで彼等《かれら》はそんな処《ところ》に鈎をつけたが、その木の枝《えだ》によく青蛙がとまっていた。二人は棒《ぼう》で根をかき分けかき分けして、その葉の間を覗《のぞ》き込《こ》んだ。

ある処には土肥《つちこえ》くろがあって、その上に乾瓢《かんぴょう》の大きな葉が一面におおい冠《かぶ》さっていた。大きな青白い実も幾《いく》つかころがっていた。花は白く、夕顔に似《に》ていた。その花や葉の間を二人は覗《のぞ》き込《こ》んだ。

ある処《ところ》では野葡萄《のぶどう》の葉が枯《か》れかかった水楊《かわやなぎ》に冠《かぶ》さりかかっていた。棒《ぼう》で分けて、その中を覗き込むと、一羽の鳥が尻尾《しっぽ》をピンピン跳《は》ねて、枝《えだ》から枝へ移《うつ》っていた。

「あそこ、小鳥の宿だよ。」

善太《ぜんた》が言って聞かせた。

こうして川岸を下って、彼等《かれら》は一つの石橋の上に来てしゃがみ込んだ。すると、つくづく雲の峰《みね》を眺《なが》めていた三平《さんぺい》が言い出した。

「兄チャン、あの雲綺麗《きれい》だね。」

「ウン。」

「僕《ぼく》、あんなの見ると、あんな処へ行きたくなっちまう。兄ちゃん、行きたくない？」

善太だって、今は同じ心であった。然《しか》し改めてこんなセンチな言葉で聞かれると何故《なぜ》か、彼はこんな気持に反撥《はんぱつ》する。

「僕なんか、行きたくないや。」

「ふ――ん。」

三平《さんぺい》は黙《だま》って、その雲の峰《みね》を眺《なが》めつづけた。

「兄チャン、人間は死んだら霊《れい》がみんな天へ昇《のぼ》るんだって？」

「馬鹿《ばか》っ。」

善太《ぜんた》はこんな話嫌《きら》いである。そこで丁度その時橋の下の石垣《いしがき》に近く一匹の鮒《ふな》の泳ぎ寄《よ》ったのを見ると、側《そば》の石を両手に立上った。

「大鮒《おおぶな》、大鮒。」

石を高くさし上げて、ドブ――ンとそこに投げ込《こ》んだ。水沫《みずしぶき》が橋の上まで上って来た。

「やあ、大波、大波。」

面白くもないのに、彼《かれ》はそれを面白がった。

家へ帰って来ると、二人は隣《とな》りの家へ遊びに行った。鯰《なまず》が投鈎《なげかぎ》でとれる頃《ころ》で、そこでは軒下《のきした》の瓶《びん》の中に沢山《たくさん》生かせてあった。勢《いきおい》のいい奴《やつ》は髯《ひげ》を口の両端《りょうはし》に垂《た》らせながら泳ぎ廻《まわ》っていた。その中に一匹白い腹《はら》を返して浮《う》き上り、折々元の位置に戻《もど》ろうと努力して、また弱って行く小鯰《こなまず》があった。

「苦しそうにしてるわ。見てても可哀想《かわいそう》。」

これは瓶を覗《のぞ》き込《こ》んでいたそこの花子《はなこ》チャンの言葉である。これを聞くと、三平がすかさず言った。

「死ぬるって、そんなに苦しいもんじゃないんだよ。」

丁度近くにいたそこの小母《おば》さんが眼《め》を見張《みは》った。

「三平《さんぺい》チャン、だって死んで来たことないから解《わか》んないでしょう。」

「ウウン眠《ねむ》るようなんだってさ。」

「ほほほ、らくでいいわね。」

「ウン僕《ぼく》んちのお父さんが言ってた。とってもらくなんだってさ。一寸《ちょっと》も恐《こわ》くないんだってさ。」

「ほほほ、だけど誰《だれ》だって、死ぬの恐くないものないでしょう。いくららくだってさ。」

「ほんとう、僕、ウソつかない。のどしめてさ、息をしないでいりゃ、とってもらくに死ぬんだとさ。」

「ほほほほ。」

小母さんは笑っていたが、善太《ぜんた》はこれを堪《たま》らない気持で聞いていた。胸《むね》が押《お》しつけられ、息のつまる思いである。

「三平、何言ってるんだい。」

肘《ひじ》で強くこづいてやったが、三平にはききめがない。

「だって、お父さんそう言ってたんだもん。」

「言ってたっていいじゃない。馬鹿《ばか》言うない。」

それからスゴスゴと善太《ぜんた》が家の方に帰って来ると、三平《さんぺい》も後について来たので、二人は家の門の処《ところ》でまた言い争った。

「三平チャン、あんなこと言うものじゃあないよ。」

「言ったっていいじゃあないか。」

「言っちあいけないんだよ。」

「何故《なぜ》言っちあいけないんだ。」

「何故でもいけないんだよッ。」

終《しまい》には大きな声で言い合った。


何処《どこ》からつれて来たのか、三平は子犬をつれて、川岸を駆《か》けていた。まん円く肥《ふと》った、白黒まだらの犬である。足が短く、尻尾《しっぽ》が細く、まだ生れて、二月程《ふたつきほど》しか経《た》っていまい。瓜《うり》の蔓《つる》のような細い尻尾は走るにつれて、後で震《ふる》えるようにゆれていた。ダクで走ったり、一足飛びになったりする。一足飛びにさせるのが、三平の望みである。それで、三平は後に縄《なわ》を引きずっていた。

犬はその結び目に噛《か》みつこうと走っている。それで結び目が眼《め》の前に見えて来ると、犬は尻尾《しっぽ》を振《ふ》ってダク足になる。すると、三平《さんぺい》はピョンと縄《なわ》をおどらせて手元へ引き寄《よ》せる。そこで犬は前足を上げて飛び上り、口を開けて、その結び目に飛びかかって来る。そこを三平は綱《つな》を引いて走る。ワンワンワン、犬は面白がって、可愛《かわい》い声を上げ、飛び上り飛び上り、一足飛びになる。

こうして、三平は一本橋の処《ところ》へやって来た。二尺幅《しゃくはば》の一枚板《いちまいいた》が川の上に渡《わた》してあった。三平は縄を引いて、その上に上って行き、結び目を岸の上に残して置いた。犬は駆《か》けて来てそれを見ると、ワンと言って、跳躍《ちょうやく》の姿勢《しせい》をとり、二三度咆《ほ》えて見た末、それに噛み付いた。そこを三平はそろそろ橋板の上の方にたぐり寄せた。すると、犬は前足を踏《ふ》ん張《ば》り、尻《しり》を地につけ、頭を何度か振《ふ》り立てた。結び目を噛み離《はな》そうというのである。然《しか》し三平に引張《ひっぱ》られると、まるで尻もちをついた子供のような形で、ぞろぞろ板の上に引き出され、そのままとうとう橋の真中までつれて来られてしまった。

さて、真中に引《ひき》ずって来ると、三平は身体を上下にして、ゆさりゆさりと橋をゆすり始めた。犬は始めは三平の顔を見上げて、尻尾を振っていたけれど、次第に足もとがゆれて来ると、少しヒョロヒョロして、岸の方を眺《なが》めたり、下の水を覗《のぞ》いたり、心細い狼狽《うろた》えた目付になって来た。それと同時に、転ばぬようにと、首をすくめ、板の上に腹をつけるような形をしたが、橋が一層《いっそう》ゆれて来ると、犬は四足を両方に踏ん張り、酔っ払いのように身体をゆらゆらさせながら、二三歩ずつ、岸の方へ帰り始めた。ここぞと三平《さんぺい》は力を入れてゆすり立てた。犬はとぼとぼ、ヨロヨロ、岸近く辿《たど》り付くと、そこから一飛びに土の上へ駆《か》け込《こ》んだ。

三平は考えた末、近くから一枚《まい》の煉瓦《れんが》をとって来て、それを橋の途中《とちゅう》に置いた。犬が逃《に》げて行く邪魔《じゃま》をしようという訳《わけ》である。それから此度《こんど》は犬を抱《だ》き上げ、橋の真中に運んで来る。何も知らない犬は喜び勇んで、尻尾《しっぽ》で三平の胸《むね》をたたき、小さい舌《した》で、三平の頬《ほお》をチョクチョクなめて味《あじわ》って見る。

処《ところ》で、橋はゆれ始め、犬は前の通りに板の上を辿り始めた。そうして少し行くとそこには邪魔《じゃま》ものの煉瓦があった。それは橋の上下で宙《ちゅう》に浮いて、前へ行ったり、横にずれたり、今にも水に落ちそうになったりしていた。そこへやっと這《は》って行った犬は前足で煉瓦を押《お》さえた。そして煉瓦と一緒《いっしょ》に宙に浮いて、右や左へずり始めた。よく動く尻尾《しっぽ》をスッカリ尻《しり》の間に巻《ま》き込《こ》んで、眼《め》にとても一生懸命《いっしょうけんめい》の表情《ひょうじょう》を現《あら》わしていた。が、三平はそんなことには気がつかない。煉瓦がカタリカタリと次第に板の隅《すみ》っこへずって行くのが面白い。もう少しだ。もう一寸《ちょっと》だ。

「そらあッ。」

ドブンと水音がした。ジャブンと水音がした。煉瓦も犬も落ちたのである。が、犬は直《す》ぐ浮いて来た。浮《う》くと、岸をさして泳ぎ出した。ドブ鼠《ねずみ》が水を泳ぐ通り、頭だけが水の上に浮いている。四五間《けん》も流されて、犬は漸《ようや》く岸に泳ぎついて、草の中から道へ出て来た。それでもブルブルッと身体を震《ふる》わせ、水を飛ばして、三平《さんぺい》の足元へ寄《よ》って来た。尻尾《しっぽ》を振《ふ》る元気もないらしく、そこに尻《しり》を据《す》え込《こ》んでしまった。もう一度やって見ようかと考えていると、

「やーい、何やってんだい。」

善太《ぜんた》が駆《か》け駆けやって来た。

「とても面白いんだよ。」

三平は先刻《せんこく》からの話をしてやる。犬が板を這《は》う恰好《かっこう》たらないというのである。

「何だい、ひどいことするねぇ。犬が可哀想《かわいそう》じゃないか。」

善太は腹《はら》が立つらしい。

「可哀想なんてことないよ。僕《ぼく》、眠《ねむ》るように死ぬかどうか、やって見てんじゃあないか。」

これを聞くと、いよいよ善太は腹を立てた。

「そんなことやる奴《やつ》あるかい。馬鹿《ばか》だなあ。お父さんに言いつけてやるから。三平チャンだって、こんな中へ突《つ》き落されてみろ。恐《こわ》くって、泣いたりわめいたりするぞッ。」

「泣くかい。僕なんか、平気だ。」

「じゃあ、飛び込《こ》んで見ろ。」

「ああ、飛び込んで見る。」

「じゃあやって見ろ。今やって見ろ。直《す》ぐやって見ろ。」

「やって見るとも。」

「飛び込んだら死ぬるぞ。」

「死んでもいいさ。」

「死ぬの苦しいぞ。」

「平気だい。」

「じゃあ、やれ。出来ないだろう。」

「やるさ。」

「やるやる言ってやらないいじゃあないか。やあい、やれないんだろう。やっぱり恐《こわ》いんじゃあないか。」

「恐いかあ。」

そう言うと、三平《さんぺい》は帽子《ぼうし》をぬいだ。それから靴《くつ》をとった。服をぬぎにかかった。どうしてもほんとうにやりそうである。これを見て、善太《ぜんた》は顔色をかえた。どうしたらいいだろう。然《しか》し三平はもうサルマタ一つになって、橋の上に行きかかった。善太《ぜんた》は妥協《だきょう》の笑顔《えがお》にならずに居《お》れない。

それでも口でだけは言うのである。

「裸《はだか》で死ぬ奴《やつ》あるかい。そりゃ泳ぐんじゃあないか。」

「だって、服がぬれるじゃあないか。」

「ぬれたって、死ぬるのに服なんか構《かま》わないじゃあないか。」

「だって、ぬれたら困《こま》るじゃあないか。」

「駄目《だめ》だい。服ぬいで死ぬなんてないやい。着ろよ、着てから飛び込《こ》め。」

「いやだ。」

「いやならやめろ。」

「だって、死んで見せろって言ったじゃあないか。」

「そうさ、言ったさ。言ったけど、服を着て飛び込めって言ったんだ。」

「だって、ぬれたら叱《しか》られるもの。」

「叱られるって、死んだら解《わか》りゃしないよ。」

然《しか》しもう斯《こ》うなっては、二人の争いも次第に弱り、善太はニヤニヤして言った。

「いいや、いいから服を着ろ。」

「やあい、負けたろ。」

「いいや、いいや、風邪《かぜ》を引くから服を着ろ。」

秋近く、風が川の上を吹《ふ》いていた。

冬がやって来た。それでもまだ三平《さんぺい》は東京《とうきょう》へ帰れなかった。

読み方の時間である。三平はぼんやり窓《まど》の外を眺《なが》めていた。窓の外は白かった。が、その白いものをよく見れば、何億千という紛々《ふんぷん》たる雪の粉である。それが空から間断《かんだん》なく落ちて来る。音も立てずに落ちて来る。折々風が吹《ふ》いて、雪の筋《すじ》が渦《うず》を巻《ま》いたり、斜《なな》めになったり。斜になると、窓硝子《まどガラス》にサラサラ粉がふりかかる。眺めながら三平は考えた。

「この雪、どこ迄降《までふ》ってるだろう。」

まるでそれは白い森のようだ。日本国中白い森で埋《うま》ってしまってるかも知れない。

それから教室の中に眼《め》を移《うつ》すと、これはまた何と黒々としていることだろう！　先生の服も黒い。生徒の服も黒い。黒板も黒い。ストーブも黒い。先生の頭も黒い。生徒の頭も黒い。その黒い頭がズラリと幾《いく》つか列《なら》んでいることだろう。

そこで三平はまた考えた。

「何処《どこ》の学校でも、こんな小さな黒い頭が沢山《たくさん》沢山より集って、大きな黒い先生にこんなにしてものを習っているんだろうか。」

そう思うと、そのことが不思議でならなくなった。そして先生の顔をつくづく眺《なが》め入った。そこには黒い頭の両側に大きな耳が二つニョキリと突《つ》き出していた。で、また三平《さんぺい》は考えた。

「あの耳、動くだろうか。」

だって、その大きな耳、獣《けもの》の耳のようで、さも動きそうに思えてならない。そして見れば見る程《ほど》、その耳が不思議に思えて来た。

「あんな耳、やはりいつもあそこにあったのかしらん。」

今初めて気がついたような事である。きっと今に、あの耳ビクビク動き出すぞ。そうも考え、ふと、前の友達の頭を見ると、やはりそこにも二つの耳が両側に突き出してくっ付いていた。そしてそれを眺めていれば、どうしても、それが人間のものらしく思えない。それからみんなの頭を次ぎ次ぎと眺めて行くと、どの頭にもみんな二つずつの耳が両側にくっ付いていた。そんな耳をくっ付けて、机《つくえ》に向っている姿《すがた》は、見れば見る程、獣の姿である。狼《おおかみ》だろうか。狐《きつね》だろうか。それとも犬が服を着て、前屈《まえかが》みに机に向っているのだろうか。考えても、考えてもそうとしか思えない。

「獣《けもの》の学校だ。」

そう思って、先生を見ると、何と、さっきより一層《いっそう》先生が獣らしくなっている。耳がとても大きくなり、口が倍にも拡《ひろ》がっている。眼《め》の恐《おそ》ろしさ。

「どうしたらいいだろう。何かに化かされて、三平《さんぺい》はお化けの国へつれて来られてるんだ。」

三平は恐ろしさ一心に、先生をじっと眺《なが》めつづけていた。

風の中の子供

テープや紐《ひも》を織《お》る工場が村の端《はず》れに立っていた。資本金《しほんきん》八万円、職工《しょっこう》四十人。それでも組織《そしき》は株式会社《かぶしきがいしゃ》で、明治《めいじ》の時代に建てられ、赤煉瓦《あかれんが》の煙突《えんとつ》を高く聳《そび》やかしていた。

夏のある日、その会社の近くの石橋の上で、三平《さんぺい》と金太郎《きんたろう》が出会った。三平は一年生、金太郎は二年生。ところで、其時《そのとき》金太郎がニヤニヤ笑ったのである。三平を馬鹿《ばか》にした笑方である。

「なんだい。」

三平がとがめた。然《しか》し金太郎はニヤニヤをやめない。

「なんだい。」

三平は喧嘩腰《けんかごし》になる。と、金太郎が顔を突《つ》き出して言う。

「お前んとこのお父さん、今度会社をやめさされるんだぞう。」

「ウソだあい。」

三平《さんぺい》が言う。

「ウソなもんかい。見てて見ろ。やめさされて、警察《けいさつ》につれて行かれるんだ。お巡《まわ》りさんにくくられて、御免《ごめん》なさい御免なさい、言い言い引張《ひっぱ》って行かれるんだ。」

「バカッ。」

もう承知《しょうち》出来なかった。三平は棒《ぼう》を拾うと、金太郎《きんたろう》の頭を叩《たた》いた。コツンと大きな音がした。そこで棒を投げつけて、家の方へ駆《か》け出した。十間《けん》ばかりで振返《ふりかえ》ると、金太郎顔を真赤にして追い駆《か》けて来る。とっさに、道の小石を拾いとり、金太郎に投げつけて、また家の方に駆け出した。家に五六間の処《ところ》に来ると、門に兄の善太《ぜんた》が立っていた。それを見ると金太郎は追うのをやめた。何しろ、善太は五年生である。

「どうしたんだい。」

善太が声をかけた。

「だってさ――。」

金太郎が大声で語り始めた。

「ボク、何もしないのに、三平チャンが棒で頭を打《ぶ》つんだもん。大きなコブが出来ちゃった。」

金太郎《きんたろう》は頭に手をやり、さも痛《いた》そうな表情《ひょうじょう》をして見せる。

「ウソだあい。」

三平《さんぺい》は左足を前へ出して構《かま》えている。然《しか》し善太《ぜんた》としては、一応《いちおう》三平を叱《しか》って置かねばならぬこの場の有様だ。

「三平チャン、イタズラしちゃ駄目《だめ》だよ。」

「ウソだあい。」

三平は繰返《くりかえ》す。

「だって、今、棒で打《ぶ》ったじゃないか。」

金太郎が一歩踏《ふ》み出した。

「ウン、打った。」

三平は応じる。

「どうして打ったんだい。」

これには三平困《こま》るのである。目をパチクリやるより仕方がない。でも、三平も一歩踏み出して言ったのである。

「打った。ああ、打った。」

この言葉と調子の中に、理由の存《そん》することをいい含《ふく》めた。それは善太《ぜんた》に解《わか》って貰《もら》えない。

「駄目《だめ》だよ、三平《さんぺい》チャン。」

善太はこんな叱《しか》り方をする。

「だってさ、金《きん》チャン、悪いんだもの。」

三平が言うと、直《す》ぐ金太郎《きんたろう》がアゴを突《つ》き出して言って来る。

「悪いかあ、悪けりゃ言って見ろ。」

これは困《こま》った。返答は口一杯《ぱい》に充《み》ち満ちて、頬《ほお》さえ熱くなってくる。それでも口の外へ出て来ない。素早《すばや》く石を拾い上げ、右手を高く振《ふ》り上げた。石に返答させるのである。と、善太が前に立ちはだかり、その右の手を抱《だ》きかかえる。

「駄目だよ。乱暴《らんぼう》すんなよ。」

「ウウン、金チャン、悪いんだもん。」

善太の手の中で、三平は身体をゆすって暴《あば》れた。

石を投げようとする三平を、善太が抱《だ》きとめているその隙《すき》に、金太郎は一歩一歩後向きに引き上げた。やっと男子の体面を保《たも》つことが出来た。十間《けん》ばかりも行った時、そこで彼《かれ》は大声を上げた。

「やあい、三平《さんぺい》の馬鹿野郎《ばかやろう》ッ、お巡《まわ》りさんにくくられて、御免《ごめん》、御免、御免なさアい。」

節をつけて、腰《こし》を屈《かが》め、一踊《おど》りして逃《に》げて行った。善太《ぜんた》と三平は列《なら》んで之《これ》を見送った。三平はまだ口惜《くや》しくて、右手の石をその時一層堅《いっそうかた》く握《にぎ》りしめる。橋の上で金太郎《きんたろう》がもう一踊《おど》りして見せると、三平はその方に五六歩勢《いきお》いつけて駆《か》け出し、届《とど》きもしない彼《かれ》に向って、力一杯《ちからいっぱい》石を投げた。金太郎がいよいよ見えなくなった時、初めて善太に言って聞かせた。

「金太郎馬鹿《ばか》なんだよ。」

「どうして馬鹿なんだい。」

「ウン、あいつね――。」

勢いこんだが、この話はどうも少し行きつまる。

「内のお父さんが会社をやめさされるって、それから、お巡りさんに引張《ひっぱ》って行かれるって、そんなことないやねえ。」

「そうさあ。」

そう言ったが、善太にはこれは少し心配である。お母さんに直《す》ぐ言わないでは居《お》れない気がする。二三度首を傾《かたむ》けて見て、それから家へ駈《か》け入ろうとする。と、三平が聞くのである。

「兄チャン、どこ行くんだい。」

「ウン?」

お母さんに言いつけると言っては、おとなげなくはないだろうか。弱虫ということにならないだろうか。善太《ぜんた》は言い直したのである。

「お茶飲みに行くんじゃないか。」

「ボクも行こうっと。」

二人は茶の間へ駆《か》け込《こ》んだ。お母さんは縫物《ぬいもの》をしていらっしゃる。善太はやはりいわないで居《お》れない。

「お母さん、佐山《さやま》の金太郎《きんたろう》ね、悪いんだよう。僕《ぼく》んとこのお父さん、会社をやめさされて警察《けいさつ》へ引張《ひっぱ》って行かれるって——。」

お母さんは顔を上げたが、これを聞くと、返事の言葉が出なくなった。お父さんに不正があるとは考えないが、会社には永《なが》い間紛擾《ふんじょう》ばかり続いている。株主《かぶぬし》という株主は腹黒《はらぐろ》いものばかりである。その一人の子供がこんなことを言うようでは、何が起るか解《わか》らない。悪いたくらみが計画されているに違《ちが》いない。今迄《いままで》の暗い事件《じけん》が次々と思い出された。ついボンヤリと考え込《こ》んだのである。これを見ると、三平《さんぺい》が快活《かいかつ》に言い始めた。

「ウン、お母さん、大丈夫《だいじょうぶ》だよ。ボク、金太郎の頭を棒《ぼう》で叩《たた》いてやったんだ。コツンって、おおきな音がしたんだ。コブだって出来たらしいや。あいつ、ウンウン言って、泣くのを堪《こら》えていたんだよ。此度《こんど》言ったら、それこそ、もっとヒドク叩《たた》いてやるよ。もっと大きなコブ出してやるよ。ね、お母さん、そうしたら、あいつ、泣き泣き御免《ごめん》、御免って言うでしょう。だから、大丈夫《だいじょうぶ》なんだよ。」

「そうかねえ。」

お母さんは子供達《こどもたち》に心配させまいと、少し微笑《びしょう》して見せたのである。然《しか》し気懸《きが》かりで、聞いて見たのである。

「金太郎《きんたろう》さん、他のことは言わなかった。」

「そうさあ。言ったらボクもっとやってやったんだ。」

三平《さんぺい》は大威張《おおいば》りだ。少しすると、彼《かれ》はこの喧嘩《けんか》がお父さんに知れるのが心配になって来た。

「お母さん、さっきの喧嘩お父さんに言わないでね。金太郎のコブのことも言わないでね。」

「ハイ、ハイ、だけど、喧嘩しちゃいけませんよ。」

「ウウン、喧嘩したって、ボク負けないよ。」

安心した三平はやはり大威張りである。

暑中休暇《しょちゅうきゅうか》がやって来た。村には一時に子供の数が増《ま》したように思われた。どこにいても、子供の声が聞えて来る。三平《さんぺい》はその日、いつものように会社の方へやって来た。三平の休みが近かった。お父さんが会社の販売部《はんばいぶ》からお八つを買って帰って来る時間である。

ところが、どうしたことか、会社の門に子供が沢山《たくさん》集まっている。今日は会社の株主総会《かぶぬしそうかい》の日であった。三平のお父さんを重役《じゅうやく》から落す陰謀《いんぼう》のたくらまれている日であった。金太郎《きんたろう》のお父さんが代って専務《せんむ》になるという日であった。然《しか》し三平はそんなことは何も知らない。

「おおい。」

と、みんなの方へ駆《か》け寄《よ》った。金太郎も居《お》れば、銀二郎《ぎんじろう》も居り、鶴吉《つるきち》も居れば、亀一《かめいち》も居る。だが、今日それらの仲間が一人も彼《かれ》の呼《よ》びかけに応《おう》じようとしない。聞えぬふりをしている。

「おい、何やってんだい。」

近よって笑いかけて見る。みんなは黙《だま》っている。ウン――三平は考える。――これは此間《このあいだ》金太郎と喧嘩《けんか》したせいなんだな。で、まず金太郎に声をかける。

「金チャン、怒《おこ》っているの?」

「ウン。」

金太郎はカブリを振《ふ》る。

「フーン、じゃ遊ぼうよ。」

「ウン。」

安心して三平《さんぺい》はみんなの間へ割《わ》り込《こ》んだ。そこへ羽織《はおり》を着た村の成人《おとな》がやって来た。会社の中へ入って行く。これを見ると、金太郎《きんたろう》が大声で呼《よ》んだ。

「五ばんッ。」

「六ばんだい。」

銀二郎《ぎんじろう》がいう。

「五ばんですよッ。」

金太郎が主張《しゅちょう》する。

「五ばんッ。金チャンの言う通りだ。」

亀一《かめいち》が金太郎の御機嫌《ごきげん》をとる。

みんなは、今株主総会《かぶぬしそうかい》にやって来る成人の数を数えている。それらが皆《みな》三平のお父さんを重役《じゅうやく》から落して、金太郎のお父さんを専務《せんむ》に推薦《すいせん》する筈《はず》である。三平にはそんなことは分らないので聞いて見る。

「何やってんだい。」

返事するものが一人もない。とまた成人がやって来た。

「六ばん、七ばん、八ばん。」

金太郎《きんたろう》の大声だ。三人は金太郎の方に笑顔《えがお》を向けて言うのである。

「ホホウ、門番君、景気《けいき》よくやってるな。」

何だ、門番遊びか。三平《さんぺい》は分ったような気がして来た。今日、会社にはお祝でもあるのかも知れない。自分も景気よくやって見よう。向うから四人の成人《おとな》が来るのを見ると、三平はいち早く呼《よ》んだのである。

「九ばん、十ばん、十一ばん、十二ばん。」

ところが、笑い笑いやって来た四人のものが、その声で三平の方を振向《ふりむ》くと、むずかしい顔をしたのである。三平は少し不安になって考える。イタズラが過《す》ぎたかしらん。ここにいては叱《しか》られはしないか。然《しか》し勇ましい子供三平、次に来る人を見ると声を上げた。

「十三、十四、十五ばん。」

此度《こんど》の一人は会社の支配人格《しはいにんかく》、赤沢銃三《あかざわじゅうぞう》である。此度こそはと、三平は彼《かれ》の笑顔を待ち受けた。然し彼は金太郎の前に小腰《こごし》を屈《かが》めた。

「大勢《おおぜい》来ましたか。」

「十五人だけど、三平君邪魔《じゃま》ばかりするの。」

「ほっときなさい。何も知らないんですもの。」

これでは三平黙《さんぺいだま》って居《お》れない。

「知ってらあい。」

「ホウ、そりゃエライ。」

「エライさあ。」

赤沢《あかざわ》は苦笑しながら入って行った。これで三平は俄《にわか》に元気が出て来た。


会社の門で大分時間がたった時、金太郎《きんたろう》が中からフッフと駆《か》け出して来た。

「オイ、行って見ないか。事務所《じむしょ》で喧嘩《けんか》やってんだぞう。三平君《さんぺいくん》のお父さんがみんなと顔を真赤にして議論《ぎろん》してらあ。」

それッと言うので、子供達は駆け出した。事務所の窓《まど》には男女の職工《しょっこう》が頭を集めて覗《のぞ》いていた。異常《いじょう》な総会《そうかい》を一心に耳を列《なら》べて聞いていた。子供等はそこへ頭を突《つ》き込《こ》んで、猿《さる》のように格子《こうし》に手をかけて登りついた。三平もそれをやって中を覗いた。その時、事務室の奥《おく》の応接間《おうせつま》からドヤドヤと人が溢《あふ》れ出て来た。総会は終ったのである。口々にガヤガヤ言いながら、みんな門の方へ出て行った。工場の中へ入って行くものもある。職工達《しょっこうたち》も赤沢銃三《あかざわじゅうぞう》が出て来ると、俄に工場へ引き上げた。

「お父さん、キャラメル買って。」

金太郎《きんたろう》がお父さんを見つけて甘《あま》えている。

「何言ってんだい。」

「買ってよう。」

然《しか》し、三平《さんぺい》が気がついた時には、その辺に一人も人がいなかった。唯《ただ》一人、三平のお父さんばかりが事務室《じむしつ》の上席の机《つくえ》に向って、煙突《えんとつ》のように煙草《たばこ》の煙《けむり》を吐《は》いていた。これを見て、三平はお父さんの側《そば》に駆《か》け寄《よ》った。

「お父さん。」

お父さんは返事もせず、眼《め》の前ばかり見つめている。

「お父さん、帰ろうよ。」

椅子《いす》の背《せ》に手をかけ、お父さんの顔を覗《のぞ》く。お父さんは大きな眼をしている。然《しか》し三平の顔は映《うつ》らないらしい。三平はお父さんの顔近く大きな声をして呼《よ》んだ。

「お父さん、ボクさっきから待ってたんだよ。今日は三時に帰らなかったね。もう五時なんだよ。」

返事がないので、三平はお父さんの硯箱《すずりばこ》を開け、ペンや印形《いんぎょう》をいじって見る。それからまた聞いて見る。

「お父さん、みんなと喧嘩《けんか》した？　え、勝った？」

その時、女事務《おんなじむ》員《いん》がやって来た。初めてお父さんが声をかけた。

「みんな、どうしたんですか。」

「事務と男工の方達は食堂で佐山《さやま》さんのお話を聞いて居《お》ります。」

「そうですか。私も挨拶《あいさつ》したいが、いずれ明日《あした》参りましょう。事務の引継《ひきつ》ぎもその時やりましょう。佐山君に言っといて下さい。」

お父さんが立上った。三平《さんぺい》はそれだけで嬉《うれ》しい。早くここを出たいのである。お父さんの手に机《つくえ》の側《そば》からぶら下る。入口の土間に下り立つと三平は気がついた。お父さんがまだスリッパをはいている。

「お父さん、靴《くつ》は？」

いつもお父さんを迎《むか》えに来て、様子を知っている三平だ。直《す》ぐ下駄箱《げたばこ》からお父さんの靴を取出す。と、次に三平はお父さんの帽子《ぼうし》に気がつく。また傍《そば》の帽子《ぼうし》掛《かけ》にピョンと飛び上る。

「お父さん、もう忘《わす》れものなかった？」

こんなませたことも言うのである。

お父さんの手を引いて、二人は門の方へ出て行った。いつものことでお父さんと歩くと、三平《さんぺい》は晴れがましい気持がする。犬だって恐《こわ》くないし、他村《よそむら》の子供なんか、何人だって来い！ である。会社の門を出て、会社の角を曲った時、三平は初めて言った。

「お父さん、会社やめたの？ こんな会社なんか、いらないや、ねえ、新しいのつくればいいや。」

家が近くなった時、三平は駆《か》けて玄関《げんかん》に飛びこんだ。そして大声に呼《よ》び上げた。

「お母さん、お父さんが帰って来たよ、会社やめたんだってさ。新しいのつくるんだってさ。」

茂《しげ》った柿《かき》の青葉の上で、小さな日の丸の旗が風にヒラヒラなびいていた。善太《ぜんた》が今それを木のてっぺんに結びつけたところである。下には三平が上を見上げて立っている。

「兄チャン、そこから遠くが見える？」

「ウン。」

「満洲《まんしゅう》なんかも見える？」

「ウン。」

「戦争なんかしてるかい。」

「ウン。」

「鉄砲《てっぽう》どんどん打ってるかい。」

「ウン。」

「いいなあ、やっぱり日本勝ってる？」

「ウン。」

兄チャンの返事はどうもアイマイで、三平《さんぺい》には少しもの足りない。然《しか》し三平は嬉《うれ》しいのである。木に登りたくてたまらない。両手両足で太い幹《みき》に抱《だ》きついて見る。一尺《しゃく》も登らないうち、もうズルズルとすべり落ちる。此度《こんど》は両手にツバキをつけ、勢《いきお》いこんで飛びついて見る。やはりズルズル落ちて来る。仕方がない。また善太《ぜんた》に声をかける。

「兄チャン、海なんか見えるかい。」

「ウン。」

「軍艦《ぐんかん》なんか走ってるかい。」

「ウン。」

「鯨《くじら》なんかも泳いでいるかい。」

「ウン。」

「いいなあ。飛行機は？」

「見えるさ。」

「フーム、戦争してる？」

「戦争している。」

が、その時何を考えたか、スルスルと善太《ぜんた》は上から降《お》りて来た。彼方《むこう》に金太郎《きんたろう》や鶴吉《つるきち》のいるのを見たのである。けれども、善太はいうのである。

「ね、三平《さんぺい》チャン、魚や虫をとりに行こう。蟹《かに》なんかもとって来よう。」

「どうして？」

三平は不服だった。だって、今旗を立てたばかりである。軍歌も唄《うた》わず、ラッパも吹《ふ》かず、虫とりに行こうなんて、そんな法があるものか。然《しか》し善太は言うのである。

「セミや、カブト虫や、それから蛙《かえる》や鮒《ふな》をとって来てさ、ここへ大猛獣国《だいもうじゅうこく》をつくるんだ。そして兄チャンと三平チャンとで、そこの大将《たいしょう》になるんだ。『類人猿《るいじんえん》ターザン』って活動見たことあるだろう。象や河馬《かば》を手下にしてさ、大戦争したじゃあないか。あれをやろうよ。」

なる程《ほど》、それはいい。三平はピョンと跳《は》ね上って見せた。

「ウン、やろう。」

大活動が始まった。二人は物置に駆《か》けつけて魚籠《びく》と網《あみ》とを持ち出した。魚籠は三平、網は善太が手に下げて、もう門前に列《なら》んで立った。いや、その上二人とも短い竹の棒《ぼう》を腰《こし》にさしている。それは刀にもなれば、鉄砲《てっぽう》にもなる。猛獣捕獲《もうじゅうほかく》の道具である。

「気を付けえ、前へ進め。」

二人は足を高く上げ、手を振《ふ》って出発した。が、いい落としてはならない。帽子《ぼうし》のアゴ紐《ひも》を下ろしている。これは非常時だからである。昨日《きのう》、お父さんが会社をやめた今日《きょう》である。二人は団《だん》結《けつ》して金太郎《きんたろう》、銀二郎《ぎんじろう》等に対して、家を守《まも》らなければならない。いや二人だけの世界でも守らなければならない。

「や、バッタだ。大バッタとれいッ。」

善太《ぜんた》は道ばたの草の中に、バッタを見付け、自分で自分に号令をかけた。そして素早《すばや》く網《あみ》で伏《ふ》せた。

「や、兄チャン、蛙《かえる》だ。殿様蛙《とのさまがえる》だ。殿様蛙だ。とれいイ。」

三平《さんぺい》が号令をかけ、善太がすくいとった。斯《こ》うして二三十分も歩くうち、魚籠《びく》の中にはセミも居《お》れば、鮒《ふな》も居り、カブト虫も居れば、カミキリ虫も居り、ガサガサバタバタ、大変な騒《さわ》ぎになって来た。

「ビョウコウチンの敵《てき》の陣《じん》。」

二人は歌も勇ましく家に凱旋《がいせん》して来たのである。

柿《かき》の木のてっぺんで日の丸の小旗がヒラヒラと朝の風に吹《ふ》かれていた。その傍《そば》で善太《ぜんた》が小手をかざして遠くを眺《なが》めていた。下では三平《さんぺい》が聞いていた。

「兄チャン、やっぱり満洲《まんしゅう》の方見えるかい。」

「ウン、見えるよ。」

「やっぱり戦争しているの。」

「ウン、してるよ。」

その時である。善太は会社の裏《うら》の石橋に、白服の人が立っているのに気がついた。腰《こし》に剣《けん》を下げている。

「お巡《まわ》りさんだッ。」

善太《ぜんた》が思った時にはもうこちらの方へ歩いていた。どうしよう。あのお巡りさん、きっと内にやって来て、お父さんをつれて行く。

「兄チャン、海見えるかい。」

三平が聞いたが、返事など出来るどころか。

善太《ぜんた》は足が震《ふる》えた。——どうか、お巡《まわ》りさん内にやって来ませんように——善太は眼《め》をつぶり、胸《むね》の前で手を合わせた。こんな時、魔《ま》法《ほう》が使えたら、どんなに嬉《うれ》しいことだろう。善太は直《す》ぐお巡りさんをバッタに変えてしまうだろう。そのバッタを草の中へ追いやってしまうだろう。しかし何《な》故《ぜ》魔《ま》法《ほう》が使えないのだ。善太は心中に祈《いの》りつづけていた。

「神さま、魔法を使わせて下さい。魔法を使わせて下さい。魔法を——」。

そんなことを知らない三平《さんぺい》、下で大きな声をあげていた。

「兄チャン、どうしたんだい。海で軍艦衝突《ぐんかんしょうとつ》してないかい。」

善太はその時、そっと眼を開けて道の方を見たのである。お巡りさんはやっぱりこちらの方へ歩いて来る。とっさに善太は考えた。もう思い切って魔法をやろう。神さまはきっと助けて下さるだろう。

「神さまッ。」

いったようには思ったが、これはただ一声の意味の分らぬ叫《さけ》び声となっていた。眼をつぶった善太は、仰《あお》向《む》けに身体を後にのけぞらした。

「兄チャンッ。」

下では三平が叫んでいた。善太の身体が落ちかかったのである。しかし、神さまがあったのか、または魔法《まほう》が成就《じょうじゅ》されたのか。下に交叉《こうさ》した枝《えだ》があって、善太《ぜんた》の身体を旨《うま》く支《ささ》えた。その時、白服のお巡《まわ》りさんは門の前に立っていた。それに気がついた三平《さんぺい》は、

「あ、お巡りさん!」

と、小さく呼《よ》んで、門の方へ駆《か》けだした。お巡りさんが門の戸に手をかけるのと、三平がそれを押《おさ》えるのと、全く同じ瞬間《しゅんかん》であった。

「あれ、どうしたんだい。」

お巡りさんがいったのである。

「駄目《だめ》ッ。」

勇敢《ゆうかん》に三平は声をあげた。

「どうして駄目なんだい。」

三平は返事もせず、ただ懸命《けんめい》に押《お》しつづけた。ウームと、唸声《うなりごえ》さえ出したのである。

「弱ったねえ。」

お巡りさんはそういうと、仕方なくその戸をドンドン叩《たた》き出した。

「もしもし、どなたかいませんか。」

「はいッ。」

お母さんが出て来た。

「まあ、三平《さんぺい》チャン、何しているの。」

「ハハハハ、何か悪いことしていたと見えますね。」

入って来たお巡《まわ》りさんは、手に帳面《ちょうめん》を下げていた。いつもの戸口《こ》調査《こうちょうさ》の訪問《ほうもん》である。

「御家族《ごかぞく》は四人、お変りありませんね。」

そんなことをいって、お巡りさんは帰って行った。これを見送ると三平は木の下へ行って、善《ぜん》太《た》に呼《よ》びかけた。

「兄チャン、どっかで大戦争やってないかい。大砲《たいほう》の音聞えないかい。」

お巡りさんは無事に帰って行った。朝の風は日の丸の小旗をヒラヒラさせる。善太と三平は愉《ゆ》快《かい》になって、何かやりたくなったのである。

「兄チャン、何かしないかい。」

「ウン。」

「そうだッ。」

三平はとってもいい事を思いついた。物置へ行って、一枚《まい》のゴザを持って来た。それを柿《かき》の木の下に敷《し》いた。

「兄チャン、オリンピックしないかい。」

「ウン。」

「兄チャンが放送だよ。ボクが泳ぐんだよ。」

三平《さんぺい》はゴザの上に腹這《はらば》いに横《よこ》わった。そこで泳ごうとするのである。

「兄チャン、やっとくれよう。」

そこで善太《ぜんた》は石油箱を持って来て、その上に腰《こし》をかけ、両手を口にあてて、拡声器《かくせいき》の形をつくった。

「やるよう。」

善太は始めた。

「オリンピック泳ぎ競争――。第一コース三平くーん。」

「駄目《だめ》ッ、もっと大きい声でなくちゃ。」

三平の抗議《こうぎ》で、善太は声を張《は》りあげた。

「第二コース、葉室《はむろ》くーん。第三コース、田島《たじま》くーん。第四コース、前畑《まえはた》さーん。第五コース、ドイツ人――。第六コース、アメリカ人――。」

三平はゴザの上で両手両足を開いて、もう泳ぐばかりの姿勢《しせい》である。

「よーい、ドン。飛び込《こ》みました。もぐりました。もぐっております。もぐっております。あ、三平《さんぺい》チャン、もぐるんだよ。もぐるんだよ。」

やたらに手足をバタバタさせていた三平は、その声で頭をゴザにつけ、蛙《かえる》のように手足で水をかき始めた。

「あッ浮《う》きました。浮きました。三平くん先頭です。葉室《はむろ》くん二番です。二人の競争です。オイ、三平チャン、もう、もぐるのいいんだよ。手と足をバタバタやるんだよ。三平くん出ました。三平くん出ました。葉室がおくれました。一メートル、二メートル、あ、もう五メートルもおくれました。もう直《す》ぐ五十メートルです。三平がターンしました。三平チャン、向きを変えるんだよ。」

放送もいそがしいが、三平も一生懸命《いっしょうけんめい》だ。腹這《はらば》いのままクルリと向きを変え、また両手両足でバタバタバタバタバタ。

「あ、おくれていた田島《たじま》が三段跳《さんだんと》びをやりました。一遍《いっぺん》に先頭に出ました。」

「あれッ兄チャン、三段跳びってなんだい。どうするんだい。」

三平は泳ぎを忘《わす》れて、頭を上げた。

「いいんだい。いま競争じゃないか。そんなこと聞いてたら遅《おく》れてしまうじゃないか。」

そこで三平はまた懸命になり、仰向《あおむ》けになったり、腹這いになったり、ゴザの上を転げ廻《まわ》って力泳した。

「あッ、前畑《まえはた》さんが出て来ました。三平《さんぺい》がビリッコになりましたッ。」

これを聞くと、三平はまた頭を上げた。

「駄目《だめ》ッ、ボク、ビリッコなんかいやだい。」

「よしよし、じゃ、やっぱり一番だ。やっぱり三平は一番です。先頭を切っております。二番葉《は》室《むろ》、三番前畑、四番田島《たじま》、五番六番はドイツとアメリカです。けれどもどうも心配です。三平がビリッコになりそうです。ドイツが一番になりそうです。ガンバレ三平ッ、ガンバレ、ガンバレ。」

そこで大変なスパートになったのである。ゴザの上で上になり下になり、手足で叩《たた》いたり、蹴《け》ったり、デングリ返りもやったりした。

「勝ちました。勝ちました。三平が勝ちました。」

三平は汗《あせ》を流して、ゴザの上に伸《の》びたのである。

お昼になっていた。三平は三輪車に乗って、会社の裏《うら》の石橋の所に乗り出していた。その時彼方《むこう》から洋服の人が自転車でやって来た。その人がベルをリンリン鳴らすので、三平も負けずにベルをリンリン鳴らした。と、その人は自転車から下りて、三平に聞いた。不思議なほどニコニコする人。

「坊《ぼっ》チャン、青山一郎《あおやまいちろう》って家知りませんか。」

「知ってるよッ。」

「どこですか。」

「ボクんち。」

「あ、ボクんちですか。そうですか。じゃおじさん連れてって頂戴《ちょうだい》。」

三平《さんぺい》は得意になって、三輪車を走らせた。その人も後から自転車でついて来た。三平は用もないのに折々ベルを鳴らし、曲り角では手を上げた。門に来ると、

「止まれーい。」

と、号令をかけた。玄関《げんかん》では大声をあげた。

「お客さまー。お母さん、お客様だよう。」

その人は玄関でも笑顔《えがお》をつくって、三平に話しかける。

「坊チャン、幾《いく》つですか。」

「八ツ。」

「ホウ、一年生だな。二年かな。」

「一年だい。」

「おお一年、いいですねえ。」

ところが、お母さんが出て来ると、その人は俄《にわか》に真面目《まじめ》になって、ポケットから名刺《めいし》を取出したが、まず訊《き》くのである。

「御在宅《ございたく》ですか。」

「ハイ。」

「いらっしゃるんですね。」

「ハイ。」

「一寸《ちょっと》お目にかかりとう存《ぞん》じますが。」

そこで名刺をさし出した。お母さんが暫《しば》らくそれを眺《なが》めていると、その人は次第にあごを引くのである。顔が下向きになり、眼《め》がすわって来る。

「御主人《ごしゅじん》いらっしゃるんでしょう。」

「ハイ、おります。」

「では急ぎますから。」

お母さんは顔色を変えて立上った。三平《さんぺい》は考える。この人、お父さんをおどかしに来たのじゃないだろうか。お父さんが奥《おく》からどなって出て来やしないだろうか。でも、聞いて見る。

「おじさん、どこから来たの。」

おじさんはもう返事をしない。家の中を見つめている。三平《さんぺい》はまた聞いて見る。

「おじさん、何で来たんだい。」

そんな言葉には耳もかさず、おじさんは奥《おく》に向って声をかけた。

「いらっしゃるんでしょう。一寸《ちょっと》でいいのです。こちらでお目にかかりたいんです。」

お父さんが出て来た。

「あなたが御主人《ごしゅじん》ですね。」

「そうです。」

「青山一郎《あおやまいちろう》さんですね。」

「そうです。」

「じゃ、本署《ほんしょ》の方へ来て貰《もら》いましょうか。」

「どんな御用件《ごようけん》です。」

「さあ、それは分りませんね。しかし、何、一寸したことでしょうよ。直《す》ぐ話はつきましょう。」

「そうですか。でも、永《なが》びくのでしたら、その用意もありますし――。」

「いや、一寸《ちょっと》です。たいしたこともありますまい。」

お父さんは何か気がかりの様子をしながら、着のみ着のまま、下駄《げた》をはいて外に出た。お母さんは玄関《げんかん》に立って黙《だま》ってそれを見送った。三平《さんぺい》も善太《ぜんた》も不思議なこの有様を門に立って見送った。お父さんが先に立ち、その人は後から自転車を押《お》して、川沿《かわぞ》いの道を町の方へ歩いて行った。

「お母さん、どうしたの。あの人どこの人？」

お父さん達が会社の角を曲った時、善太と三平は玄関に引き返し、お母さんを見上げて聞いた。お母さんは返事もせず、いつまでもボンヤリそこに立っていた。


お昼も過ぎて一時になっていた。善太も三平もお腹《なか》がすいていた。しかし家の中へはいらないで、柿《かき》の木の下の石油箱に腰《こし》をかけていた。お父さんが本署《ほんしょ》のものというおじさんと一緒《いっしょ》に出て行くと、お母さんは玄関の障子《しょうじ》をつかまえて立っていた。しばらく、そうだ、三平が一寸傍見《わきみ》をした時にはもうそこにはいなかった。三平は直《す》ぐにも駆《か》け込《こ》んで、お母さんに何や彼《か》や聞きたかった。それなのに、兄チャンの善太は三平の肩《かた》を抱《かか》えて、この柿の下につれて来て、そこに腰をかけさせてしまった。それからもう一時間にもなるのである。

「お母さん――御飯《ごはん》まだあ？」

大きな声で三平《さんぺい》がいいたくても、善太《ぜんた》は声も立てさせない。善太にして見れば、困《こま》っているお母さんをそっとさせていてあげたい。で、三平に話しかける。

「三平チャン、何が一番ほしい？」

「御飯《ごはん》ッ。」

「馬鹿《ばか》ッ、御飯なんか駄目《だめ》だい。」

「じゃ、パンでもいいや。」

「パンも駄目、食べるものみな駄目。」

「じゃ、お金。」

「そんなものみんな駄目。」

「じゃ、もうなんにもないや。」

「駄目だなあ、兄チャンなんか、ランプがほしい。」

「ランプ？　自転車のランプ？」

「馬鹿ッ。」

それから善太はアラビヤンナイトのアラジンの不思議なランプの話をして聞かせた。

「ね、いいだろう。そのランプ一寸《ちょっと》こすると、もう眼《め》の前に黒鬼《くろおに》が立ってるんだ。ヘイ、私《わたし》はランプの黒鬼《くろおに》です。おいいつけは何でも致《いた》しますって、そういうんだ。パン持って来いッ。直《す》ぐ眼《め》の前に大きな焼き立てのフワフワのパンが出ているんだ。」

これを聞くと、三平《さんぺい》は思わず、コクリと唾《つば》を飲んだ。

「フーム。」

感心したのである。久《ひさ》しく首を傾《かたむ》けて考え込《こ》んだ。

「そのランプ今でもあるの？」

「あるかも知れない。だけど、ないかも知れないさ。」

「フーム、あればいいなあ。」

しかし、三平はお腹《なか》がすいていて、今はもう堪《たま》らないのである。

「ああ、お腹がすいちゃった。」

いえばいうほど、おなかがすいて、じっとしてはおれないくらいだ。その時丁度木の下に一本の棒《ぼう》を見つけると、彼《かれ》は飛びつくようにそれを拾い上げた。

「やいッ、柿《かき》のアラジン。」

そして柿の木に向ってどなりつけた。いや、どなるとともに木の幹《みき》をなぐりつけた。

「御飯《ごはん》持って来いッ。お腹がペコペコなんだぞう。お寿司《すし》でもおまんじゅうでもおいしいものを持って来いッ。」

またしても、力一杯《ちからいっぱい》打ちすえた。これを見ると、善太《ぜんた》も俄《にわか》に愉快《ゆかい》になって来た。

「ようしッ、おれもやって見るぞう。」

彼《かれ》も棒《ぼう》を持って来て、柿《かき》の幹《みき》を打ちすえた。

「やいッ、アラジン柿のランプ、ランプの黒鬼《くろおに》、おまんじゅう持って来いッ。カステラ取って来いッ。」

二人は散々柿の木を打ちすえたが、どうも柿の木ばかりでは面白くない。

「兄チャン、表の松の木叩《たた》いて見よう。」

「ウン。」

二人は松の木からビワの木に向った。ビワの木から檜《ひのき》に向った。何だかそのうち魔法《まほう》の木にあたって、本当の鬼が出て来そうに思えたりしたのである。

「やいッ、檜の黒鬼ッ、会社五つ持って来い。」

そんなことまでどなり出した。その時である。嬉《うれ》しいことに、お母さんの声が聞えた。

「御飯《ごはん》ですよ。」

夜、善太《ぜんた》も三平《さんぺい》も眠《ねむ》っていた。いや、眠っていなかった。眠っているような振《ふ》りをしていた。お母さんは起きていた。お父さんを待っていたのである。

夜がふけた。外には何の音も聞えなかった。外は暗い。何処《どこ》までも、世界中暗かった。それなのにお父さんは帰って来なかった。どうしたのだろう。警察《けいさつ》でくくられているのだろうか。留置場《りゅうちじょう》というのに入れられているのだろうか。お母さんには、くくられているところが眼《め》に見えるようであった。鉄格子《てつごうし》の中へ入れられているのが、やはり瞼《まぶた》に浮《うか》んだ。しかしお母さんはセッセと縫《ぬ》いものをしていた。そうでもせねば、じっとしておれなかった。外の音に、お母さんは一生懸命《いっしょうけんめい》耳を立てていた。今、足音が聞えるか、今、せき払《ばら》いが聞えるか、思いつづけていたのである。

その時、三平はゴソゴソ床《とこ》から起き上った。玄関《げんかん》の方へ出て行った。

「三平チャン？」

お母さんが訊《き》いた。

「ウン。」

「どこへ行くの？」

「小便すんの。」

「小便って、そちら玄関ですよ。」

「ウン。」

三平《さんぺい》はもう土間《どま》に下りていた。玄関《げんかん》の戸を開けていた。

「どこへ行くのよ。」

お母さんが立って来た。お母さんは不安でならなかったのである。

「ウン、外で小便するんだい。」

三平は門の外まで出て、そこで小便をした。しかし彼《かれ》は直《す》ぐには家にはいらなかった。会社の方から来る、いや、町の方から、そうだ！　警察《けいさつ》から来る道を眺《なが》めていた。

彼《かれ》もお父さんを待っているのである。

「三平チャン、そこで何しているの？」

お母さんが訊《き》く。

「ウン、星見てんだよ。」

「星なんか見ないで、早く家にはいんなさい。」

「ウン、流れ星あるか見てんだよ。」

そういうと、彼はホントウに空を眺《なが》めた、キラキラ沢山《たくさん》の星が光っていた。きらめく星の夜空が地の果《はて》までつづく光景であった。その遠い空の下をトボトボとお父さんが歩いて行く――と、三平《さんぺい》には思われた。

「星なんか落ちないや。」

三平はいつ迄《まで》も立っていた。

「早くはいりなさいよ。」

お母さんの声が催促《さいそく》した。

「ウン。」

道の方は闇《やみ》が濃《こ》かった。そこで彼《かれ》は耳を傾《かたむ》けた。足音がしないか――何の気配《けはい》もないのを知ると、彼《かれ》は家にはいって来た。

「外は暗いや。流星なんか一つもないや。」

彼《かれ》は床《とこ》についた。床についたが直《す》ぐはね起きて来た。

「小便したら眠《ねむ》くなくなっちゃった。」

そしてお母さんの傍《そば》にねころんだ。と、善太《ぜんた》が起きて来た。

「今日、床ん中とても暑いんだよ。」

そんなことをいうのである。然《しか》しお母さんは今気持が上ずっていて、頭がてんで働かない。この闇の中をお父さんを尋《たず》ねるところも分らない。警察《けいさつ》も遠く、助けを借りるところもない。

「小便しようかな。」

こんど度は善太《ぜんた》が玄関《げんかん》の方へ出かけた。

「ボクまた出たくなっちゃった。」

三平《さんぺい》も立ち上った。二人は門で話し合った。

「兄チャン、会社の裏《うら》まで歩いて見ない？」

「ウン、行って見よう。」

二人は手をつないだ。すると、三平は軍歌を唄《うた》いたくなった。

「一二三ッ、リョウヨウ城頭《じようとう》――。」

「駄目《だめ》ッ。」

善太はそっと歩いて行こうというのである。


「さあ、おきなさい。御飯《ごはん》がすんだら、お母さん、お父さんを迎《むか》えに行って来ますからね。」

お母さんは今朝《けさ》晴れやかで元気がいい。昨夜《さくや》一睡《いっすい》もせず思い悩《なや》んだ末、決心がついたのである。

泣いてばかりいる時でない。子供達はそんなことは知らず、大喜びで飛び起き、競争で顔を洗《あら》う。

食卓《しょくたく》に向うと、三平がいう。

「ボク、おみやげがほしくなっちゃった。」

「だけど、二人でおとなしく留守《るす》していますか。誰《だれ》が来ても留守だって門から中へ入れないんですよ。」

お母さんが出て行くと、二人は門の戸を締《し》め、掛金《かけがね》をかけ、それに釘《くぎ》をさし込《こ》んだ。その上ウンウン力を入れて、引張《ひっぱ》って見たりした。大丈夫《だいじょうぶ》と分ると、二人は座敷《ざしき》にはいって寝《ね》ころんだ。俄《にわか》に家が安全になったようで、三平《さんぺい》などは眠《ねむ》くさえなって来た。

「兄チャン、眠ろうよ。」

「眠くないや。」

善太《ぜんた》はただもの憂《う》いばかりである。

「眠ってれば、お父さんお母さんも帰って来るよ。おみやげ持ってさ。」

「ウン、だけど、ボク眠くないんだ。」

三平は眼《め》をつぶった。昨夜《さくや》が遅《おそ》かったので、直《す》ぐ小さいイビキをかき出した。一時間も眠ったであろうか。眼をさますと、善太が傍《そば》で仰《あお》向けになり、眼をパチクリやっていた。

「兄チャン、眠くなかった？」

「ウン。」

「眠《ねむ》れなかったら、ボク子守唄《こもりうた》歌ったろうか。」

「バカッ。」

善太《ぜんた》はどなった。しかし横向きの彼《かれ》の頬《ほお》をボロボロ涙《なみだ》が伝って流れた。一人で永《なが》い間色々考えていたのである。これに気づかない三平《さんぺい》がまた話し始めた。

「兄チャン、話しっこしない？」

「ウン、しない。」

「しようよ。」

「いやだ。面白くないや。」

「面白いよ。舌切雀《したきりすずめ》だって、桃太郎《ももたろう》だって。」

善太が返事をしないので、三平がまた話し始める。

「ね、兄チャン、聞いてろよ。ボク話したる。いいかい。昔々、舌切雀がいたんだとさ。」

「バカッ、そんな雀いてたまるかい。」

その時である。ドンドン門を叩《たた》く音が聞えて来た。

「アッ、お父さんだッ。」

三平が飛び起き、善太が立ち上った。しかし駆《か》け出そうとする三平を善太が抱《だ》き止めた。

「違《ちが》うよ、きっと違うよ。」

二人は耳をすました。声はいっている。

「青山《あおやま》さんッ、お不在《るす》ですかッ。」

三平《さんぺい》が善太《ぜんた》の顔を見上げた。どうする？　というのである。善太はやはり三平を抱《かか》えていて放さない。声は大きくなり、戸の音も激《はげ》しくなる。

「青山さんッ、いるんですか、いないんですかッ、返事をしないと門を越《こ》して入りますよ。」

会社の赤沢銃三《あかざわじゅうぞう》の声である。三平は、じっとしてはおれなかった。善太の手の中で身悶《みもだ》えした。

と、今度は話声である。

「どうしましょう。警官《けいかん》の立会《たちあい》を、求めましょうか。」

「立会といっても手間どりますからな、やはり明日《あした》のことにして貰《もら》いましょうか。」

赤沢の他にもう一人いるらしい。しかし、この声とともにその二人は行ってしまった。

「よかったねえ。」

うなずき合った二人は暫《しば》らく耳をすました後、嬉《うれ》しそうにほほ笑《え》み合った。他の一人が執達吏《しったつり》であったことは彼《かれ》らには分らなかった。だから、三平が物差しを手にとると、殺陣《たて》の構《かま》えをして大威張《おおいば》りしてみせたのである。

「やいッ、今日、内は留守《るす》なんだぞう。ヘン、お父さんお母さんもいないんだぞう。」

それからその辺をメチャクチャに切りまくり、終りにとうとう切腹《せっぷく》の真似《まね》をして倒《たお》れた。悲壮《ひそう》な最期《さいご》である。

お父さんを迎《むか》えに行ったお母さんはいつまで待っても帰って来なかった。善太《ぜんた》と三平《さんぺい》は眼醒《めざま》し時計を前に相談した。

「ボクは短い針《はり》がここまで来たら帰って来ると思うな。」

善太は三時の処《ところ》を指していうのである。丁度二時なのである。

「ボクは長い針がここまで来たら帰ると思うな。」

三平は二時の処を指していう。

「そんなことあるかい。それじゃ、これからたった十分じゃないか。」

善太がいう。

「あるさあ。十分でもあるさあ。」

兎《と》に角《かく》三平は負けていないのである。

「じゃ、もし長い針がここまで来て帰んなかったら、どうする？」

「どうでもするよ。」

「三平《さんぺい》チャンの小刀くれるね。」

「ああ、やるよ。」

二人は時計を前に待ち始めた。

「早く帰れ、早く帰れ、早く帰っていらっしゃい。お父さんと、お母さん、お父さんと、お母さん。」

三平が繰返《くりかえ》した。だって、長い針《はり》は見る間にもう五分も動いたのである。

「遅《おそ》く帰れ、遅く帰れ、遅くってもいいですよ。お父さんとお母さん、お母さんとお父さん。」

善太《ぜんた》の方はこう繰返《くりかえ》す。長い針がもう二分で二時の上に来るという時、三平が二時を指していい出した。

「ボク、こん次のここにする。」

「だってそりゃずるいや。」

善太は承知《しょうち》出来ない。

「だってさ、いつでも、ここに来るまでとしとけばいいじゃないか。兄チャンだって、短い針が次のここまで来る時にしたって構《かま》わないよ。」

しかしこれは変な話になって来た。長針《ちょうしん》は一時間毎《ごと》に二時の上を通過《つうか》するが、短針《たんしん》がもう一度三時の上に来るのは十二時間も後である。

「いや、ボクいや。三平《さんぺい》ちゃんの小刀貰《もら》うよ。いいかい、それ、もう二時んとこへ来たじゃないか。」

長針《ちょうしん》を指して善太《ぜんた》がいい、小刀をとりに立ち上ろうとした時である。三平が善太に取りすがるようにして、声をひそめた。

「兄チャン、今、三平チャンって、誰《だれ》か呼《よ》んだよ。」

「えッ。」

二人は四辺を見廻《みまわ》した。善太はこんな時こそ平気な顔をしなければと、考える。

「ウソだあい。」

といって見せる。二人は手をとり合って、耳をすましている。

「ね、誰も呼んでないだろう。」

兄らしく、また善太がいってきかせる。

「呼んだようなんだけれどなあ。」

三平はしきりに頭を傾《かたむ》ける。

「誰ですか。三平呼んだん、誰ですかッ。」

善太《ぜんた》はいってみる。

「ね、やっぱり誰《だれ》もいないだろう。」

三平《さんぺい》にいってみるものの、善太は身体が震《ふる》えて来た。そこで、わざと大きい声をして、

「その辺《へん》歩いて見よう。もしかしたら、犬かも知れないよ。」

と元気を出して、次の間へ飛び込《こ》んだ。

「やいッ、犬のノラ助《すけ》ッ。」

これを見ると、三平はホントウの元気が出て来て、

「やいッ、猫《ねこ》のノラ吉《きち》ッ。」

と、大声で茶の間へ駆《か》け込《こ》んだ。終《しまい》には風呂場《ふろば》を覗《のぞ》いて、

「三平チャンって、どうしていったんだい、こんどいったら承知《しょうち》しないぞッ。やいッいうか、いわんかッ。いえたらいってみろッ。」

などと途方《とほう》もなく威張《いば》りたてたのである。何と威張ってみても、それから後、家の薄気味《うすきみ》悪《わる》さは消えなかった。そしてお母さんはやはり帰って来なかった。

鵜《う》飼《かい》のおじさんは八の字髯《ひげ》をはやしている。それが後からでも見えるくらい長いのである。お

じさんはお母さんの兄さんで、昔は軍医だったが、いまは五里《り》も山奥《やまおく》でお医者さんをしている。昨日《きのう》お母さんはそのおじさんと帰って来た。

「なあに、心配することあないさ。お父さんが帰らなきゃ、みんなで、おじさんのとこへ来て暮《くら》すさ。山に鳥もいりゃ、川に魚もいるぞう。山ん中でも退屈《たいくつ》することあないよ。」

おじさんはそういったのである。それで、善太《ぜんた》も三平《さんぺい》も今朝《けさ》は元気がいい。それに、おじさんは、ホウ、ホウ、いって笑うのである。丁度、その笑声が朝の食後にしていた時、門を開ける音がした。

「御免《ごめん》下さい。」

玄関《げんかん》に立っているのは昨日来た執達吏《しったつり》と、会社の佐山新専務《さやましんせんむ》の手下の赤沢銃三《あかざわじゅうぞう》であった。この時から家の騒動《そうどう》が始まった。二人の男は無遠慮《ぶえんりょ》にも「上ろう」といってドカドカ上へ上って来た。そして善太と三平には、

「外で遊んどいで。」

とお母さんがいった。何事が起ったのか、善太も三平も見たくもあり恐《こわ》くもあった。しかし仕方なく柿《かき》の木の下へ行って立っていた。どうしたのかと、互《たが》いにいい合うことも出来なかった。そのうち、善太が柿の木の上へ登って行った。三平は一人木の下に立っていた。すると、三平は次

第に腹《はら》が立って来た。ムシャクシャするのである。もしそこに大きな岩でもあれば、それを力一《ちからいっ》杯《ぱい》押《お》し立てて、そうだ、家のような岩でも押し転がしてしまったであろう。そんな岩もない。

よし！

三平《さんぺい》は思った。この木に登ってやろう。直《す》ぐ両手と両足で幹《みき》に抱《だ》きつき、ウン、ウンと、足をのして行ったのである。のした時には一尺《しゃく》も登るように思えるが、その足を上へ引き寄《よ》せようとすると、ズルズル身体が下へ下がって来る。

「ナニクソッ。」

彼《かれ》は頬《ほお》まで幹に押し付けて、下《さが》っては登り、登ってはずり落ちる。その度に頬が幹ですれて、白いかすり傷《きず》がついて来た。今はその傷の痛《いた》みさえ気持がいいくらいである。気がついてみれば、何と十度も足をのしのししてたのに、尻《しり》がベッタリ土についている。

「ようしッ。」

彼はもう口に出していい、大急ぎで上着をぬいだ。素《もと》より初めから跣足《はだし》で、パンツ一つになっていたのである。両手にペッペッと唾《つば》を吐《は》きかけた。足には近くのしめった土をこすり付けた。その上、五六間離《けんはな》れた所へ行って、そこから木に向って走り出した。走り高飛びをして、飛び付こうというのである。何度もそれを繰返《くりかえ》した。そのうち、腹や胸《むね》がすれ、そこにも白い傷、赤い傷《きず》が筋《すじ》になってついて来た。息づかいも荒《あら》く、フッフッいったり、ウンウン唸《うな》ったりした。もう泣けそうになって来たのである。しかし彼《かれ》は泣かなかった。そうでもしていなければならない今の家の有様である。そうして、十度二十度と繰返《くりかえ》して、到頭《とうとう》彼は五尺《しゃく》ばかりの所へ登りついた。もう二尺、そこには一番下の枝《えだ》があった。彼の力はつきていた。下は、見ることも出来ない無限《むげん》の距離《きょり》である。つい不覚にも、涙《なみだ》がボロボロ落ちて来た。すすり泣いたのである。それを聞くと、善太《ぜんた》が上から下りて来た。

「待て、待て、待てッ。」

善太に引き上げられて、枝の上に立つと、三平《さんぺい》は涙の顔でも笑わないではおられなかった。

「フ、フ、フ。」

妙《みょう》な笑い方をする。それから四方を見渡《みわた》した。成程《なるほど》、そこは高く、見なれない景色《けしき》である。しかし想像《そうぞう》していた満洲《まんしゅう》の戦争も、海で軍艦《ぐんかん》の衝突《しょうとつ》も、そんなものは見えなかった。見えなかったけれども、彼はそんなことをいう気はなく、広い世の中を見るような思いで、飽《あ》かず遠くを眺《なが》めつづけた。

執達吏《しったつり》と赤沢銃三《あかざわじゅうぞう》の帰って行くのを見て、三平はウッカリ声をかけそうになった。木の上に立っていることも自慢《じまん》だし、先刻《せんこく》の憤《いきどお》りも早や忘《わす》れていた。枝《えだ》の上に立ち上り、青葉の中から首をさし出したところを、善太《ぜんた》に後から引張《ひっぱ》られた。そこで三平《さんぺい》はいったのである。

「兄チャン、きっと、お巡《まわ》りさんだよ。だけど、お母さんをつれてかなかったから、まあ、いいや。」

その時、家の中からおじさんの声が聞えて来た。

「善太ッ、三平も来なさい。」

大急ぎで木から下りて、足を洗《あら》いに井戸端《いどばた》の方へ廻《まわ》ろうとしているとまたせき立てられた。おじさんとお母さんと、座敷《ざしき》に向い合って坐《すわ》っていた。家の中は大掃除《おおそうじ》の時のように散らかっていた。道具という道具がみな部屋の中に転がされていた。簞笥《たんす》にも戸棚《とだな》にも、白い小さな紙が斜《なな》めに張《は》り立てられていた。二人は足を洗う間もなく、縁側《えんがわ》から這《は》い上って、おじさんの前に膝《ひざ》を列《なら》べた。殊《こと》に三平は顔も腹《はら》もほこりと傷《きず》とでまんだらになりながら、パンツ一つで畏《かしこ》まった。いつもならば、そんな様子を大笑いで眺《なが》めるおじさんが、今日は八の字髯《ひげ》も厳《いか》めしく、三人を前に話し始めた。

「お母さんとは昨日《きのう》からよく話をしたことだが、この家にお金もお金になるものも、到頭《とうとう》一つもなくなった。警察《けいさつ》へも会社へも、おじさんは行って来たが、二日や三日でお父さんは帰って来ません。家も屋敷《やしき》も、もしかしたら、会社がとってしまうかも知れない。それでこれからは働けるものは働いて金をもうけ、働けないものは学校へ行って一生懸命《いっしょうけんめい》に勉強する。分ったか。そこで、三平《さんぺい》はこれからおじさんのところへ行って、秋からあちらの学校へ行く。勉強さえ出来れば、おじさんが大学まででもやってあげる。善太《ぜんた》とお母さんは当分この家に住み、いいところが見つかったら、そこで働き働き、善太は学校へ行く。いいかい。今までと違《ちが》うんだから、決して我《わが》ままいうんでないよ。さ、お母さんもこんな時だ。気を強く持ち、二人もよくいうことを聞いて、何年か後には、こんなことも笑って話すようにならなくちゃならんぞ。」

お医者さんのおじさんは帰る時間が急がれた。お母さんは、差押《さしおさ》えから残された僅《わずか》の三平の着物を風呂敷《ふろしき》に包み、背負《せお》いカバンには本や鉛筆《えんぴつ》を入れた。善太は、ボンヤリ坐《すわ》っている三平を井《い》戸《ど》の方へ誘《さそ》った。

「三平チャン、顔を洗《あら》う？」

「ウン。」

「じゃ、来いよ。」

井戸端《いどばた》で善太は三平のためにバケツに水を汲《く》んだ。洗面器《せんめんき》もとってやり、手拭《てぬぐい》まで持って来た。

ところが、洗った顔を、善太から渡《わた》された手拭でふこうとした途端《とたん》に、ワーッと三平は途方《とほう》もない大声をあげて泣き出した。善太《ぜんた》もビックリしたが、お母さんが驚《おどろ》いて飛び出して来た。

「まあ、どうしたのッ。」

すると、三平《さんぺい》は直《す》ぐ泣くのをやめて、お母さんの方へ笑顔《えがお》を見せた。

「どうしたの？」

お母さんはまた訊《き》かずに居《い》られなかった。

「ウン、一寸《ちよつと》泣いてみたんだい。」

「ほうほう、泣いてみたりしちゃ駄目《だめ》だぜ。」

おじさんまで立って来ていったのである。お母さんは手拭《てぬぐい》をしぼって、三平の顔や身体を拭《ふ》いてやった。足の方を拭いている時、お母さんはその小さくてイタズラらしい足の指の可愛《かわい》さに、つい涙《なみだ》が出そうになったりした。三平の方では、三人に取り巻《ま》かれて、始終ニコニコしつづけた。

「金《きん》チャンのコブもう直ったかなあ。」

いつかの喧嘩《けんか》を思い出していったりした。

背負《せお》いカバンをつけた三平と、風呂敷《ふろしき》を手にしたおじさんが、玄関《げんかん》に立った。

「じゃ、明日《あす》か明後日《あさつて》またやって来る。」

おじさんがいった。

「行ってまいります。」

学校へ行くように三平《さんぺい》がいった。二人が門を出て行くと、お母さんは土間《どま》に飛び下り、下駄《げた》をつっかけて駆《か》け出した。玄関《げんかん》で見送ろうと思ったのであるが、堪《たま》りかねて、門まで出て見た。二人はもう六七間《けん》先を歩いていた。

「三平チャン。」

やさしく呼《よ》んでみた。三平が振《ふ》り返って笑顔《えがお》をつくった。おじさんも後を向いて笑ってみせた。そこへ善太《ぜんた》も出て来て、お母さんと二人でしばらく立っていた。会社の裏《うら》の石橋の上に行った時、おじさんにいわれてか、三平がこちらを向いて、帽子《ぼうし》をとって丁寧《ていねい》にお辞儀《じぎ》をした。おじさんも帽子に手をかけた。それから二人は後も見ず、次第に遠くなってしまった。引返して門にはいろうとすると、善太が聞いた。

「お母さん、三平チャン、もう帰んないの？」

「帰るとも、学校の休みには帰って来ますよ。」

「フーン。」

そういうと、善太は家にはいらず、柿《かき》の木の側《そば》に立っている小さなブランコのところに行き、横木に腰《こし》をかけて、ゆるやかに揺《ゆ》り出した。ブランコに乗りたいわけでもなかった。静かにものを考えたかった。揺《ゆれ》るにつれて綱《つな》の上の金具がキリキリと音を立てた。これは淋《さび》しい音であった。そこで、こんどは空のブランコを両手で引いて行って、後の方で高くさし上げた。三平《さんぺい》をよくそうして振《ふ》ってやったのである。

「そうらあ。」

今はそんな声も出さなかったが、そのつもりで彼《かれ》はそれを力を入れて押《お》しやった。返って来るのをまた押しやった。三平のいないそんな遊びは疲《つか》れるばかりで面白くない。丁度お母さんの声がして来た。

「善太《ぜんた》チャン、三平チャンのものを集めて頂戴《ちょうだい》。こんどおじさんが来たらことづけてやるんだから。」

「ウム。」

善太は一歩ふみ出した。しかし、三平のものといえば、歩かなくてもその辺に一杯《いっぱい》ある。ブランコもそうだ。柿《かき》の木もそうだ。柿の木の上の日の丸の小旗だって、半分は三平のものである。この間魔法《まほう》の鬼《おに》を出そうとして、そこら中を叩《たた》き廻《まわ》った竹の棒切《ぼうきれ》だって、三平のものである。蛙《かえる》を入れるといって、土に掘《ほ》ったトンネルもあれば、押出《おしだ》し相撲《ずもう》に使った地に描《か》いた輪もある。そんなものは、やがて彼方《あちら》で三平《さんぺい》が造《つく》るであろう。そう考えると、善太《ぜんた》は物置に行って、そこから網《あみ》と魚籠《びく》とを持ち出し、それを縁側《えんがわ》に置いた。玄関《げんかん》からは下駄《げた》とズックの運動靴《うんどうぐつ》と、小さなコウモリをとって来た。机《つくえ》の所に行くと、もっと沢山《たくさん》のものがあった。学校の書き方、綴《つづ》り方《かた》、算術《さんじゅつ》などの答案がある。二重丸や三重丸がついている。その一枚《まい》の綴方《つづりかた》を善太はのぞいた。

ウチ　ノ　オトウサン

ウチ　ノ　オトウサン　ニハ　ヒゲガアリマス。ソノ　ヒゲ　ハ　サワルト　イタイ　ヒゲデアリマス。オトウサン　ト　コウサンズモウ　ヲ　スルトキ　ソノ　ヒゲニ　サワラレルト　ボク　ガ　スグ　マケ　ニ　ナリマス。

そんなことが書いてあった。小さな財布《さいふ》があったので、善太はそれを開けて見た。一銭銅貨《いっせんどうか》が三つはいっていた。何だか可哀想《かわいそう》になって、善太は自分の財布を出し、底をはたいて、入れてやった。といっても、それにも五銭が一つと一銭が二つしかなかった。他には、青写真の道具だの、線香花火《せんこうはなび》だの。水鉄砲《みずでっぽう》を見ると、善太も一寸《ちょっと》やって見たくなって、手水鉢《ちょうずばち》へつけて、シュッシュッと水を飛ばしてみた。三平がいないと、そんなこともつまらなかった。

バスに乗って五里《り》。バスから下りて、瀬《せ》の音の高い橋を渡《わた》った。川はかなりの幅《はば》で流れている。

そこから道は谷間に向ってはいって行く。二町《ちょう》も歩くと、山を後に鵜飼《うかい》のおじさんの家がある。大きな茅葺《かやぶき》の母屋《おもや》、両脇《りょうわき》に離《はな》れと診察所《しんさつじょ》の瓦屋根《かわらやね》、離れの後は白壁《しらかべ》の土蔵《どぞう》、土蔵の戸口に太い高い松の木、家に近づいた時、おじさんがいった。

「内に行ったら、おばさんにいうんだよ。ボクこれから御厄介《ごやっかい》になりますって、そしてお辞儀《じぎ》をするんだよ。後はもう三平《さんぺい》の家にいる通りにして、ちっとも遠慮《えんりょ》しなくてよろしい。」

これを聞くと、三平は「ウン」と、うなずいて見せた。家の前に来た。三段《だん》の石段を登る。正面の玄関《げんかん》で、

「帰ったよ。」

おじさんがいうと、

「お帰んなさい。」

奥《おく》からおばさんが出て来る。

「三平をあずかって来たよ。」

「まあ、そうですか。可愛《かわい》くなったわねえ。もう学校へ行ってるの。」

おばさんがいう。この時、三平は帽子《ぼうし》をとって、お辞儀して、

「ボク——。」

といったが、後が出て来ない。

「ボク？　ボク何なの。」

おばさんが聞く。と、そこへ奥《おく》から美代子《みよこ》チャンと幸介君《こうすけくん》が出て来た。三平《さんぺい》は暫《しばら》くニコニコしたまま、みんなを眺《なが》めて立っていた。みんなも笑顔《えがお》をして、三平を見ていた。

「ボク、これからッ。」

突然《とつぜん》、三平が大声を発した。それでみんなが一層《いっそう》笑顔を深くした。この時と、三平は思い切って活潑《かっぱつ》に声を張《は》り上げた。

「御厄介《ごやっかい》になりますッ。」

「ホッホッホ。」

みんなが笑いくずれた。

「さあ、お上んなさい。」

縁側《えんがわ》で子供達三人はキャラメルをむいて食べていた。話をしなくても互《たがい》に顔を見合わせれば笑顔になる。しかしその時、三平は茶の間の方でするおじさんおばさんの話が耳にはいった。

「大変なんですねえ。」

これはおばさん。

「そうとも。」

おじさんの声。

「それで、一郎《いちろう》さんの罪《つみ》は?」

「私文書偽造《しぶんしょぎぞう》というのだ。可哀想《かわいそう》だが、一年や二年は行くだろう。」

「へえ、じゃ三平《さんぺい》チャンその間あずかるんですね。」

「何をいう。おれは大学まで行かせるつもりだ。」

「へえ、あんな子をねえ。」

「そうだ。」

「兄弟が多いと、必ず一人は屑《くず》が出るといいますが、まあ一生うちでは一郎《いちろう》さんをみることになりましょうよ。」

「仕方がないよ。」

「だけど、どうせみるなら潔白《けっぱく》な人をみたいわねえ。」

「何をいうんだ。まだ一郎君だって何も定《きま》った訳《わけ》じゃないんだぜ。たといそんなことが定って見たところで、どんな事情《じじょう》でそんなことになったか、聞いて見なけりゃ分らないじゃないか。」

三平は笑えなくなってしまった。それから一時間ばかり後、ふっと三平がいなくなっていた。

家の中にも、家敷中《やしきじゅう》にも、橋の方にもいないのである。おじさん、おばさん、美代子《みよこ》、幸介《こうすけ》、手分けしてさがし廻《まわ》った。

「三平《さんぺい》チャン――」

と呼《よ》び立てた。しかしその時三平は、土蔵《どぞう》の側《そば》の三間《げん》もある高い松の枝《えだ》に、夕日に照らされて腰《こし》かけていた。彼《かれ》は遙《はるか》に自分の家の方を眺《なが》めようと登ったのであるが、眼《め》に入るものは山ばかりであった。

三平が土蔵の側の高い松の木に登ったのは、自分の家の方が見たいばかりではなかった。鵜飼《うかい》のおじさんとおばさんの話を聞いて、この鵜飼の家にいたくなかったのである。身を隠《かく》したかったのである。だから、日が暮《く》れかかっていても、下で自分を呼ぶ声を聞いても、彼《かれ》は枝の上にじっと腰かけていた。いつまでもそこにいるつもりなのである。夕日が西の山に入りかけるのを見ると、中々面白い眺めである。大きくなって、グリグリ廻っているように見える。その時、道の方で、おじさんが畑のお百姓《ひゃくしょう》に聞いていていた。

「八つの男の子なんですが、御覧《ごらん》になりませんでしたか。昼過《ひるす》ぎ親戚《しんせき》からつれて来たんですが、先程《さきほど》ふっといなくなっちゃって――。」

「ハア、それについちゃ、先刻《せんこく》から見ているんですが、お宅《たく》の土蔵《どぞう》の松の木ですなあ。あれ、あそこの上に坊《ぼっ》チャンらしいものが見えるんですが、危《あぶな》いなあと、私、ハラハラしておりましたんですが——。」

お百姓《ひゃくしょう》に指さされて、おじさんは驚《おどろ》いた。

「あれッ、あんなところに、登ってやがる。や、これは——。」

大急ぎで、おじさんは家にとって返した。

「こらあ、そこにいるの三平《さんぺい》じゃないかあ。」

木の下で、おじさんは上を仰《あお》いでどなった。

「ウーン、ボクだよう。お日様見てんだあ。とっても綺麗《きれい》だよう。」

「大変なボクめ、どうして登ったんだ。」

「ウン、今下りる。もう下りるよ。」

三平はそろそろ木を下に伝い始めた。

「駄目《だめ》だ、三平、も一寸《ちょっと》そこにじっとしてるんだよ。おじさんが今梯子《はしご》をとって来てやるからな。」

「ウン、いいや、いいや。ボクすべって下りるよ。」

「駄目《だめ》だよ。じっとしてるんだよ。いいかい。」

妹思いのおじさんは、この山村二里《り》四方に渡《わた》っての先生の威厳《いげん》も忘《わす》れ、狼狽《うろた》え気味に納屋《なや》の方へ駆《か》けてった。その間に、三平《さんぺい》はスルスルと木をすべり、長い梯子《はしご》をとって来た時にはもう木の下に立っていた。その側《そば》にはおばさんも美代子《みよこ》も幸介《こうすけ》も集っていた。

「大胆《だいたん》ねえ。あの上に登ってたんですか。」

おばさんはしきりに感心して繰返《くりかえ》した。美代子、幸介はものもいえなかった。おじさんが梯子を元のところへ担《かつ》いでゆくと、おばさんがついて来ていうのであった。

「あなた、あれは大変な子供ですよ。」

「ウン、痛快《つうかい》な奴《やつ》さ。」

「痛快どころですか。きっと内の幸介、そのうち大怪我《おおけが》をさせられますよ。」

おじさんは返事もしなかった。おばさんはまだ追いかけていうのである。

「ね、あなた、内で預かり切れますかしらん。」

子供達は座敷《ざしき》の縁側《えんがわ》に腰《こし》かけていた。美代子がしきりに三平に話しかけていた。彼女《かのじょ》は小学六年、姉さんぶりである。

「三平チャン、どうして登ったの?」

「ウン、手に唾《つば》つけるのさ。直《す》ぐ登れるよ。」

美代子《みよこ》が呼《よ》ばれて台所へ立つと、三平《さんぺい》が話し始めた。

「幸介《こうすけ》さん、いいことしないかい。」

「何だい。」

幸介は三年生である。

「ボクね、兄チャンに聞いたんだけど、これくらいの箱にね。」

三平は手真似《てまね》をして見せた。

「コトリのヤドって字を書くんだとさ。そしてそれを木の枝《えだ》にぶら下げとくんだって。そうすると、いつの間にかコトリが来て泊《とま》ってるとさ。」

これは幸介を感心させた。

「ホントウ？」

「ホントウさ。」

「じゃ、明日《あした》やってみよう。」

「ウン、やろう。」

二人は固く約束した。

朝から幸介《こうすけ》と三平《さんぺい》は忙《いそが》しかった。縁側《えんがわ》に鋸《のこぎり》と鎚《つち》と釘《くぎ》と、そして菓子箱《かしばこ》のこわれたのが置かれていた。鋸を引いたり、釘を打ったり、二人は縁の板に頭がつく程《ほど》かがみ込《こ》み、脇見《わきみ》もしない有様である。

「何してんのさ。」

美代子《みよこ》が聞いても、それ位では返事もしない。

「ねえ、幸介チャン、何してんのさ。」

肩《かた》をゆすぶって聞く。始めて顔を上げる。

「箱だよ。」

「箱を何するの。」

「宿屋だよ。」

「宿屋？」

それからは何といっても返事をしない。二人とも一心不乱《いっしんふらん》というところである。とに角二人が箱をつくっていることがわかると、美代子はその不細工なのを見るに見兼《みか》ねた。殊《こと》に三平のものなど、とても箱になるどころでない。美代子は手を出した。

「三平《さんぺい》チャン、貸して御覧《ごらん》よ。」

鋸《のこぎり》をとって、彼女《かのじょ》は板の切口を真直《まっす》ぐにしたり、その寸法を合せたりした。その上それを釘《くぎ》で打ちつけ、どうにか箱の形をつくってやった。コーンビーフの缶《かん》のようなのが出来たのである。それでも彼女は自慢《じまん》でいった。

「いいでしょう。」

「ウン。」

三平とても大満足だ。手にとって、少し離《はな》して眺《なが》め入る。その中に横になって、小さな枕《まくら》に頭を載《の》せ、足を投げ出して眠《ねむ》る小鳥の姿《すがた》が見えて来る。

「ウン、いいや。これでいいや。」

彼《かれ》には立派《りっぱ》な小鳥の宿である。早く『コトリのヤド』と書き入れたい。その時幸介《こうすけ》の箱も出来あがった。出来あがったが、それを見ると、美代子が吹《ふ》き出した。

「まあ、幸介チャン、それ、箱?」

「箱さ。」

幸介は不機嫌《ふきげん》である。その箱は三角だか四角だか解《わか》らない形をしている。不定形とでもいうのであろうか。板の一方が五六分《ぶ》はみ出していても、その片方《かたほう》は四五分足《た》りない。そこは透《す》いたままである。

「やっぱり箱かねえ。」

美代子《みよこ》が手にとって、表や裏《うら》を眺《なが》め入る。

「箱さ。」

幸介《こうすけ》は怒《おこ》っている。しかし彼《かれ》とても、これが小鳥の巣箱となって、木の枝《えだ》にぶら下げられることを思うと、つい心も喜びにやわらぐ。そこで美代子にいった。

「姉チャン、これに字書いてくれない？」

「何て？」

「何だっけなあ。鳥の宿屋か。ウウン、小鳥宿か。」

「そうじゃないよ。小鳥の宿ってんだよ。」

三平《さんぺい》がいう。

「へえ、小鳥旅館かね。」

「違《ちが》うよ。小鳥の宿じゃないか。」

幸介が口を尖《とが》らす。

「へいへい。」

美代子《みよこ》が墨《すみ》と筆とを持って来て、二人の望み通りに書いてやった。小鳥に分り易《やす》くというので、片仮名《かたかな》であるのはもちろん、見易くというので箱のどの面にも書き立てた。書き終ると、二人はそれをぶら下げる為《ため》に、テープをさがして来て、一本ずつポケットに入れた。

「つまり巣箱なのね、森にぶら下げるのね。」

出かけようとする幸介《こうすけ》に美代子がいう。

「違《ちが》うよ。」

彼《かれ》は承知《しょうち》しない。承知しないばかりか、美代子もついて行くというと、

「ダメッ。」

と一言に拒絶《きょぜつ》した。そして二人は駆《か》け出した。三十分ばかりの後、後をつけて行った美代子が大声を上げて帰って来た。

「お母さん、大変。幸介と三平《さんぺい》チャンが森の樫《かし》の木のてっぺんへ登っててんのよ。」

幸介と三平が森の高い樫の木に登って、小鳥の巣箱をぶら下げているところを発見されてから、二人は森へ行くことを固く禁《きん》じられた。今日は河《かわ》へ行くことになったが、決して水にはいってはならない。堤《つつみ》の上から見ているばかりといいきかされた。二人は約束の通り、土手の上から眺《なが》め

ていた。十幾人《じゅういくにん》の日にやけた大小様々の子供達が、水沫《しぶき》をあげて呼《よ》び交《かわ》していた。中に、幸介《こうすけ》を呼《よ》ぶものが幾人かいた。

「やーい、幸介チャン、来ないかあ。」

「どうして泳がないんだあい。」

幸介は土手の上から下りて、河原《かわら》の水ぎわに尻《しり》をすえた。三平《さんぺい》もついて、その傍《そば》にしゃがんだ。みんなが幸介にばかり話しかけるので、三平は淋《さび》しかった。いつまでもものもいわず、ただみんなの活潑《かっぱつ》に泳いでいるのを眺《なが》めているのにも飽《あ》きた。その時、堤《つつみ》の上でしている二人の成人《おとな》の話を聞いた。

「新聞に出ていたろう。青山一郎《あおやまいちろう》ってさ。」

「ウン、あの青山の子供なのか。」

これでは三平はじっとしておれなかった。その辺を眺め廻《まわ》した。四、五間離《けんはな》れた所に洗場《あらいば》があり、そこに半分水につかった大きな盥《たらい》が眼《め》に入った。何だか面白そうに思えた。三平はその方に歩いて行った。波が来る度《たび》、盥はウキウキ動いている。成程《なるほど》！　これは面白い。三平は直《す》ぐそれに乗って見た。ウッキ、ウッキと、船に乗った通りの気持である。今、三平はこの盥で遊べるということは、二重にも三重にも有難《ありがた》い。大いに遊んでやろう。三平は決心した。

一先《ひとま》ず河原《かわら》に上り、四、五尺《しゃく》の竹の棒《ぼう》を見つけて来て、いよいよ盥《たらい》を押《お》して水の上に浮《うか》べた。盥を船にし、棒でもって河原に近く流して行った。

「大船、小船。」

面白そうに呼《よ》んでみた。面白く遊んでいるということを人々に知って貰《もら》いたかった。誰《だれ》も何ともいわない。見ているようでもない。こうなっては仕方がない。彼《かれ》は盥に自分で乗込《のりこ》んだ。

「盥のお船。」

と呼んでみた。やはり誰も何ともいってくれない。その時、船はもうみんなから十間《けん》も離《はな》れていた。まだ河原に沿《そ》うていて、上に上ろうとすれば、上に上ることも出来たのである。しかし、今三平《さんぺい》としては、大冒険《だいぼうけん》をやらなければならない。決心したのである。棒をもって、河原を押し、盥を中流の方に出した。中流は流れが急で、見る間に盥はクルクル廻《まわ》り、速度を増《ま》して流れ始めた。こんな時は、驚《おどろ》いて声などを上げては男子三平の顔にかかわる。彼は平気な顔で歌いつづけた。

「大船、小船、

盥のお船。」

また十間ばかり流されて行った。瀬《せ》の音が高く聞えて来た。直《す》ぐ急流の瀬はやって来た。三平

は瀬《せ》の波にゆられゆられ、盥《たらい》のふちを両手でつかみ、

「やあ——大波小波。」

顔色をかえながらも、助けも呼《よ》ばず、周囲も見ず、面白そうに流れ下った。今まで泳いでいた子供達は大騒《おおさわ》ぎをやっていた。口々に叫《さけ》びながら、河原《かわら》をかけて、三平《さんぺい》の盥を追うた。

この河原を五町《ちょう》も下れば、そこは本流の大河で、高瀬舟《たかせぶね》などが通っていた。その間に淵《ふち》もあれば、滝《たき》のようなところもあった。淵には渦《うず》も巻《ま》いていた。

鵜飼《うかい》のおじさんは山村ばかりなので、往診《おうしん》というのには、馬に乗って出かけていた。丁度、その子供達の騒《さわ》いでいる時、河の土手を通りかかった。

「何だ。何だ。」

そして三平のことを聞くと、直《す》ぐ馬に拍車《はくしゃ》をかけ、土手道を競馬のように走らせた。土手は河の方が竹藪《たけやぶ》になっていた。竹藪をはずれるごとに馬をとめて、河の方を覗《のぞ》いた。一町行っても、二町行っても、三平の姿《すがた》は見えなかった。

盥に乗って河を流されて行った三平を追うて、おじさんは土手の上を馬を走らせた。土手の藪の切れ目切れ目で、河の方を覗いてみた。五つ目の切れ目でおじさんは考えた。

「どうしても、こんなに遠く流されているはずはない。」

そこには水ぎわに洗場《あらいば》があり、洗場へ土手から道がついていた。おじさんは馬をすすめて、その洗場へ下りて行った。洗場から水の中へ馬を乗り入れ、河《かわ》の真中へ出て、河上の方、河下の方と眺《なが》め廻《まわ》した。

「どうしても、こりゃ河上だ。」

おじさんは首を傾《かたむ》けて独言《ひとりごと》をいい、水の中をザブザブと、上流に向って馬を歩かせた。走らそうにも、水が馬の臑《すね》より上に来るのである。その間にもおじさんは水の中を注視《ちゅうし》した。盥《たらい》が沈《しず》んでいないか。三平《さんぺい》が底を流されていないか。二、三町《ちょう》のぼった処《ところ》で、河は山に沿《そ》うて曲っていた。そこは淵《ふち》になっていた。おじさんは河原《かわら》の上に馬を乗り上げた。この淵こそ、底の底まで見なくちゃ、と考えたのである。ところがその時、

「おじさーん。」

という声が聞えたように思え、顔を上げて、その辺を見廻した。何のことだ。直《す》ぐ側《そば》の、山から突《つ》き出た岩蔭《いわかげ》に、水のよどみに、三平が盥に乗っていたのである。

「お、三平ッ。」

思わず大きな声が出た。

「流されちゃったの。」

「いいさ。いいさ。」

そういわずにいられなかった。

「でも、恐《こわ》かったよ。ずい分早いんだもん。」

おじさんはその間に鞍《くら》の後に結んである綱《つな》をはずし、馬の上から三平《さんぺい》に投げてやった。

「さ、これをつかまえるんだよ。大丈夫《だいじょうぶ》かい。ひっくり返っちゃ大変だぞ。」

それから二、三町《ちょう》、おじさんは三平の盥《たらい》を引いて、元の洗場《あらいば》の処《ところ》へ帰って来た。洗場で馬から下り、綱をたぐって三平を盥から抱《だ》き上げた。

「やあや、これでまず助かった。随分《ずいぶん》心配させたなあ。」

「おじさん心配したの。」

「そうさ、もうてっきり死んでるものと思っていたよ。」

「死なないよう。この河《かわ》、海よか小さいでしょう。」

「何をいう。海より小さくても、この川筋《かわすじ》で一夏に一人や二人の子供は死ぬんだぞう。」

盥を上に引き上げると、おじさんは三平を鞍の前に乗せ、その後に飛び乗った。

「みんなが心配しているから、急ごう、急ごう。」

と、馬をとっとと駆《か》けさせた。三平《さんぺい》は愉快《ゆかい》になって来た。つい笑顔《えがお》になるのである。それでも盥《たらい》のことが気にかかった。

「おじさん、盥は？」

「いいんだよ、誰《だれ》かに取りに来て貰《もら》うから。」

村の近くになった時、彼方《むこう》から子供らが緊張《きんちょう》した顔をして、フッフいって駆けて来ていた。それらが、馬の上の三平を見ると、つい、

「ワアーッ。」

と声をあげた。そして駆けぬけてゆく馬の後について、

「ワッショ、ワッショ。」

駆けつづけた。元の泳ぎ場へつく頃《ころ》には、子供達は二十人ばかりにもなっていた。泳ぎ場の河原《かわら》や土手には十人余《あま》りの成人達《おとなたち》も集っていた。それらが帰ったおじさんの下に寄《よ》って来て、口々に挨拶《あいさつ》した。

「さぞ、御心配《ごしんぱい》でございましたでしょう。」

「御無事《ごぶじ》で何よりでございました。」

あまりの騒《さわ》ぎに三平は恥《はず》かしくなり、馬から下ろして貰《もら》って、幸介《こうすけ》と手をつないで、家の方に

帰って来た。子供らはまだ周囲を取巻《とりま》いて聞きつづけた。

「恐《こわ》かったかい。」

「ウウン、面白いぞう。」

三平《さんぺい》はいうのであった。


盥《たらい》で河《かわ》を流れてから、三平は村の子供の英雄《えいゆう》になった。

「三平チャンッ、遊びましょッ。」

幾人《いくにん》も来て、鵜飼《うかい》の門前で呼《よ》んだ。然《しか》しその日以来、三平は村の子供はいうまでもなく、幸介《こうすけ》と二人で遊ぶことまで禁《きん》じられた。美代子《みよこ》となら遊んでいいのである。美代子が監督《かんとく》につけられたのである。三平とても、美代子は嫌《きら》いなわけではない。

「三平チャン、折紙しない、私鶴《つる》折ったげるわ。」

こんな遊びは直《す》ぐ飽《あ》きてしまう。

「三平チャン、お店ごっこしない？　私、お菓子屋《かしや》になるから、三平チャン、買いにいらっしゃい。」

こんな遊びも退屈《たいくつ》である。二人は到頭《とうとう》花を集めに森の方へ出て行った。キキョウやオミナエシが咲《さ》いていたし、キリギリスなども草の中で鳴いていた。そんなものを折ったり捕《と》ったりする間にも、遠く近く三平《さんぺい》は男の子の活潑《かっぱつ》な声を聞いた。

「やっぱり男の子と遊びたい？」

美代子《みよこ》が聞くのであった。

「ウン。」

三平はカブリを振《ふ》ってみせた。しかしやっぱり面白くない。そのうちキリギリスを追うて、草の中に身体が隠《かく》れた。すると、

「三平チャン、三平チャン、何処《どこ》にいるの？」

と、美代子が心配してさがし廻《まわ》った。これを聞くと、少しばかり面白くなって来た。何かというと、身体を隠すのである。

「イジワルッ、もうさがさない。」

美代子がいう頃《ころ》になって、キャッキャッ笑って出て来るのであった。これが度々《たびたび》できかなくなるとこんどは彼《かれ》は木登りを始めた。隠れてそっと木に登り、そこから美代子を呼《よ》ぶのである。

「何処《どこ》？　またイジワル始めたのねえ。」

木の葉のゆれるのを見ると、美代子は大げさな驚《おどろ》き方をした。

「まあ、三平《さんぺい》チャン、どうしましょう？　私、お母さんに叱《しか》られるわ。ね、お願いだから下りて来てね。」

泣かんばかりの頼《たの》みである。これも二度三度ときかなくなった。三平が木に登り始めると、直《す》ぐ美代子《みよこ》が来て、木をゆすり出すのである。

「ホーラ、ホーラ、落ちろ、落ちろ。」

そのうち、山の池の側《そば》に出たのである。谷間の一方に高い堤《つつみ》があって三方は山の斜面《しゃめん》で、高い木が茂《しげ》っていた。水にはその木々が映《うつ》り、蒼々《そうそう》と深く、物凄《ものすご》さに三平もいばることを忘《わす》れた。

「どう？　三平チャン、あんたん処《ところ》の方にはこんな池ないでしょう？」

「ウン。」

うなずかずにはおれない。

「恐《こわ》い？」

全く恐い。水まで二、三間《げん》もあるだろうか。一匹《ぴき》の亀《かめ》が四足を伸《の》ばして浮《う》いている。頭をもたげてノンキな有様である。

「私、この池で泳いだことあったわ。彼方《むこう》までは行けないけど、半分どこまで泳げたわ。三平チャン、泳げる？　泳げないいんでしょう。」

三平《さんぺい》は黙《だま》っていた。黙っているより他なかった。

「如何《いか》な三平チャンも、この池だけにはまいったらしいわね。ホホホホホ。」

これは聞きずてにならなかった。

「まいらない。」

三平は笑顔《えがお》を見せずにいうのであった。

「まいらない？　じゃ、ここで泳いで見れる？」

「見れるさ。」

「どうだか。」

「見れるさあ。」

「こんなに恐《こわ》くても？　蛇《へび》なんかいるんですよ。主《ぬし》っていうの、大亀《おおがめ》なんですって——。だけどね、三平チャン、この池のぬしというのはね。」

美代子《みよこ》は浮《う》いている亀を指さして話した。

「あの亀の十倍も二十倍もあるんですって。それにね、ぬしじゃないんだけど、河童《かっぱ》もいるんですって。いつだったか、横谷《よこたに》のおじいさんが草刈《くさか》りに来て、ここを通ったら、その河童がその大亀に乗って遊んでいたんですって。三平チャン河童知っている？」

「知らないや。」

「知らないの。だめねえ。この辺の男の子みんな知ってるわ。頭にお皿を冠《かぶ》ってて、その皿に水が入ってんのよ。水のある間はとても強いんだってさ、子供でも成人《おとな》でも、水の中に引き込《こ》んでしまうのよ。恐《こわ》いでしょう。」

「恐くないやい。」

「恐くないの？　そんなことといってたら、それこそ、河童《かっぱ》にとられるんだから。」

「とられてもいいやい。」

「困《こま》った三平《さんぺい》チャン。ほんとうにとりに来るのよ。頭から毛をかぶってさ。手足の爪《つめ》が長いのよ。それが水の中からポッカリ浮《う》いて出て来るんだわ。ああ恐い恐い。さ、行きましょう。恐くなっちゃったわ。」

ところが三平は動かなくなったのである。手を引張《ひっぱ》っても、草の上に腰《こし》を下ろしたまま、

「行かない。ボク、河童見るんだい。」

至極《しごく》まじめな表情《ひょうじょう》をするのである。

「またあッ。」

美代子《みよこ》には困ったこととなって来た。

「どうして、そんなこといい出すの。」

「どうしても。」

「どうしてもって、無理だわ、三平《さんぺい》チャン、あんた何にも知らないでしょう。うちじゃ、あんたに困《こま》ってんのよ。お母さんなんか、スゴイ子供だっていってんのよ。だって、あんた随分冒険《ずいぶんぼうけん》やるでしょう。木に登ったり、河《かわ》を流れたり、この上危《あぶな》いことをやったら、もうあんた、あんたんちへ帰してしまおうっていってんのよ。ね、だから、いい子におなんなさい。」

「いや、ボク、ここにいるんだ。美代子《みよこ》チャン、帰っていいよ。」

「ここでどうするの。」

三平はもう返事をしなくなった。美代子もそれからものをいわず暫《しばら》く池の水を眺《なが》めていた。

「じゃうちに帰って、お母さんかお父さん呼《よ》んでくるわ。そこにじっとしていらっしゃいね。」

美代子は後を振《ふ》り返り振り返り、森の中を、坂を下り、家の方へ駆《か》けて行った。三平は真面目《まじめ》くさって、池の水を眺《なが》めていた。今にもそこから毛を冠《かぶ》って皿を載《の》せた河童《かっぱ》の頭が覗《のぞ》いて来るように思われた。しかし三平は河童を待って、そこにじっとしているのではなかった。ほんとうは、鵜飼《うかい》の家に帰りたくなかった。歩いて行けるものなら、お母さんと善太《ぜんた》のいる自分の家に帰りたかった。それにも増《ま》して、お父さんの消息が知りたかった。そのことだけは誰《だれ》にもよう聞かなかった。

家に駆《か》け込《こ》んだ美代子《みよこ》は、お母さんに大息しながら説明した。

「どうしても動かないの。河童見《かっぱ》るって、がんばってるの、母さん行って。行って頂戴《ちょうだい》」

母さんは顔を曇《くも》らせた。

「いよいよ大変な子供ねえ。世話をやかせるって、程《ほど》があるよ。まあ、お父さんのお帰りまで待っているんだね。お父さんがいいようになさるだろう。三平《さんぺい》チャンも帰って来るだろう」

「だけど、母さん、河童にとられたら」

「何をいうんです」

そこで三平は棄《す》てて置かれた。一時間たっても、二時間たっても、三平は帰って来なかった。日暮《ひぐ》れ前に、美代子と幸介《こうすけ》が迎《むか》えに行って、三平のいないことが発見された。大騒《おおさわ》ぎが始まった。村中の男が集まって来て、池の中や森の中や、山や谷にかけて、大捜索《だいそうさく》を始めた。

善太《ぜんた》の家には三平がいないのである。お父さんも警察《けいさつ》へ行ったまま帰って来なかった。そして今日、お母さんは町の方へお出かけだ。恐《こわ》くても、淋《さび》しくても、善太は留守《るす》をしなければ——。

縁側《えんがわ》の前にビワの木があった。その又《また》の所に、二匹の雨蛙《あまがえる》がくっついていた。大きいのと、小さいのと、仲よく列《なら》んでいたのである。庭をぶらついていて、善太《ぜんた》はそれを見つけた。目ばたきもせず、二匹はいつまでも動かなかった。こいつ生きてるのかしらん。初めそう思った。よく見れば、ノドの下がヒクヒク小さく動いていた。やっぱり生きてるんだな。そう思うと、この二匹が兄弟のように思えて来た。大きいのが善太、小さいのが三平《さんぺい》。

「こいつら目をあけて眠《ねむ》ってやがるんだな。」

善太はひとりごとをいってみた。留守していて、もう久《ひさ》しい。ものもいってみたいのである。

「やい、起きろ、起きて、二匹でお話しろ。」

木を叩《たた》いていってみるが、二匹はやはり動こうとしない。善太は思い出した。蛙《かえる》というものは、やさしく、ノドにさわってやると、気持がいいのか、鳴き出すというのである。

「ようし。」

彼《かれ》は家に入り、火箸《ひばし》の先に綿《わた》を巻《ま》いて持って来た。これをソッと小さい蛙のノドに近づけ、指でひねって先を廻《まわ》した。

「鳴け、鳴け。」

小さい声でいうのである。蛙は鳴く代りに、ソロリ、ソロリ、這《は》い始めた。彼は木の上に登って行こうとするのである。

「馬鹿《ばか》ッ、上になぞ登ったら、雀《すずめ》に見つかって、とって喰《く》われるぞッ。」

全くその時、屋根の上で雀がチュッチュッ遊んでいた。小蛙《こがえる》はそんなことは恐《おそ》れもせず、上へ上へと登りつづける。すると、こんどは大きい方が前足を立て、少しいずまいを直した。コロコロと鳴き始めた。

「鳴いたッ。」

思わず善太《ぜんた》はいったのだが、それは小蛙を呼《よ》んでるように思えたのである。上へ這《は》って行く小蛙に顔を寄せていってやる。

「コラッ兄きが呼んでるぞッ。」

小蛙は登りつづける。

「全くあいつ、向う見ずだからなあ。」

善太は三平《さんぺい》のことを思うのである。見ているうちに、到頭《とうとう》小蛙は二間《けん》も上の枝《えだ》の上に、青い小さな一点となって、丁度草の葉っぱのようにくっついた。その時である。思った通りに、木の上でバタバタ雀の羽音が聞えた。同時に、上から露《つゆ》のようなものが落ちて来た。目の前を青いものが飛び下りた。

「ソラッ、いった通りだ。」

小蛙《こがえる》は下の地面に、前足を立てて坐《すわ》っていた。思い出したように、その辺をピョン、ピョンと跳《は》ね廻《まわ》った。善太《ぜんた》はつかまえて、兄きのいる木の又《また》の所へ返してやりたいと、両手でそれを押《お》さえ押さえした。蛙は飛んだり跳ねたりして逃《に》げ廻った。

「いいや、今に蛇《へび》に呑《の》まれるんだ。折角《せっかく》、ひとが元の所に返してやろうと思ってるのに。」

雨が降《ふ》って来たので、善太は家にはいった。一時間もたったであろうか。雨があがって、日がさして来た。空にうっすら虹《にじ》が立った。外に出て、ビワの木の又を覗《のぞ》くと、あれ、またそこに二匹の蛙が仲よく列《なら》んでくっついていた。善太は、下に落ちている一枚《まい》の大きなビワの葉を拾い、蛙の上の木と木に渡《わた》し、さながら屋根のようなものを造《つく》ってやった。兄弟の二匹の蛙が可哀想《かわいそう》なのである。

「屋根だぞ。家だぞ。そこから出るな。」

いってきかせてやったのである。二匹は動かず、その葉の下に、いつ迄《まで》も眠《ねむ》ったようにすくんでいた。

善太は今日も留守番《るすばん》である。お母さんは、お父さんのことや会社のことで、今朝《けさ》から町へ出て行かれた。善太は家の中や屋敷《やしき》の中を、することもなく歩いて見るのである。ブランコの綱《つな》にはトンボがとまっていた。柿《かき》の木の下には蟻《あり》が五六匹小さな蛾《が》を引きずっていた。ビワの木の又《また》にはもう雨蛙《あまがえる》はいなくなって、ビワの葉ばかりが載《の》っかっていた。

「三平《さんぺい》がおれば、こんな時、カクレンボウをするんだけど。」

善太《ぜんた》は縁側《えんがわ》に腰《こし》かけ、足をブラブラさせながら考えた。仕方がない。一人でやってみよう。

「もう、いいかい。」

呼《よ》んでみる。

「まあだだよ。」

遠くでいってるらしい。いや、いってることにしたのである。

「もういいかい。」

「もういいよ。」

「もう隠《かく》れてやがらあ。ようし。」

こういうと、善太は嬉《うれ》しくなった。笑えて来さえするのである。

「風呂場《ふろば》かな。裏《うら》の柿の木の方かな。納屋《なや》の中かも知れないぞう。」

まず納屋の方をさがしてみる。

「やい、こん中にいるんだろう。」

戸の前に立って、そういってみる。中でクックッ三平《さんぺい》の笑声が聞えるような気がする。

「やい、出て来い。」

戸を開けてみる。

「やっぱり風呂場《ふろば》の方だな。」

風呂場の戸を開ける。

「ソラ、いたな。」

いないのである。

「いよいよ裏《うら》の柿《かき》の木だ。きっと木の上に登ってんだ。」

裏の方へ駆《か》け出して行く。

「めっけたよう。」

遠くから声をあげる。見付けたことにしたのである。こんどは善太《ぜんた》の番である。家の中に隠《かく》れることにする。

「まあだだよ。」

呼《よ》びながら、家中をあちらこちらと駆け歩く。押入《おしいれ》を開ける。机《つくえ》の下を覗《のぞ》いて見る。床《とこ》の間《ま》と戸棚《とだな》の中も開けてみる。ここはいかん。ここもよくない。奥《おく》の間の六畳《じょう》に立って、二三度首を傾《かし》げてみた。丁度眼《め》の前に、長押《なげし》の釘《くぎ》に、お父さんの着物が一つぶら下っていた。

「そうだ。」

善太《ぜんた》はその着物の後に隠《かく》れ込《こ》んだ。隠れると直《す》ぐ、どうもおかしくなって来た。堪《こら》えても堪えても笑えそうになるのである。耳をすますと、

「もういいかい。」

三平《さんぺい》が呼《よ》んでいるらしい。

「もういいよう。」

それからどのくらい経《た》ったであろうか。待っても、待っても、三平がやって来ない。眼をつぶっている善太の頭の中には、遠い山の上を背負《せお》いカバンをおぶって歩いて行く三平の姿《すがた》ばかり映《うつ》るのである。

「もういいよう。」

いくら呼んでも、三平は山を遠くへ歩いて行く。小さい姿が次第に小さくなって行く。三平チャン――呼ぼうと思った時である。お父さんの着物の上から、自分にさわったものがある。善太は愕然《がくぜん》として眼を開けた。着物をすかして前を見た。何だかいる。黒いものがいる。いつか、童話の挿絵《さしえ》で見た魔法使《まほうつか》いのお婆《ばあ》さん、黒い布を冠《かぶ》って、その中から眼を光らせて――。善太の身

体は震《ふる》えて来た。

しかし、善太《ぜんた》は考えた。これは夢《ゆめ》かも知れない。きっと、そうだ。この着物から出れば、外には何もいないんだ。そこで勇気を起して「ワッ」と大声を立てて、着物の外に飛び出した。やっぱり何もいなかった。明るい昼である。


そのおじさんはゴム長靴《ながぐつ》をはいていた。汚《よご》れた浴衣《ゆかた》の尻《しり》をからげて、背中《せなか》に三つ四つの子供を負っていた。負ってるというより、帯で括《くく》りつけていた。子供は泣き叫《さけ》んでいた。

「お母さん――お母さん――」

二三度呼《よ》ぶと、オオオオ、オオオオと泣きよどむ。おじさんは少しも構《かま》わず、さっさと大跨《おおまた》に歩いて行く。子供はまた泣き叫ぶ。

「お母さん、お母さん、お母さん。」

矢も楯《たて》も堪《たま》らぬ叫《さけ》び声である。二十度も三十度も呼んだであろうか。おじさんは構わないのである。善太は見過《みす》ごすことが出来なかった。お母さんの使いで弁護士《べんごし》の事務所《じむしょ》というのへ行った帰りであった。町はずれで、そのおじさんが横道から出て来て、横道へはいって行った。善太は一目で考えついた。

「子捕《こと》りだ。子捕りが子供をとって行くところだ。」

今にも子供のお母さんが追いかけて来そうで、彼《かれ》はそこに立止って眺《なが》めていた。お母さんは来なかった。道を通っている人も知らぬ顔をしている。

「早くお巡《まわ》りさんでも来ればいい。」

善太《ぜんた》は考える。その間にも、子捕りはさっさと歩いて行ってしまうのである。地団太《じだんだ》を踏《ふ》みたいくらい気があせる。もう仕方がない。そのおじさんの後をつけて行くばかりだ。そのうちきっと誰《だれ》か子捕りだと気づくだろう。お巡りさんも通りかかろう。子供のお母さんだって、息せき切って追って来るだろう。十間《けん》ばかり後を、そんなことを考え考え、善太はつけて行くのである。

子供は呼《よ》びつづける。

「お母さん、お母さん。」

その声を聞く度《たび》、善太は自分が呼んでるような気がして来る。お母さんとつながる細い最後の一本の糸が今切れそうになっている。それにすがりつき、声を限《かぎ》りに呼ぶ思いだ。道の角に来て、子捕りはそこを曲って隠《かく》れた。善太がそこに行きついた時、もう子捕りの姿《すがた》は見えなかった。子供の声も聞えなかった。暫《しば》らくそこに立っていて、その辺を見廻《みまわ》したり、声に耳をすましたりした。その末、善太は家の方に引き返した。

「あの辺に子捕《こと》りの家はあるんだ。」

道々善太《ぜんた》は考えつづけた。子供が可哀想《かわいそう》でならなかった。その声がいつまでも頭の中で聞えていた。家に帰って、そのことをお母さんに聞きたいと思っても、どうしてかいい出せなかった。そしてその夜のことである。善太は夢《ゆめ》の中で泣きじゃくっていた。

「善太チャン、善太チャン。」

お母さんに呼《よ》び起された。

「どうしたの？　先刻《せんこく》から泣いてばかりいるじゃないの。」

「泣いてた？」

「泣いてましたよ。お母さん、起きて泣いてるのかと思ったわ。」

「フーン、夢見た。」

「どんな夢？」

その時になって、やっと善太はハッキリ眼《め》がさめた。

「あのね、お母さん。」

そうはいったが、夢の中で三平《さんぺい》が子捕りにとられて行ったことは語りたくないのである。

「お母さん、子捕りって、ほんとにいる？」

そう聞くのであった。

「そんなものいませんよ。」

「フン。」

彼《かれ》は眠《ねむ》ったように見えたが、ウトウトしていた。少し経《た》つと、床《とこ》の上に起き上った。

「お母さん三平《さんぺい》が帰って来たんじゃない？」

お母さんもビックリしたが、直《す》ぐ叱《しか》るようにいったのである。

「何いってるんです。この夜中に。」

「ボク、何だか三平チャンが帰ったように思えたんだけどなあ。」

善太《ぜんた》がお使《つかい》から帰って来ると、玄関《げんかん》に子供の靴《くつ》と女の下駄《げた》がぬいであった。

「三平らしいぞ。」

思わず微笑《びしよう》が頬《ほお》にのぼって来る。それでも真面目《まじめ》くさって、

「ただ今。」

と、上にあがって行く。座敷《ざしき》で、お母さんと鵜飼《うかい》のおばさんとが話している。お辞儀《じぎ》をして側《そば》に坐《すわ》る。「三平チャンは？」とききたいのだけれど、何故《なぜ》か、その言葉が出て来ない。立ってその

辺を歩いて見る。茶の間にも、台所にも、奥《おく》の間にもいない。玄関《げんかん》の帽子掛《ぼうしか》けにチャンと三平《さんぺい》の帽子があり、その下に背負《せお》いカバンも置いてある。聞かなくても、三平は帰っている。此度《こんど》は外へ出てみる。柿《かき》の木の下へ行ってみると、そこにお母さんの大きな下駄《げた》がぬいである。三平がのぼっているのである。善太《ぜんた》ものぼって行った。木の上で二人は顔を合せた。ニコニコして見合ったのであるが、言葉が出て来ない。一週間ばかりしか別れていないのに、二人とも少しばかり恥《はず》かしい。三平チャンともいいにくいし、兄チャンとも呼《よ》びにくい。まして、三平が夢《ゆめ》の中で子捕《ことり》にとられて、自分が泣いたなんてことはいおうにもいわれない。三平とても同じである。しかしいつまでもニコニコしあっている訳《わけ》にも行かない。三平は木をすべり始めた。巧《たくみ》にすべるのである。五六日でそんなにも上手《じょうず》になっている。無言で、その上手なところを三平はやってみせた。善太もそれに劣《おと》らず、上手にすべり下りた。善太が下りると、三平は登り始めた。登るのも上手である。二三度この木登り競技をやって、二人とも下に下り立った時、善太が思い切って呼んだ。

「やい、三平。」

「何だい。」

この声と共に、二人は取組んだのである。嬉《うれ》しさ、恥かしさのやり場はこれ以外になかった。

「何だい。弱いじゃないか。」

善太《ぜんた》がいってみる。

「ナニッ。」

三平《さんぺい》は顔を真赤《まつか》にして、手足に力を入れた。

「そうか、少し強くなったかな。」

「強いさあ。」

三平はメチャクチャに力を出すのである。ウーム、ウームと唸《うな》って押《お》すのである。前からあった押出《おしだ》し相撲《ずもう》の丸の中から、善太はとっくに押し出されていた。

「こりゃ強いぞ。」

善太がいうと、三平はますます押して来る。

「負けた。負けたよ。」

そういっても、三平は押し手をゆるめない。

「オイ、兄チャンが負けたんだよ。」

「なあにイ。」

到頭《とうとう》善太は垣根《かきね》の檜《ひのき》のところまで押しまくられ、檜の枝葉《えだは》の中に押しつけられた。

「降参《こうさん》、降参。三平《さんぺい》チャン、ボクの鉛筆《えんぴつ》やるからなあ。」

それでやっと三平の手をはなして貰《もら》った。

鉛筆をとられた善太《ぜんた》、それをとった三平は、それから初めてらくに話が出来るようになった。

まず善太が聞くのであった。

「三平チャン、どうしたんだい。もう鵜飼《うかい》へ行かないの？」

「ウン、おじさんがいったよ。三平はイタズラッ子でいけないって。だから、兄チャンの方をあずかるって。」

「兄チャンを？」

「ウン。」

「いやだなあ。」

「いやじゃないよ。とても面白いよ。大きな池があるんだよう。そこに亀《かめ》がいるんだよ。そいつ、主《ぬし》っていってさ、とても大きいんだとさ。それに河童《かっぱ》が乗って遊んでいるんだとさ。面白いだろう。」

「フーム。」

お母さんと鵜飼のおばさんはまだ座敷《ざしき》で話していた。三平は善太に柿《かき》の木の下で鵜飼の家の話をしていた。そのうち、三平《さんぺい》は立ち上った。

「あ、そうだあ。」

何かを思い出したらしい。彼《かれ》は玄関《げんかん》へ行った。そこで下駄箱《げたばこ》を開けた。

「何だい？」

ついて来た善太《ぜんた》が聞く。

「ウン。」

三平は下駄箱の中を覗《のぞ》くと、こんどは縁側《えんがわ》を廻《まわ》って、勝手口へ行く。

「何だい。三平チャンの靴《くつ》？」

「ウウン。」

彼はカブリを振《ふ》るのである。しかし何かをさがしているらしい。

「何だい。いえよう。兄チャンがさがしてやるよ。」

彼はいわない。勝手口を見廻《みまわ》すと、黙《だま》って柿《かき》の木の下に来て、また石油箱に腰《こし》をかけた。その
まま黙ってしまった。しばらく経《た》って善太が静かに訊《き》いた。

「ね、運動靴《うんどうぐつ》だろう。」

「ウウン。」

やはりカブリを振《ふ》る。

「何だろうなあ。」

善太《ぜんた》は首を傾《かたむ》ける。

「兄チャン。」

「何だい。」

しかし三平《さんぺい》は何もいわない。

「いったい、何なんだい。分んないじゃあないか。」

じれる善太の顔をじっと見つめて、それから静かに三平が訊《き》いた。

「兄チャン、お父さんは？」

三平はお父さんが警察《けいさつ》へ行く時はいて出た下駄《げた》が返っているかと、今までさがしていたのである。一番に聞きたい父の消息を誰《だれ》も教えてくれなかった。訊いて見ることも出来なかった。今、初めてきくのである。善太は返事をしなかった。うつ向いて下の土を見つめ、やがて唇《くちびる》を噛《か》みしめた。眼《め》から涙《なみだ》が出そうになって来た。これを見ると、三平は何気なく立ち上り、やはり探《さが》し物でもするように物置の方へ歩いて行った。物置の蔭《かげ》に入ると、木片《もくへん》を拾ってしゃがみ込《こ》み、土の上に楽書《らくがき》を始めた。楽書は始めたが、彼《かれ》の吸《す》う息吐《は》く息はフフフと震《ふる》えて来た。涙が頬《ほお》を伝って流れ始めた。何をかいてるか分らない。それでも彼《かれ》はかき続けた。大きな丸をかいて、その中に目鼻をつける。耳も両脇《りょうわき》に描《か》けば、鼻の下にピンと長いヒゲさえはね上げる。その間にも、彼は木片《もくへん》持つ手の甲《こう》で伝う涙《なみだ》をぬぐうのである。ヒゲが出来上った時、彼は木片をボロリと落し、両手で顔をおおうてむせび入った。

暫《しば》らくすると、善太《ぜんた》がやって来た。彼も顔をぬりくりにしている。三平《さんぺい》もぬりくりの顔である。しかし今は立派《りっぱ》に泣くのをやめ、楽書《らくがき》を見つめている。大威張《おおいば》りでいうことが出来る。

「兄チャン、こんなお化けが出たらどうする？」

ヒゲの大顔をさしていうのである。

「そんなお化けなんか出ないよ。」

「もし出たらさ、どうする？」

「出ないよ。」

「出なくってもさ、もし出たらって、いうんだよ。」

「出ないんだもの、出たらなんてことないよ。」

「そうかなあ。ボク、こんなの出たってさ、ちっとも恐《こわ》くないと思うよ。」

「そうさあ。」

「じゃ、こんなのが出て来たら？」

三平《さんぺい》は即座《そくざ》に、その大顔の頭に二本の角をくっつけた。口の上下にギザギザの無数の歯を描《か》きつけた。

「恐《こわ》くないやい。」

「じゃ、こんなのは？」

彼《かれ》は角を四本にふやしたのである。


永《なが》い間話した後、鵜飼《うかい》のおばさんは上機嫌《じょうきげん》で帰って行った。

「三平チャン、左様なら、イタズラしないんですよ。」

おばさんが帰ると、お母さんは善太《ぜんた》と三平を茶の間に呼《よ》んで訊《き》いたのである。

「三平チャン、あんた鵜飼でどんなことをしたの？」

「どんなこともしないよ。」

三平は不服である。

「高い木なんかに登ったんでしょう。」

「登ったさ。だけど、一人で下りて来たよ。」

「タライに乗って、河《かわ》を流れて行ったんでしょう。」

「だってさ、あの河とても速いんだもん。ボク流れる気なんか一寸《ちょっと》もなかったんだけど、ドンドン流れちまうんだよ、あんな河ないや。」

「それはまだいいけど、どうして山の池で隠《かく》れたの？　大変な騒《さわ》ぎだったっていうじゃないの？　村中総出《そうで》でさがしていたら、あんたは押入《おしいれ》の中で眠《ねむ》っていたんだってね。」

「ウン。」

「どうして、そんなことしたの？」

「どうもしないよ。」

三平《さんぺい》は唇《くちびる》を尖《とが》らせて抗弁《こうべん》する。

「ボク、河童《かっぱ》が亀《かめ》に乗って遊ぶの見たいと思って、ひとり池の縁《ふち》で待ってたんだよ。いくら待っても河童が出て来ないから、それで鵜飼《うかい》へ帰ったんだよ。それきりだよ。」

「じゃ、どうして押入なんかに隠れたの？」

「だってさ、おばさんがボクのこといってたし、ボク、その時眠かったんだもの。」

三平としては、それぞれ理由はあったのである。とがめることも出来ない。

「そうかねえ。」

お母さんは、それなり黙《だま》って考え込《こ》んだ。

「それで、お母さん、こんどはどうするの？」

善太《ぜんた》が訊《き》いた。

「鵜飼《うかい》では三平《さんぺい》チャンは危《あぶな》くて預《あず》かりきれないっていうんですよ。善太なら、これからでも連れて行くっていうんですよ。どうする？　お母さんはこの頃《ごろ》出かけることが多いでしょう。だから一寸《ちょっと》待って貰《もら》ったの。」

「フーム。」

善太は暗い顔をした。彼《かれ》とてもこんな時であるから今までと違《ちが》う覚悟《かくご》は持っていた。しかし今まで描《えが》いていた将来《しょうらい》に対する空想を即座《そくざ》に変えることは出来なかった。母子はこの八月末、町の病院の受付に住み込《こ》むことになっていた。そこは小さい部屋であったが、二人は十分寝泊《ねとま》りすることが出来た。一年前、善太が盲腸炎《もうちょうえん》でその病院に入院して、そこの有様に通じていたのである。『ハナ』という白と黒の猫《ねこ》がいて、六匹《ぴき》も可愛《かわい》い小猫を生んでいた。廊下《ろうか》の窓《まど》ぎわには、方々に鳥《とり》籠《かご》が置いてあって、文鳥《ぶんちょう》や紅雀《べにすずめ》、ローラーなどが飼《か》ってあった。五郎《ごろう》という歳《とし》より犬がいて、玄《げん》関脇《かんわき》で寝《ね》そべっていた。朝起きると、五郎をつれて運動に出て、帰ってくれば鳥に餌《えさ》をやって、そして学校に行けばいいのであった。院長さんもやさしく、看護婦《かんごふ》さん達も美しかった。それらの夢《ゆめ》が今直《す》ぐ消えるのである。鵜飼《うかい》ではどんな夢が待つであろう？

「母さん、みんなどこへも行かないでさ、ここで、お父さんの帰るのを待っていたら――」。

突然《とつぜん》、大発見でもしたように、三平《さんぺい》が明るい顔をしていい出した。

「それが出来ればねえ」。

お母さんは淋《さび》しく笑っていうのである。

「ウウン出来るよ。ボクと兄チャンとでさ、台所でも洗濯《せんたく》でも、お風呂《ふろ》でも、何でもみんなやってしまうよ。そしたら、母さん何処《どこ》へでも行けるでしょう。行って、お金もうけして来るのさ。え？　兄チャン、明日《あした》からそれやらない？　教われば、ボクだって御飯《ごはん》なんかたけるよ。ねえ、母さん――」。

三平は勇み立ったのである。

三平だか、善太《ぜんた》だか、コソコソと起きて行くので、お母さんが訊《き》いた。お母さんは今床《とこ》に入ったばかりである。

「だれ？」

「ウン、ボク。」

「三平《さんぺい》チャン？」

「ウン。」

「なに？」

「母さん、今、何時？」

「十時よ。今、母さん寝《ね》たばかり。」

「フン。」

三平は床《とこ》に入ったが、いうのである。

「母さん、朝迄《まで》まだ中々だね。」

「そうとも。」

三平は朝になったら、自分で台所をするつもりである。一、二時間すると、彼《かれ》はまたゴソゴソと起き出した。

「どうしたの？　三平チャン？」

「今、何時？」

「さあ、十二時かねえ。十二時になるかしらん。」

三平は床に入る。彼はロクロク眠《ねむ》らない。四時頃《ごろ》であった、彼《かれ》は側《そば》にグッスリ眠っている善太《ぜんた》の耳に口を寄《よ》せた。

「兄チャン。」

小さい声で呼《よ》ぶのであった。

「兄チャン、起きない?」

善太《ぜんた》は中々眼《め》がさめない。三平《さんぺい》はまた呼ぶ。

「もう朝だよ。」

「ウン。」

「御飯《ごはん》たかない?」

「どうして?」

善太は昨日《きのう》の話を忘《わす》れている。

「どうしてって、今日から二人で台所するんじゃないか。」

「台所? どうしてするの?」

「昨日いったじゃないか。」

やっと善太は半身を起した。暁方《あけがた》まで眠《ねむ》らなかったお母さんは今グッスリ眠っている。二人はそっと蚊帳《かや》を出た。台所へ行って見ると、竈《かまど》には釜《かま》がかかり、七輪《しちりん》には鍋《なべ》が載《の》せてある。蓋《ふた》をとって見ると、釜《かま》の中にはもう米が入っている。鍋《なべ》には水も入れてある。いや、竈《かまど》の中にもう夕キツケが入っているのである。側《そば》には薪《たきぎ》も重ねてある。薪の上にはマッチもある。訳《わけ》はない。

「兄チャン、マッチをつければいいんだろう。」

「そうだよ。」

「じゃ、早くつけろよ。」

二人は竈の前に押《お》し合ってしゃがみ込《こ》んだ。善太《ぜんた》がタキツケに火をつける。それが燃《も》え上ったところで、側の薪を押し込《こ》んだ。一度に四本も入れたもので、煙《けむり》が口の方へモヤモヤ流れ出した。フウーフウーッと、善太は顔をふくらまして吹《ふ》いた。煙《けむ》くて、涙《なみだ》がボロボロ出て来た。三平《さんぺい》も口を寄《よ》せて、フウーフウーと加勢《かせい》した。二つの口も及《およ》ばない煙りである。

「オイ、団扇《うちわ》早くとって来いよ。」

三平は茶の間へ走り込んだ。煙は茶の間の方まで流れ込んでいた。しかし、団扇であおぐと、火は勢《いきお》いよく燃え始めた。燃え始めると二人は楽しくなって来た。

「ね、兄チャン、面白いね。」

夏の朝であるのに、三平は火の方へ手をかざして温まる様子をしたりした。ところがその時、プッと湯気が噴《ふ》いて来た。二人はビックリして立ち上った。三平が訊《き》いた。

「どうする？」

「蓋《ふた》をとればいいんだよ。」

善太《ぜんた》が蓋をとった。しかし泡《あわ》は釜《かま》の縁《ふち》にあふれ、外にこぼれる。そこでこんどはこれを団扇《うちわ》であおぎ立てた。泡がなくなったところでまた蓋をした。噴《ふ》いて来ると、蓋をとってあおいだ。その内非常にコゲ臭《くさ》くなって来た。どうも大変らしいのである。仕方ない。三平《さんぺい》は狼狽《うろた》えて、お母さんのところへ駆《か》けつけた。

「お母さん、大変、御飯《ごはん》がコゲ臭いよ。」


お母さんの起きない間に御飯をつくろうとした三平と善太は、大変な焦飯《こげめし》をたき上げた。

「いいから、さ、二人はあっちへ行ってらっしゃい。」

そうお母さんがいっても承知《しょうち》しないのである。

「ウン、母さんあっちへ行ってらっしゃい。ボク達二人で、おいしい御飯つくってあげるよ。」

三平がお母さんを茶の間の方へ押《お》し出そうとする。

「そうだよ、もう、あと訳《わけ》ないや。ミソシルをつくるばかりなんだからね。」

善太もそういって、お母さんの背中《せなか》を両手で押した。

「だめッ、だめです。」

お母さんがいっても、

「そうだい。」

「そうだい。」

と、二人はお母さんの背中《せなか》と腰《こし》を力一杯《ちからいっぱい》押《お》し立て、茶の間を越《こ》して、玄関《げんかん》の方まで押しまくった。

「ホントに、冗談《じょうだん》するんじゃありませんよ。」

お母さんがいってる間《ま》に、二人は台所に駆《か》け込《こ》み、茶の間との間のガラス戸を閉《し》めきった。お母さんが開けようとすると、二人で押さえているのである。仕方なくお母さんはいう。

「じゃね、お母さんはこちらで御用事《ごようじ》してますからね。何でもみんな訊《き》きに来るんですよ。」

「ウンッ。」

二人は元気のいい返事をする。

それから二人は始めた。

「おい、兄チャン、何するんだっけなあ。」

「ミソシルつくるんだよ。」

「どうしてつくるんだい。」

「ええと、どうするんだっけな。ウーム、そうだ。まず、七輪《しちりん》に火をおこす。」

「どうして、おこすんだい。」

「そうだな。冬だと、火鉢《ひばち》に火があるんだけど――。」

「聞いて来うか。」

三平《さんぺい》はもうお母さんの所へ駆《か》けつけた。

「お母さん、七輪に火をおこすの、どうするの。兄チャン、弱ってるんだよ。」

「ホホホホ。」

お母さんも笑わずにいられない。

「お釜《かま》の下に火が残ってるでしょう。それを七輪に移《うつ》すんですよ。その上に炭を入れるの。」

「なあんだ訳《わけ》ないや。」

台所へ駆けてったが、今度は火箸《ひばし》が見えない。

「あれッ、さっきあったんだがなあ。」

またお母さんの所へ駆けつける。

「お母さん、火箸がなかったら、どうする?」

「どうするって、火箸《ひばし》さがすんですよ。」

「ウン、兄チャン、火箸をさがすんだとさ。」

さあ、火箸はあった。火は移《うつ》した。炭も入れた。鍋《なべ》もかけた。

どうしたらいいだろう。また三平が駆《か》けつける。

「お母さん、鍋かけたよ。それからどうすんの？」

「おかかを入れて、野菜を切って——。」

「分ったあ。」

みなまでいわせず、三平は走りかえる。

「おい、おかか入れるんだ。それから野菜切るんだ。」

「野菜？　野菜って、何切るんだ？」

「あ、そうか。」

三平はお母さんの所へ駆ける。

「野菜って、お母さん、なあに？」

「ネギとジャガイモ。」

「何だい。ネギとジャガイモか。」

台所へ駆《か》け帰って報告《ほうこく》する。

「ネギとジャガイモだとさ。」

「ネギとジャガイモ！　どこにあるんだい。」

「ええ？」

台所の仕事も大変なものである。

おひる前、門前に重い車輪の音が聞えた。三平《さんぺい》と善太《ぜんた》が飛び出した。赤沢銃三《あかざわじゅうぞう》が執達吏《しったつり》と一緒《いっしょ》に立っている。側《そば》に馬力《ばりき》を引いた馬がとまっている。

「大変だ！」

二人は顔色を変えた。お母さんに知らさなければならない。が、そうはゆかない。馬力の後に金太郎達《きんたろうたち》五六人の子供がいて、一斉《いっせい》に三平を見ているのである。これが捨《す》てて置けようか。

「何だい。何しに来たんだい。」

というところであるが、三平はそうはいわない。逸《はや》る心を押《お》ししずめ、平気な顔をして、みんなの方へ歩いて行く。金太郎は今日、何故《なぜ》か、すまなそうな弱い眼《め》をして話しかけた。

「三平チャン、遊ばない？」

「ウン。」

お調子ものの銀二郎《ぎんじろう》が直《す》ぐ側《そば》に来て話しかける。

「三平《さんぺい》チャン、ボク達、今日オリンピックやるんだぜ。」

「なあんだい。オリンピックかあ。ボクなんか、もう先の先やっちゃったあい。」

三平はこう先手をうった。

「三段跳《さんだんと》びだぜ。」

「あ、あ。」

「棒高跳《ぼうたかと》びだぜ。」

「あ、あ。」

「障碍《しょうがい》っていうのあるんだぜ。」

「知ってらあ。」

「走《はし》り幅跳《はばと》びは？」

「そんなん、ボクなんか、何度もやってらあ。」

「木登り競争は？」

「何だい。木登りなんか。ボクんちの兄チャン、このあいだ片手《かたて》で柿《かき》の木に登ったんだぜ。」

「片手《かたて》で？」

「ああ。」

「嘘《うそ》だあい。」

銀二郎《ぎんじろう》は納得《なっとく》出来ない。みんなの評議《ひょうぎ》にかける。

「ね、金《きん》チャン、片手の木登りなんか、誰《だれ》にだって出来ないやねえ。」

金太郎《きんたろう》は答えない。みんなも互《たがい》に顔を見合せる。首を傾《かたむ》けるものもある。

「ねえ、出来ないやねえ。」

みんなの前に行き、銀二郎は「ねえー。」で大きくうなずいて見せ、一々賛成《さんせい》を求めて廻《まわ》る。

みんなうなずき返している。

「出来らい。」

三平《さんぺい》は断然《だんぜん》大声でいって見せなければならなかった。と、亀一《かめいち》がみんなの中から出て、三平につめ寄《よ》って来た。

「じゃ、やって見せろ。お宮の杉《すぎ》の木に登って見せろ。」

「ああ登って見せる。」

「直《す》ぐ登って見せろ。」

来て、

「直《す》ぐ登って見せる。」

みんなは顔を見合ったままお宮の方へ歩き出した。どうも少し言い過《す》ぎた――と、その時三平《さんぺい》は思ったのである。そこで、善太《ぜんた》の意向を知りたいと、後を振《ふ》り返った。善太はいない。家の中に入ってるらしい。しかも、そのとき家の中から赤沢《あかざわ》と馬力引《ばりきひ》きとが、一つの箪笥《たんす》を運び出して来て、

「ヨイショウ。」

と、車の上に押《お》し上げている。家は大変なことになったらしい。が、今さら後へ引けない成行きである。三平はいいつづける。

「登ってやる。登ってやるから、お宮の杉《すぎ》の木持って来い。今直ぐここへ持って来いよ。」

これを聞くと、行きかかった子供《こども》らは立ち止った。

「やっぱり、三平チャンよう登らないんだよ。」

「登らあい。じゃ、行って登ってやらあ。」

三平は歩き出した。どんなにしてでも、片手《かたて》で杉の木に登って見せようと決心したのである。

三平は片手でお宮の杉の木に登ると豪語《ごうご》したのである。どんなことがあっても、登って見せな

ければならない。いや、さっきは登れる確信《かくしん》があった。登る決心というのかも知れない。然《しか》しそれが、みんなの先に立って、お宮の方に近づくに従《したが》い、どうも次第に崩《くず》れかかって来たのである。

さて、杉《すぎ》の木の下に立って、彼《かれ》は両手に唾《つば》をつけた。みんなは周囲をとり巻《ま》き、緊張《きんちょう》して見つめている。

「これ、ためしなんだよ。」

彼は電柱のような木の幹《みき》に抱《だ》きついた。

「ヨイショ、ヨイショ。」

足をのしのし、二間《けん》ばかり登っていった。

それからスルスルと下りて来た。木の下に立っていうのである。

「こんどはホントに登るよ。片手《かたて》で登って行くよ。だけど、ボク登ったら、君達どうする。」

みんな顔を見合せる。誰《だれ》も答えるものがない。

「ボク登ったら、君たちも登る？」

誰もなんともいわない。

「金《きん》チャン、登る？」

「やだい。だって、ボク登るって約束しないもん。」

「じゃ、銀《ぎん》チャンは？」

「ボクだって、約束しなかったろう。」

「亀一《かめいち》君？」

「ボクだって同じさ。」

「何だい。誰《だれ》も登らないのかあ、じゃ、ボクも登るの止《よ》そうッ。」

「どうして？」

「ズルイやあ。」

「さっき、あんなにいってたんだもん。」

みんな口々にいう。

「だってさ、ボクだけ登るってことないだろう。オリンピックだもん。」

この理窟《りくつ》にはみんな参った。抗弁《こうべん》が出来ない。亀一、鶴吉《つるきち》などがひとりごとのようにいうばかりだ。

「さっきねえ、あんなにいっててさあ。」

でも、三平《さんぺい》は木の幹《みき》を前にし、上目づかいにそれを眺《なが》め入り、しきりに考え込《こ》んでいたのである。（どうかして、片手で登る方法はないだろうか。）

そのとき、後で善太《ぜんた》の声が聞えた。

「三平《さんぺい》チャン。」

善太は顔色をかえ、フッフ息をついて駆《か》けて来た。

「母さんが帰れって。」

「ウン。」

その瞬間《しゅんかん》、三平は木登りのことなんか忘《わす》れてしまった。二人は息を切って家に駆《か》けもどった。家に駆け込《こ》んで見て、三平は驚《おどろ》いた。もう日暮《ひぐ》れになったのかと思いさえしたのである。彼《かれ》は玄《げん》関《かん》から座敷《ざしき》、座敷から奥《おく》の間と、黙《だま》って見廻《みまわ》しながら歩いていった。どの部屋にも、何にもない。空家《あきや》のようである。茶の間にあるのは、飯台《はんだい》とホウキとハタキばかりである。

「どうしたの？　お母さん。」

たずねたくても、彼は訊《き》かない。わかっている。会社が来て家のものをみんな取ってしまったのだ。お母さんはもう外出の用意をしていた。

「二人でおるすいしていらっしゃい。お母さんは大海《おおみ》さんの処《ところ》へ行ってきますからね。」

「ウン。」

大海さんというのは弁護士《べんごし》であった。お母さんは唇《くちびる》を噛《か》みながら出ていった。あとの二人はいつまでも部屋の中に立っていた。坐《すわ》ることも、寝《ね》ころぶことも出来ない気持である。道具のない家は自分の家のような気持がしないのである。いや、家どころか、そこは路傍《ろぼう》の土の上のようで、雨も降《ふ》れば、風も吹《ふ》いて来るような気がする。

会社の赤沢銃三《あかざわじゅうぞう》が執達吏《しったつり》をつれて来て、三平《さんぺい》の家の差押《さしおさ》え物件《ぶっけん》を一つ残らず車に積んで持って行ってしまった。彼《かれ》のいうところは、「この家に置いていては紛失移動《ふんしついどう》の怖《おそ》れがあるから、会社へ持って行って安全に保管《ほかん》する」というのである。三平の家はこれで空家《あきや》のようになってしまった。暗く、冷い。その中に善太《ぜんた》と三平はションボリ立っていた。お母さんは弁護士《べんごし》へ行ったし、どうしていいか解《わか》らなかった。そのうち、三平が訊《き》いた。

「兄チャン、ブランコとってった？」

「ウウン、ブランコなんか持ってかないよ。」

「フン、三輪車は？」

「三輪車？　どうかなあ。持ってったかなあ。忘《わす》れちゃったなあ。」

善太は首を傾《かし》げて見せる。が実は三輪車も持ってってしまったのである。

「いいやい。三輪車なんか。あれ、ボロ三輪だ。」

話しているうちに、二人は少し元気が出て来た。気持をとり直そうと思い出した。

「ブランコで遊ぼう。」

三平《さんぺい》がいった。

「ウン、遊ぼう。」

善太《ぜんた》も快諾《かいだく》した。二人は柿《かき》の木に走った。まず三平が乗って、善太が押《お》した。五六度ゆすると直《す》ぐ代って、善太が乗って、三平が押した。ゆっくり乗ってなんかいられない。終《しまい》には一回一回で代るのである。

「此度《こんど》は柿の木に登ろう。」

競争で登った。登ったと思うと、もう下りるのである。

「競争で下りよう。ようーい、ドン。」

二人は膝頭《ひざがしら》をすりむいたり、尻《しり》もちをついたりした。然《しか》し今、そんなことは何でもない。却《かえ》って気がまぎれる。

「此度は家のまわりを廻《まわ》る競争。」

「ウン。」

「ようーい、ドン。待った待った。五回廻りだよ、この柿がゴールなんだよ。いいかい。ようーい、ドン。」

二人は駆《か》け出したが、素《もと》より善太《ぜんた》が速い。三平《さんぺい》が半分廻《まわ》って座敷《ざしき》の前へ行った時、もう、

「いっかーい。」

と呼《よ》んでいる。二回目を三平が台所の前をかけていると、もう善太は二回と呼んでいる。こうなっては仕方がない。三平は二回目をとばして、

「三かーい。三回目だよう。」

と大声で呼び立てた。その上、ラストコースに入ると、彼《かれ》は座敷《ざしき》の縁側《えんがわ》から跣足《はだし》で駆《か》け上って、奥《おく》の間を駆けぬけ、ゴールへ飛び込《こ》んで、

「五かーい。」

それでも二人は殆《ほとん》ど同時になったのである。物言いが起らずには居《お》らない。

「ダメだよ、三平チャン。」

「いいやい。廻り方きめなかったんだもん。」

「ダメダメ、もう一度廻って来なくちゃ。」

二人は疲《つか》れきってて、その上争う元気がない。近くのゴザをとって来て、木の下に敷《し》き拡《ひろ》げ、その上にのびてしまった。そしてフウフウ息を吐《は》きつづけた。身体は汗《あせ》にまみれてほてり、木登

りでむいた膝《ひざ》の辺も痛《いた》んだ。然《しか》しグッタリした気持はいいものである。空を真上に眺《なが》めながら何もかも忘《わす》れて休みつづけた。暫《しば》らく休むと、三平《さんぺい》が提議《ていぎ》した。

「兄チャン、此度《こんど》十回廻《まわ》りやろう。」

「十回？」

「ウン、二十回でもいいや。」

三平《さんぺい》は今粉骨砕身《ふんこつさいしん》クタクタに疲《つか》れ果てようとするのである。お父さんお母さんのために何も出来ない彼《かれ》は、そうでもするより仕方がない。その時、門の戸が開いた。二人は身体を起こした。入って来たのは、鵜飼《うかい》のおじさんとお母さんとであった。おじさんはいつもと異《ちが》い、むずかしい顔をして、家の中に入って来た。

鵜飼のおじさんの前で、お母さんは三平にいったのである。

「ボクもうイタズラしませんから、もう一度あずかって下さいって、お辞儀《じぎ》をして、御願《おねが》いしなさい。」

しかし三平は、

「いや。」

というのである。何度いっても「いや」というのである。仕方がない。翌日《よくじつ》お母さんは三平《さんぺい》をつれて、町の病院へ出かけた。善太《ぜんた》をつれて、受付に住み込《こ》むことになっていた病院である。そこで、善太の代りに、三平に犬の運動をさせたり、小鳥の世話をさせたりしてくれと頼《たの》み込んだ。

「さあね、このお子さんじゃ——。」

院長さんはそういって物やわらかに断《ことわ》った。

今はその帰りであった。二人は町の公園ベンチで休んでいた。

「三平チャン、病院はあんたじゃダメっていうんですよ。」

「ウン。」

「それでも、鵜飼《うかい》へは行かないんですか。」

「ウン。」

「だったら、お母さんどうしましょう？」

三平には返事が出来ない。あれや、これやと思いめぐらしてみる。

「お母さん、海へ行けば、ロビンソン島っていうのあるでしょう。」

「あるもんですか。」

「だって、兄チャンいってたよ。そこに山羊《やぎ》だの、兎《うさぎ》だのいるんだって。」

みんなで、そこへ行って住もうという三平《さんぺい》の考えなのである。しかしお母さんはそれどころでない。返事もしないで、思い沈《しず》んだ。

「どうしたらいいかねえ。」

吐息《といき》とともに沈痛《ちんつう》な声が出るのである。

「ウン、お母さん、ボクと兄チャン新聞屋になったら？」

途中《とちゅう》、駅の前で見た新聞売子を思出したのである。お母さんは返事もしないで立ち上った。公園を出ると、そこは大川《おおかわ》にかかっている橋である。橋の真中に来ると、お母さんは立ち止った。欄干《らんかん》によって、川の中を覗《のぞ》き込《こ》んだ。ウットリして考えつづけた。このまま、この川に沈《しず》んで二人は死んでしまったら、——暫《しば》らくして、お母さんは顔を上げ、異常《いじょう》にやさしい笑顔《えがお》をつくった。

「三平チャン。」

「なに。」

「お母さんが死んだらどうする？」

三平は答えにまどうた。それにお母さんが本気であるかどうかもわからないのである。

返事の代りに、お母さんの顔を見て、ニッコリ笑った。

お母さんが顔を近よせて訊《き》く。

「え？　どうする？」

彼《かれ》はただ笑顔《えがお》をつくるばかりである。お母さんのやさしさが少しばかり恐《こわ》い気もするのである。

「三平《さんぺい》チャンはお母さんが死んだら鵜飼《うかい》へ行くでしょうね。」

お母さんは一層《いっそう》顔をくっつけて来る。その顔が次第に気狂《きちが》いじみているのである。三平はやはりニコニコしつづけた。人通りも少く、日もくれかかっていた。お母さんが話をやめて、水を一心に見つめ出すと、三平は欄干《らんかん》に登って、その上に跨《また》がった。その方がラクチンで、面白い。鵜飼のおじさんの乗馬を真似《まね》てみたい気にもなって来る。そこで尻《しり》を上げ身体をゆする。両手を前に、手綱《たづな》を持つ様子をつくる。

「パカパカ、パカパカ。」

つい、側《そば》のお母さんを忘《わす》れ、口の中で蹄《ひづめ》の音を立ててみる。ふと、これに気づいたお母さんは「まあ、三平チャン」と呼《よ》ぶと、三平に抱《だ》きついて、涙《なみだ》をすすり上げた。どんなにしてでも、この子を育て上げようと決心したのである。

橋の欄干に馬乗りになっている三平に抱《だ》きつき、お母さんは暫《しば》らく泣いていた。それから涙をふいて、

「兄チャンが待ってるから、さ、早く帰りましょう。」

と、三平《さんぺい》の手を引いて、家の方へ急いだ。ところが、少し歩くと、三平が話し始めた。

「お母さん、お母さんはボクが鵜飼《うかい》へ行く方がいい？　行かない方がいい？」

「それはもうよくわかってるでしょう。」

「じゃ、ボク鵜飼へ行こうかな。」

「行ってくれる。」

「ウン。行くよ。」

これを聞くと、お母さんはつい泣き笑いになったのである。

「まあ、嬉《うれ》しいわねえ。だけどもイタズラしないでしょう。」

「しないさ。もう木なんか登らないよ。池にだって、川にだって行かないんだ。ボク、川なんか嫌《きら》いなんだよ。家で本ばかり読んでいるんだ。」

「そうお、おとなしくするのねえ。」

「そうさあ。行ったら直《す》ぐおばさんにお辞儀《じぎ》するんだ。もうイタズラしませんていうんだ。それから学校の勉強ばかりするんだ。直ぐ一番になるんだ。級長にもなるんだ。」

「ホントウ？」

「ホントウさあ。それからボク、中学校へ行くんだ。大学へも行くんだ。大学を出たら――」。

しかしここまで来ると行きつまった。

「何になろうかなあ。え？　お母さん、ボク何になろう？」

考え込《こ》んだのである。お母さんにとっては何も考える必要はない。ただ明日《あした》にも三平《さんぺい》が鵜飼《うかい》へ行ってくれ、善太《ぜんた》とお母さんが病院へ勤《つと》められるようになりさえすればいい。そこで、

「兄チャンが待ってるから――」。

と、帰りを急いだ。ホッとした嬉《うれ》しさもあり、時々小走りにさえなったのである。だから、家に駆《か》け込《こ》むようにはいった時、いつもと違《ちが》って機嫌《きげん》よく、淋《さび》しく迎《むか》えた善太にも、やさしい言葉をかけたのである。

「ずい分待った？」

「ウウン。」

「そうお。誰《だれ》も来なかった？」

「ウン。」

しかしお母さんは疲《つか》れていて、茶の間の飯台《はんだい》の前に坐《すわ》り、暫《しば》らく息を入れた。

「直《す》ぐ御飯《ごはん》をつくったげますからねえ。お腹《なか》すいたでしょう。」

しかしその時である。お母さんは飯台《はんだい》の上に置かれている一冊《さつ》の古いノートに気がついた。善《ぜん》太《た》が今まで、その余白《よはく》にイタズラ書きをしていたのである。手にとって見れば、表紙には何も書かれていないが、お父さんの古い日記である。ペンで小さく書きこまれている。昭和×年、今から九年も前のものである。読もうとして、お母さんは、その本の中に何かはさまっているのに気がついた。そこで、そのページを開いた。四つ折にされた美濃紙《みのし》がはいっている。拡《ひろ》げて見ると、

譲　渡　証

合名会社三ツ輪製織所の権利義務一切を金八万円也を以て株式会社三ツ輪製織所に譲渡候こと実正なり後日のため依て如件

年　月　日

合名会社三ツ輪製織所代表社員

青山一郎　印

と、一面に書かれている。もう一面には、

譲　受　証

合名会社三ツ輪製織所の権利義務一切を金八万円也を以て株式会社三ツ輪製織所に譲受候こと実正なり後日のため依て如件

年　月　日

株式会社三ツ輪製織所取締役

長尾文三　印

と書かれていた。これを見ると、お母さんは顔色を変えて坐《すわ》り直した。この書類こそお父さんが偽造《ぎぞう》したといわれるそれであった。

お父さんが偽造して、訴訟《そしょう》の証拠《しょうこ》に使ったと訴《うった》えられているその書類が見つかったのである。しかし今、お母さんはそれがホントウにその書類であるか、直《す》ぐには信じられない。まず、はさんであったところの日記を読んでみる。

×月×日

――赤沢《あかざわ》につくらせた書類もついに使わないですんだ。ホンモノが見つかった。訴訟《そしょう》も公明正大に勝つことが出来る。

――お母さんの手は震《ふる》えて来た。眼《め》をしばたたいても、しばたたいても、ホロホロ涙《なみだ》がこぼれて来る。つい、飯台《はんだい》に顔を伏《ふ》せ、袖《そで》を眼《め》にあてて、しばらく咽《むせ》び入った。それから顔を上げて見ると、善太《ぜんた》と三平《さんぺい》が両方に坐《すわ》って、心配そうに、お母さんを見つめている。涙《なみだ》の顔で、二人に笑ってみせる。

「心配ないんですよ、とっても、いいことなの。ね、これ、この書付《かきつけ》が見つかったから、もう大《だい》丈夫《じょうぶ》。お父さん、明日《あした》にでも帰って来られるわ。」

しかし二人は突然《とつぜん》のことで、直《す》ぐには話が腑《ふ》に落ちない。やはり眼をパチクリ、お母さんを見つめている。お母さんは二人に色々説明したいけれども、今は一分もじっとしていられない。

「ね、二人でお留守《るす》していらっしゃい。お母さん、大海《おおみ》さんのところへ行ってくるからね。直ぐ帰ってくるわ。もしかしたら、お父さんと一緒《いっしょ》に帰って来るかもわからないわ。」

二人が何をいう間もなく、お母さんは書類と日記を懐《ふところ》に、門をしめる戸の音も高く、暗い外へ、町の方へ駆《か》けるように出て行った。その後、二人は飯台に向き合って坐《すわ》り、しばらくものもいわなかった。ここ十日ばかりであったが、生活が幾度《いくど》となく急激《きゅうげき》な変り方をした。まるで一年も経《た》ったように思える。その間のことが、頭の中を幾十ものシインとなって、映画《えいが》のように通り過《す》ぎる。

「お父さん、帰ってくるの？」

やっと、ひとりごとのように三平《さんぺい》がいう。

「そうだって。」

善太《ぜんた》がいう。

「いつ帰るの？」

「今晩《こんばん》か、明日《あした》だって。」

「フーン。」

こういっている間に、二人の胸《むね》の中に、次第にお父さんの帰ってくる喜びが、水のようにわいて来た。

「お父さん、帰るかなあ。」

三平が頭を傾け傾《かたむ》けしていい出した。

「今夜帰るかしらん。明日の朝かしらん。お父さんが帰った時、ボク眠《ねむ》ってたら困《こま》るなあ。兄チャン、どうする？　ボク今夜、もう眠《ね》むんないでいようかしらん。」

「だけど、三平チャン、お父さんは今夜は帰んないよ。」

善太の考え方はいつでも消極的《しょうきょくてき》である。

「どうして？」

「そんなに早く帰れないよ。」

「何故《なぜ》？　だってお父さん町の警察《けいさつ》にいるんだろう。歩いて帰りゃ直《す》ぐじゃないか。」

「それがさ、お巡《まわ》りさん、そんなに早く出してくれないよ。」

「そうかな。きっとお巡りさんが沢山《たくさん》いて、みんなで相談するんだねえ。一人が、青山一郎《あおやまいちろう》は帰していいっていっても、一人がそれゃいかんって、そういうんだよ。ボク、そんなこというお巡りさん嫌《きら》いさあ。」

これを聞いた善太《ぜんた》はつい微笑《びしょう》した。と、また三平《さんぺい》がいい出す。

「兄チャン、お父さん帰った時、どういうか知っている？　三平大きくなったねえ、きっとそういうんだよ。きまってらあ。」

三平にはそう思えたのである。

いよいよお父さんの帰る日となった。お母さんは朝から家の中を掃除《そうじ》し、鵜飼《うかい》のおじさんと弁護士《べんごし》の大海《おおみ》さんが警察へお父さんを迎《むか》えに行った。善太と三平はどうしたらいいだろう。服を着かえて、会社の裏《うら》の辺まで迎《むか》えに行ってなさいと、お母さんはいうのである。二人にとってそれは一寸恥《ちょっとはず》かしい。

「どうする？　兄チャン。」

相談の末、二人は柿《かき》の木の上に新しい日の丸の旗を立て、そこで万歳《ばんざい》をいうことにした。そうなれば忙《いそが》しい。やたらに走り廻《まわ》って、竹の棒《ぼう》をとって来たり、半紙をメシツブではり合せたりした。今までになく、日の丸の旗はあざやかに風にヒラヒラとひるがえった。二人は早くからそこに登って待っていた。何度も大きな声を合せて、バンザーイの練習をした。その後でパチパチと手を叩《たた》いた。時間は九時になり、十時になった。

「お父さん、もう今日は帰んないんだよ。きっとそうだよ。」

そういってる時、会社の後に自動車が現れた。ピカピカ黒光りのカブト虫のような自動車。三《さん》平《ぺい》の家の方に向ってやって来る。

「誰《だれ》だろう？　どうしたんだろう？」

二人にはお父さんとは思われない。その自動車は門の前でとまった。鵜飼《うかい》のおじさんが出て来る。大海《おおみ》弁護士《べんごし》が出て来る。最後に出て来たのは、ヒゲにまみれたねぼけ顔の人。寝衣のようなダラリとした着物を着ている。それがお父さんだった。ものもいわないで、三人は家の中にはいってしまった。万歳をいおうにも、いわれない光景であった。二人は悲しくなったのである。ものもいわないで、じっとしていた。側《そば》で旗ばかりがひるがえっていた。そのうち、家の中ではお祝いの食事が始まったらしく、賑《にぎ》やかな笑声が聞え出した。そうなると、善太《ぜんた》も三平《さんぺい》もじっとしてはいられない。二人がこっちにいるということを知ってほしいのである。

「兄チャン、バンザイいいなさい。」

「いやだい。三平チャンいいえよう。」

「バンザイ。」

小さい声で、三平がいう。二人とも大声でいう元気はない。そこで、こんどはブランコに乗ることにした。天にもとどけと揺《ゆ》するのであった。それでも、お父さん気がついてくれない。仕方がない。二人は座敷《ざしき》の側《そば》、縁側《えんがわ》の蔭《かげ》に忍《しの》び寄《よ》った。そこにしゃがんで、小さい声で呼《よ》んでみる。

「オトウサン。」

「おとうさん。」

聞えないらしい。声を大きくする。

「オトウサンッ。」

それから二人は逃《に》げ出し、玄関《げんかん》の蔭に来て隠《かく》れる。しばらくすると、そこを這《は》い出し、また縁側の蔭に忍び寄る。

「オトウサンッ。」

また逃《に》げ出す。然《しか》しどうも効果《こうか》がない。座敷《ざしき》では話声がつづき、笑声が盛《さか》んに起る。これは冒《ぼう》険《けん》をやらなければなるまい。三平《さんぺい》が決死隊となる。縁側《えんがわ》の蔭《かげ》から身を挺《てい》して駆《か》け出した。座敷の前を通って、勝手口の方へ行くのである。

「おとうさん――」。

その間に呼《よ》んで駆けぬける。善太《ぜんた》もおくれをとってはならない。

「おとうさん、おとうさん、おとうさん。」

早口に三度呼んで駆け通った。勝手口で落ち合った二人は嬉《うれ》しくて面白くて、雀躍《こおどり》して笑い合った。

座敷では、その時お父さんが話していた。

「こんどは赤沢《あかざわ》にヒドイ目にあいました。あいつ、あの当時ホンモノの書類を隠《かく》したのですね。そしてニセモノを作らせたのです。警察《けいさつ》では私《わたし》、作りはしたが絶対《ぜったい》に使わなかったといったのです。然《しか》しこれがニセモノだと見せられた書類が、ホンモノだという証明《しようめい》がどうしてもつかないのです。弱りましたよ。」

お父さんは帰った。此度《こんど》は赤沢と佐山《さやま》が警察へ引張《ひっぱ》られた。ホンモノの書類を昔赤沢が隠したことが解《わか》ったのである。そればかりか、三平《さんぺい》の家を差押《さしおさ》えしたのも、お父さんの借金でも何でもなかった。お父さんが職工《しょっこう》や事務員《じむいん》にやった給料や賞与《しょうよ》が不当な支出《ししゅつ》であったとして、これをお父さんから取るというのであった。

赤沢《あかざわ》と佐山《さやま》が警察《けいさつ》へ行くと、また会社の株主総会《かぶぬしそうかい》が招集《しょうしゅう》された。佐山が専務《せんむ》取締《とりしまり》をやめて、お父さんが元通り専務になるのであった。その日も、会社の門には子供達が集まり、門番の真似《まね》をして呼《よ》んでいた。

「へーい、いらっしゃい。一番、二番、三番。」

三平は行かなかった。家にいて、ブランコに乗っていた。鶴吉《つるきち》と亀一《かめいち》がフウフ言って、駆《か》けて来て教えてくれた。

「三平チャン、今十六番まで来てんだぞう。早く来て呼ばないかい。」

「いやだい。それより、みんなここへ呼んで来ないか。ボク、河童《かっぱ》の話してやるから。面白いんだぞう、鵜飼《うかい》のおじさんちへ行ってね。盥《たらい》で川を流れたんだよ。そしたら深い深い淵《ふち》の処《ところ》でさ、大きな亀が浮《う》いて来たんだよ。その亀の甲羅《こうら》に、何が乗ってたと思う。頭に皿冠《さらかぶ》ってる河童っていうものだったんだぞう。」

これを聞くと、鶴吉が近くにあった瓦《かわら》の破片《かけら》を頭にのせ、

「ボク、その河童《かっぱ》になったんだ、こいつ、その大亀《おおがめ》だ。やい、歩け、こら、歩かんか。」

と、しゃがんでいた亀一《かめいち》の肩《かた》の上に跨《また》がった。亀一は鶴吉《つるきち》をのせて、オウオウ言いながら、四ん這《ば》いで歩き廻《まわ》った。亀でも声を出さないと恰好《かっこう》がつかないのである。

「三平《さんぺい》チャン、来て乗らないかい。この亀とてもいい亀だよ。ラクチン、ラクチン。」

鶴吉が言うのであったが、三人は会社へ行って、河童ゴッコをすることになった。亀になるものは、みな縄《なわ》の尻尾《しっぽ》を後に垂《た》らし、河童になるものは、みな頭に瓦《かわら》や皿の破片《かけら》をのせていた。その内、みんなは這《は》い廻るだけでは物足りなくなって、幾組《いくくみ》かの河童と亀が、会社の門と玄関《げんかん》の間を競争することになったが、そうなると、這っても居《お》られず、みな尻尾を垂らしたまま、立って河童を負《お》ぶったのである。河童が頭にのせた瓦や皿を落すと、負けになるルールであった。子供達はこの珍妙《ちんみょう》なレースに歓《かん》をつくし、総会《そうかい》もそっちのけで駆《か》けに駆けった。

三平のお父さんが専務《せんむ》として出社し出すと、差押《さしおさ》えられた家財道具《かざいどうぐ》も三平の家に帰って来た。佐山《さやま》も赤沢《あかざわ》もお父さんのとりなしで警察《けいさつ》から帰された。

永《なが》い夏休も終って、学校へ行く日が近かった。門前で久《ひさ》しく聞かれなかった子供の声がした。

「三平チャン遊びましょッ。」

とび出して見ると、金太郎《きんたろう》である。

「三平《さんぺい》チャン、遊ぼうよ。」

「ウン、遊ぼう。」

二人は肩《かた》に手をかけ合い、会社の方へ歩いて行った。少し行くと彼方《むこう》から赤沢《あかざわ》がやって来た。十間《けん》も間があるのに、もうニコニコしている。

「坊《ぼっ》チャン、どこへ行きますか。」

側《そば》に来た時、三平の顔を覗《のぞ》き込《こ》むようにして話しかけた。三平はどう返事をしていいか解《わか》らない。それに、このうってかわった赤沢の態度《たいど》が、金太郎《きんたろう》に気の毒でならない。

「金チャンと遊ぶんだい。」

まず大声で一発放してやる。

「へえ、大元気ですね。おじさんも仲間に入れて下さい。」

「ダメッ。」

それでもまだ赤沢が話そうとすると、

「金チャン、走ろう。」

と二人は駆《か》け出した。金太郎は弱くおとなしく、三平のいうままである。一寸《ちょっと》駆《か》けてから、三平は金太郎に言って聞かせた。

「あいつ悪い奴《やつ》なんだよ。直《す》ぐお巡《まわ》りさん呼《よ》んで来るんだ。」

随筆・評論

三重吉《みえきち》断章

三重吉《みえきち》というのは鈴木《すずき》三重吉のことです。漱石《そうせき》門下で、千鳥《ちどり》だの山彦《やまびこ》だのという小説を書いた、あの鈴木三重吉のことです。然《しか》し三重吉が小説を書いたのは三十五までです。あと、五十五で死ぬまでの二十年間は、児童文学を必死の仕事と致しました。その彼の仕事として有名な児童雑誌「赤《あか》い鳥《とり》」は、三重吉三十七歳の大正七年七月から発行され、昭和十一年六月までつづきました。百九十七冊出て居《お》ります。百ページばかりの小雑誌ですから、それで何が出来るかと思われるくらいですが、それは三年とたたないうちに、吾国の児童文学を一変させました。童話が最初だったでしょうか。それとも童謡の方が早かったでしょうか。それとも、綴方、自由詩。とにかく、そういう児童文学は「赤い鳥」と共に、百花一時に開く有様となりました。三重吉はもとより、藤村《とうそん》、芥川《あくたがわ》、小川未明《おがわみめい》、佐藤春夫《さとうはるお》、谷崎潤一郎《たにざきじゅんいちろう》なんかも童話を書きました。白秋《はくしゅう》の童謡は毎号二つも載って、それが十何年つづきました。然《しか》しこんなことを言っていてはキリがありません。私はここで、「赤《あか》い鳥《とり》」によって、吾国の児童文学は、世界の水準に達したということを言いたかったのです。今の吾国の児童文学の基礎は「赤い鳥」が築いたということを言いたかったのです。つまりは、三重吉《みえきち》の功績をたたえたかったのです。実際、三重吉は偉かったと、私は思います。その三重吉の弟子だからと言って、私まで偉いというわけではありません。それについて、三重吉書簡集の中から、一通の手紙を写して見ます。

「お手紙を拝見いたしました。私は九月末にゼンソクを発し、昨日まで一か月半以上寝ていました。病中も一、二月号のために、五つも話をかき六つも人のをかき直すので、苦しさと言ったらありませんでした。

童話をかく修業は、絵をかいて一人前と許されるまでの修業と同じくたいへんです。文章をかくには十年も苦しまねばダメです。ちょっとやそっとでは成業しません。だから、先般お言葉があっても、オイソレと、おかきなさいと申し上げなかったのです。赤い鳥に出る作でも、一行一行みんな私が直すからあんなに読めるので、原作は坪田《つぼた》君でもだれでも、まるでナッテおりません。十分の覚悟でおかかり下さい。

まだ起きていてもフラフラします。

いろいろと御好意有難うございます。」

昭和八年十一月十五日附の手紙であります。亡くなる二年ばかり前で、宛名を見ると、童話作家になりたいという女学生あてのものと思われます。三重吉《みえきち》が文章に苦心したことは、それは非常なもので、原稿を見ると、よくこれで印刷所が活字を拾うことが出来たと思われるほどのものであります。消したり、書いたり、筋を引いたり、まるで都会の地図のように、何かしらんサクソウして居るのです。それが校正刷になって出てくると、先生はまたそれを地図のように直してしまいます。それは然《しか》し雑誌のことで、その新聞か雑誌に載った作品が、本になる時となると、大変です。また苦心サンタン、植字工を弱らせてしまいます。そんなにして、彼は一生、作品を直しつづけた人であります。だから、「赤い鳥」に載る作品は、誰彼の別なく、これに加筆したわけであります。名文家でもありましたが、自信もあったのです。また児童文学に対する熱情が、どんな人の作品でも見すごすことをさせなかったのだと思われます。私の作品など、右の手紙にあります如《ごと》く、いつもいつも直されました。時によると、全篇を別に書き直されたことさえありました。

それについて、ある時――と言っても、昭和九年のことです。私はつい失言して、大変な叱責を受けたことがあります。さて、その日は元日のことですから、何をおいても、先生のところへ御挨拶に行かなければと、私は紋附羽織、それに袴《はかま》まではいて出かけました。私が先生をこれほど大切に思ったのも、実はわけがあったのです。その前年の七月、私は郷里で勤めていた会社をクビになったのです。それで即日郷里をたち、途中、大阪《おおさか》へ寄って、弟から七百円借金しました。月百円ずつ費《つか》って、その金がその一月末になくなることになっていました。私はその時、歳四十五、文学を志してから二十五年にもなっていました。それでもまだペンで生活できない状態で、何とも頼りなく、心細い気持でした。その頃はまた世の中が不景気でもあったのでしょうが、私の原稿を使ってくれるところは殆《ほと》んどありません。近頃、古いノートを見たのですが、その昭和八年七月から年末までに、私は二十三篇二百六十三枚の原稿を書いて居ります。その稿料百二十九円五十銭です。これでは暮しようもありません。心細いのは素《もと》よりです。尤もその二十三篇中十四篇は「赤《あか》い鳥《とり》」への原稿で、これで私は八十二円かせぎました。あとは、今はないカシコイ一年生、カシコイ二年生なんていう雑誌で、これに三篇書いて、十八円もうけているという有様でありります。こんな有様では、生活のためにも、文学のためにも、「赤い鳥」の鈴木《すずき》先生を頼みとせずに居られなかったのであります。そこで年末のこと、先生にお願いして、三十円を稿料の前借として貸していただきました。それで実は紋附羽織袴《はかま》をシチから出して、堂々として、先生の玄関に立ったわけであります。すると、

「誰かっ。」

奥から先生の声がしました。

「坪田《つぼた》です。」

「あがれいっ。」

先生がもう大分酔って居られることは、この声でわかりました。座敷にとおって見ると、学習院の中学生が二人か三人か居りました。この人たちは駿道《しゅんどう》少年団と言って、先生の乗馬のお弟子さんたちです。

「きみたち大きくなったら、おれの墓へ来て、シャアと小便ひっかけて行け。なあんだ。これが三重吉《みえきち》の墓かあ。そう言ってな。」

先生はそんなことを言って、自分でも笑い、幼い中学生たちをも笑わしていました。三重吉を乗り越えて行け。三重吉をケイベツするくらいのものになれ、ということと私は拝承していました。そして私はかしこまっていたのです。すると、間もなくその人たちは帰って行きました。すると、先生は、

「それで、毎号よく直してさし上げてるんだが、どうですかね、勉強しておいでですかね。」

こうやって来られました。その時先生は赤い顔をして居られるし、お正月ではあるし、私はつい心をゆるめていたのです。こう言われると、

「はい、毎号、御厄介になりまして——。」

そう言って、頭をさげました。それから、

「然《しか》し先生に直して戴くと、文章はとても立派になるのですが、私のねらいどころは、どう言いますか、もっと素朴なところを思って居りまして——。」

そう言うと、

「なにい——。」

この声をきいて、私はハッとしました。これはしまったと思ったのです。今迄きいたことのない声です。先生の顔にちらつく表情も今まで見たことのないものです。笑顔の中に何かある感じです。

「ようし、そんなことを言うなら、これから坪田《つぼた》譲治《じょうじ》論をして聞かせる。オイ、はまも来い。すず子も来い。」

先生は奥へ向って、大きな声を出されました。私は大変なことになったと思いました。そこで、

今迄アグラしていた姿勢を坐り直して、キチンと正座しました。その時、気がついたのですが、いつの間に来たのか、木内高音《きうちたかね》氏がモーニングで、側に坐って居られました。私はこれに気づくと、何か、自分が大変悪いことをして、これから、罰を受けようとしているもののように思われて来ました。後から考えて見ると、どうも私はその時、先生をこわがり過ぎていたようです。私を手打ちにするというのでもなく、私を島流しにするというのでもないのです。それなのに、私はそこに正座し、両手を膝におき、首を垂れて、顔色を変えていたのです。ふるえていたかも知れません。これはそれまでに、こんな時の先生の怖しさを余り沢山聞いていたせいかも知れません。画家の深沢《ふかざわ》さんの話では、

「昔のことですが、木内さんなんか、マキザッポウか何かで追っかけられていましたよ。家をグルグル廻って逃げるのですが、それを先生が棒を振り上げて追っかけて行くのです。私はこれを見て、考えたのです。きっと、先生と木内さんとの間には仏教で言う、前世の縁とでもいうものがあって、それでこんな有様なのかも知れない。とにかく、先生はこわいですよ。」

こういうこともあったのです。

ところで先生は坪田《つぼた》譲治《じょうじ》論をやってやると始められたのですが、理論的なことは元来先生は得手でありません。綴方の名著となっている「綴方読本」でも、理論篇の方は底も浅ければ、論旨

が混雑して居ります。感情ばかりが目立って、先生が何を言おうとして居られるかよく解りません。それが酒の廻っているその時のことですから、

「こらっ、ハラが立つか。ハラが立つなら、もっと好い作品を書いて持って来い。」

そう言われたり、

「いくら待っていても、もう御馳走は出やせんぞ。」

私が御馳走に手をつけないのを見て、そんなことを言われたりするのが、それでも烈しく、私の顔にあたるムチのような気がしました。私は頭を下げたまま、唯黙って聞いていました。然《しか》し三重吉《みえきち》という人はこのような場合、フシギな烈しさのある人で、私は叱られながら考えました。

「この烈しさは恐らく信長《のぶなが》にあったもので、明智光秀《あけちみつひで》を叱った烈しさというのは、こんなものだったに違いない。」

五分叱られたか、十分叱られたのか、その時も今も、私には解りません。然し言われることは、結局、

「お前が持っているものは良い。それは認めてやる。然しその表現は、あれは、一体何だ。内容が仏なら、その仏をドブに叩きこんだようなのが、お前の文章だ。それで、素朴なところをねらっているなんて、よくも言えたものだ。」

というようなことだったと思います。そのうち、私は胸が一杯になって来ました。唇もこわばって来ました。此上《このうえ》、ここにいてはみにくい場面を演出するようにも思えて来ました。座に堪えられなくなって来たのです。そこでまだ大声に話している先生の前に、黙って頭をさげました。そして玄関へ立って行きました。すると、これをどこで見て居られたのでしょうか。奥さんが足早に出て来られ、

「鈴木《すずき》は今日は酔って居りますから、どうか、気になさいませんで――。」

私をのぞき込むようにして言われました。これにも、私は黙ったまま頭をさげ、そそくさと下駄をはいて、玄関を出ました。門までは十間もあるのですが、そこを歩いているうちに、涙がこみ上げて来ました。不覚の涙とでもいうのでしょうか。私はハンカチを出して、目をおさえました。そして門の内でしばらく立っていました。後から後から、胸に目におしのぼってくるものがあるのです。やっと、涙をふいて門を出て、私は新宿駅《しんじゅくえき》へ歩いて行きました。そこから省線《しょうせん》で家へ帰るわけですが、そういう気になりません。先生のところへ公衆電話をかけて、木内《きうち》さんを呼びました。木内さんと話して、慰められたかったのでしょうか。然《しか》し木内さんはもういませんでした。こんな先生の機嫌の時、永居《ながい》するものでないことを、年来の経験でよく知っていたのでしょう。仕方なく、私は家へ帰って来たのですが、

「如何《いかが》でした？　先生、いい御機嫌でしたか。」

家内にそう聞かれても、返事の仕様がありません。

「ウン。」

というばかりです。

晩の食事の時になると、家内も私の様子に気がついたらしく、

「どうしたんですか。新年というのに元気がなくて――。」

こう言い出して来ました。

「どうもしないよ。」

そう言って、笑って見せたりしたのですが、やはり、何かあったと、家内は感じていたようです。

「もっと元気を出して下さらなくちゃ。元日から縁起が悪いじゃありませんか。」

そんなことを言ったりしました。私もそう思っていたのです。元日から泣いたりして、今年はどういう年になるだろうと、気になっていたのです。後から解ったことですが、その年はやっぱり、私の一生中での一番困難な年となりました。然《しか》し二日でしたか、三日でしたか、私は書き初めをしようと、短冊を机の上に置いた時、

吾《わ》れは窮鼠《きゆうそ》　文学の猫《ねこ》を噛《か》まん

こういう言葉が頭に浮かびました。文学の上でも、生活の上でも、私は追いつめられた鼠《ねずみ》だったのです。

ところで、この言葉を誤解する人もないと思いますが、一度そういうことがあったので、書き添えておきます。さっき、鈴木《すずき》先生が信長《のぶなが》のように怒ったと、私は書きましたが、そのことをある人に話しました。すると、その人がそのことを雑誌に書きました。見ると、三重吉《みえきち》に怒られて、坪田《つぼた》は光秀《みつひで》のような気持がしたと書かれて居ります。光秀は後で信長を殺したのですが、如何《いか》に何でも、私にそんな心持はありません、それこそ、ミジンもありません。ハラを立てて泣きはしましたが、そんな心持からではないのです。だから今の窮鼠という言葉にしても、三重吉先生を頭においてのものではありません。私を追いつめている文学に、生活に必死になって、噛みつこうとした心持であります。そこで私は二日でしょうか、三日でしょうか、直ぐ製作にかかりました。「金《きん》のカブト」というのですから、私の勢いこんだ気持もこもって居るのです。少年の頃、いつも登っていた城山の話で、そこの土の中に金のカブトが埋っているという言い伝えがあるのです。ホントに力をこめて、二十四枚も書きました。書き上げると、赤《あか》い鳥社《とりしや》へ電話をかけました。

「これから伺いとう御座いますが――。」

というと、

「どうぞ、おいで下さい。」

と奥さんだか、森《もり》さんだかの丁寧な返事です。一月十五日頃だったと思います。行くと、それは大歓迎で、先生の御機嫌も上々です。

「坪田《つぼた》さんが見えたから、何か出せよう。」

というようなわけで、紅茶と洋菓子が出されました。そんなことは、私などにとって全く珍しいことでした。昭和二年以来その時までの七年間に初めてのことだったでしょう。その後とてもありませんでした。そして先生は、

「ホホン、ホホン。」

と気をゆるしているように笑われました。何か、この気弱な男のため、面白い話をして、気持を引立ててやろうと思われているように見えました。先生の座談のうまさ、面白さはまた特別な味で、先生自身もそれを楽しんで居られる様子に見えました。その時だったか、どうか忘れましたが、とにかく正月のことです。こんなことを話されました。

「やっぱり正月だったのう。先生のところで(というのは漱石《そうせき》のところです。)真鍋《まなべ》さんが酔払ってのう、先生をおさえつけて言ったのさ。――こら漱石、お前は奥さん以外知らないのか――す

ると先生答えて曰《いわ》く。――雲煙模糊《うんえんもこ》たり――ホッホッホッ。」

これは先生の話のなかでも、得意のものと見え、実にじょうずな話術でした。また、これは夏のことでした。山梨《やまなし》県の小淵沢《こぶちざわ》へ避暑に行かれての話です。そこでモンペイというものを見て、これは便利だと、注文して造らされたそうです。さっそくはいて、外を歩いていると、小便を催しました。

「一発やったろうと思っての、見ると、なんと、穴がないじゃないか。こりゃ不便じゃのう。そう言うとると、そばにいた百姓が、――そりゃお前さん、前、うしろじゃないか。――そう言うもんでの、はき直して見ると、なるほど、ちゃあんと有りやがる。それでジッツァン（広島弁《ひろしまべん》で、おじさんということらしく、先生は自分のこと、人のことに、お構いなしによく使いました。）聞いたのよ。――こりゃ、押し出すのかい、引張り出すのかい。――そうすると、百姓が言ったよ。――勝手だあね。――ホッホッホッ。」

また、先生は幼い頃、近くの、広島練兵場《ひろしまれんぺいじょう》へよく遊びに行ったそうです。そこで兵隊さんと友達になったところ、兵隊さんが、父母の秘事について教えてくれたそうです。その話につけ加えて、先生は愉快そうに言うのでした。

「兵隊さんは親切だからのう。子供さえ見れば、誰彼なしに、こんな話を教えとったよ。」

こんな話を私は幾つ聞いたでしょう。十年の間ですから、十や二十できかないように思われますが、この三つ以外、みんな忘れてしまいました。

ところで、先生の話は広島弁《ひろしまべん》が特色でした。それからいわゆる猥談《わいだん》というのが多かったようです。三重吉《みえきち》の猥談は彼を知る人の間で有名で、書簡集の中にまで、○○が至るところに出て居ります。この○○は書簡集だから字が入れられなかったのか、書簡集でも入れられなかったのか解りません。とにかく、そのような言葉を会話の中でも、手紙の中でも遠慮なく言ってのける人でした。これはそんなことに興味があったということより、そこに一種のレジスタンスがあったように思われます。例えば、富士山《ふじさん》とか、梅松桜《うめまつさくら》だとか、そんなものが、先生は嫌いだったのです。ホントウに嫌いだったとは思えません。みんなが何の批判もなく、ただもう富士山は美しい、梅や桜は綺麗だというのが気に入らなかったようです。だから庭には郊外からとって来た雑草を植えて、それを楽しんで居りました。それと同じ心理で、誰彼なしに上品な顔をして、上品なことを言っているのが気に入らず、広島弁で、のう、のうを連発して、殊《こと》さら猥談を楽しんだものと思われます。

これは大木惇夫《おおきあつお》氏から聞いた話でありますが、如何《いか》にも三重吉らしい猥談の一つであります。

大木氏宛の手紙にあったそうですが、先生が夢を見た話です。

「先生はどこかの二階に女といたそうです。すると鉄砲をもった兵隊さんが突然フスマを開けて入って来ました。これには、先生たちビックリしましたが、もっと驚いたのは、その兵隊さんです。その場の有様にあわてふためき、鉄砲などそこに置き忘れて逃げ出しました。それも、そこにあったストーブの中にもぐり込み、そこから煙突をぬけて、屋根の外へ逃げてったというのです。大変なことであります。」

三重吉《みえきち》先生のことですから、言葉は露骨で、話はアケスケなのですが、然《しか》しこの話をした先生の得意さ、目に見える思いがするのであります。というのは、先生の歿後《ぼつご》、小宮《こみや》さん森田《もりた》さんなどの話されたところに依ると、先生のこの種の話には創作が多かったそうです。すると、先生は多くの猥談を創作し、これを小説か童話のように、巧みな座談で発表し、その席の笑いを楽しんだものと思われます。レジスタンスから出発したが、後はそんな気持になって行ったのでありましょう。

然《しか》し三重吉という人ほど、手紙を書いた人もないような気がします。書簡集に残っているものが、千百三通です。それも百字以下などの短いものは一つもなく、長いものになると、原稿紙十枚に及んでいます。明治三十四年から昭和十一年に至る三十六年間のもので、書くのもよく書いたのですが、保存もよく出来たものであります。中でも、小宮豊隆《こみやとよたか》先生あてのものは三百二十四通あり、どんなに二人の友情が厚かったかを忍ばせるのであります。女あてのものは至って少なく、愛情のこめられたものは、妻子にあてた四五十通くらいのものであります。尤《もっと》も、晩年の三年ばかりに見える女性の弟子とも思われる人への手紙十通ばかりは、決して恋愛などとは言えないけれども、愛情のこもった、おもいやり深いものであります。この人は非常に美しく、評判の高い人だったので、病苦の間にも、先生はつとめて、手紙を書いているようであります。花か何かのように病床の慰めとなったのでありましょう。

それにしても、三重吉《みえきち》の病気は、学生時代の神経衰弱にはじまり、晩年のゼンソクから遂《つい》に肺臓癌になって亡くなるまで、つかず離れず、彼を健康で、快活に生活させたことは一日もないようであります。最後の病床も前年の十月にはじまり、八か月もつづきます。時々私は玄関まで見舞いましたが、直ぐ奥の座敷で、先生のうなり声や、苦しそうなゼイゼイ声をききました。亡くなったのは、昭和十一年の六月二十七日の朝ですが、その前、何か月か、彼は蒲団の上に坐ったままで、横になれない有様だったそうです。後に蒲団を重ねて、それにもたれたり、前に机をおいて、それによりかかったりしていたのです。何分最後まで肺癌とわからず、ゼンソクと神経痛の手当ばかりしていたので、苦しさは増す一方のように思えました。その間にも、彼は「赤《あか》い鳥《とり》」の編集をやめず、「ルミイ」（家なき児）を訳しつづけていました。

六月十四日のことと言えば、梅雨の真中のことでしょうが、病苦の間に書きためていた「ルミイ」の推敲をすると言い出しました。

「机を縁側へ出してくれ。明るいところで、庭を見ながら書く。」

というのです。そこで夫人が蒲団を縁側へ引き出し、前に二月堂机《にがつどうづくえ》をおいて、原稿紙とペンをあてがいました。三重吉《みえきち》はペンをとったものの、

「おれは目がくらんで、原稿紙のわくが見えん。」

と言うのです。もう細かいものを見る視力がなくなっているのです。それでも強気の彼は側に夫人をすわらせ、生涯の癖であった、消したり書いたり、書いたり消したりの推敲をやりました。然《しか》しそれをまたフランス語の先生に見てもらって、もう一度直すという手間のかけ方でした。彼が文学に対して持ちつづけた熱心というのでしょうか。それとも気魄というのでしょうか。そういうものに私はこの三重吉を思うごとに感心するのです。だが、そんなことを、それからまだ何日かつづけていた或日、漱石《そうせき》の友達の真鍋《まなべ》博士が見舞に来ました。そして診察しておどろきました。もう大変な重体なのです。直ぐ入院ということになりました。三重吉は、その時でも病気をゼンソクと神経痛と思っていましたから、

「また病院のまずいメシを喰うのか。」

そんなことをつぶやきながら、自動車に乗りました。かかり附けの御医者さんが同乗し、強心剤を打ち打ち、大学病院真鍋《まなべ》内科へ向ったわけであります。三重吉《みえきち》は病院でもまだ原稿を書くつもりで、ペンと原稿紙を夫人にもたせました。六月二十四日の夕方のことでした。二十五日、二十六日と、三重吉の生命はそれから二日しかなかったのですが、この間に彼は生来の世話好きから、夫人とすず子さん珊吉《さんきち》さんの二人の子供と、つき添いの看護婦にウナギ飯を御馳走して居ります。重体で、面会もことわっている病気ですが、近くにある病院の食堂から食器の音が聞えてくると、料理屋にいるような錯覚を起しました。そして、

「みんなでお別れの食事をしよう。」

そんなことを言い出してききません。それがウナギめしとなるわけです。三重吉はベッドのまわりにムシロを敷かせ、そこでみんなの食べるウナギめしの有様を、如何にも満足そうに眺めました。

次の日は、夏目《なつめ》夫人と小宮《こみや》さんと森田草平《もりたそうへい》が一緒に見舞に来ました。三人一度に入っては、病気にさわるというので、まず小宮さんが病室に入りました。小宮さんからは薬をのませてもらって、如何にも嬉しそうだったと言います。もう大分もつれていた舌で、後の子供、珊吉さんのことなど頼みました。小宮さんが帰ると、夏目夫人と森田さんが入って行きました。その二人が帰

って行くと、すず子さんに後を追わせて、

「お名残りおしゅう御座います。」

と、夏目《なつめ》夫人に言わせました。その翌朝、彼はもうこの世の人ではありませんでした。

ところで、三重吉《みえきち》歿後《ぼつご》三四年後だったのでしょうか。夫人が自殺されたのだと近頃聞いて、私はその事実を信じ切れないほどおどろいて居ります。先生は実にやかましい人で、私はお通夜の寄せ書に、

「これでもう私を叱ってくれる人が一人もこの世になくなりました。」

と書いたほどに、怒り怒りした人です。夫人などには殊にそうだったと思えます。然《しか》し歿後三四年も経って見れば、その人なしには生きとおせなかったのかも知れません。これは生活のためでなく、愛情のためで、悲しいことです。

然し三重吉歿後もう十八年になります。大久保《おおくぼ》の家の近くを度々《たびたび》通って見て、ここか、あそこかと眺めますが、どうしても赤《あか》い鳥社《とりしゃ》のあったところが見あたりません。何もかも変ってしまったようです。では、さようなら。

私の童話観

一

　私は文学の中でも、ことに児童を主材とし、もしくは児童を読者とする作品、つまり広い意味での童話を書くことを仕事とするものであるので、いささかそのことについての愚見を述べてみたいと思う。童話作家として何を目的としているかを問われる時、私はまず、

「ほんとうに子供を喜ばせてやりたい。」

ということを答える。

　それではほんとうに子供を喜ばせてやるには、どうすればよいかというに、まず何よりも真実を語ることが必要であると思う。真偽ということは子供にとって、むしろおとなよりも大きな問

題である。人生の出発点において、真偽に無関心であるようなことをさせてはならない。それはあたかも無貞操を教えるようなものである。

真実というものは言わば人生のエキスである。「発しては万朶《ばんだ》の桜となり、疑っては百錬の鉄となる」という精神のようなものである。これあってこそもろもろの精神文化に力があり、輝きがあるのである。言わばそれは生命のようなものであろうか。

ところが世の多くの童話作家は――私などももちろんそのひとりであるが――みなみな子供を甘やかしているのである。読んでごらんなさい。どれもこれも砂糖の味ばかりするのである。口先ばかりで腹が満たない。それは子供向きの菓子が色も鮮やかで、砂糖もコッテリで、いろいろの動物や花々がまねられているのと、実に瓜二つの有様ではないか。

思うに、人生の喜びというものは、そんなに百花繚乱《ひゃっかりょうらん》ではない。菓子店や玩具店のような具合にはできていない。それなのに私のような童話作家は、子供たちにあまりに容易《ようい》に幸福を約束する。あまりに表面的な喜びを描いてみせる。この世は慈愛にみち、上は太陽、月、星より、下は土の中の虫けらまで、みんな子供に奉仕して、お坊ッチャマ、お嬢チャマと、サービスにこれ日も足りないといったような態度になりがちである。

このような童話ばかり読んで、現実を、現実の中の真実を知らずに育つ子供があるとしたらどうであろうか。彼は、彼女は、一歩たりとも家の外は歩けないであろう。童話では彼女のために尾を振った犬が、そこでは彼女に恐ろしく吠え猛るからである。

つまり現代童話作家の多くは、童話でもって人生の温室をつくっているのである。そこで児童らをあたためて育てるのである。それは人生の光、喜び、そしてまたその美しさを話すことにおいて至れり尽くせりである。しかしそれが私には作りものに思われる。人工的のペンキ塗りに思われる。

色はもっとジミでもいい、光はもっとにぶくていい。美しさはたとえ足りなくても、人生の真実を描いてほしいと思うのである。

二

以上に述べたような真実は、必ずいつでも現実の中に存在する。そこで私の童話におけるねらいどころは、子供の現実生活を描きたいということである。換言《かんげん》すれば私の望みは、子供に現実の世界を見せたいということである。もし彼らの純真にして邪気なき心に、悪影響さえなければ、表現のやさしさは言うまでもないが、おとなに見せると同様の人生の全貌さえ見せたいほどに考えている。そしてその中の悲喜哀楽の種々相や、それが錯綜《さくそう》して織り出す光と陰のきらめく姿を、児童の前に示したいほどである。

しかし、そうは言うもののそこには若干の児童のための文学としての制限を免れざることはやむをえない。まず第一に文字文章の理解に程度の差異があり、次には知識の理解に程度の差異があり、さらにその次には内容の理解に程度の差異がある。小学校一、二年くらいの子供に対して、いかに世界的な文芸作品を持っていって知らせようとしたところで、それはとうてい理解できるものではない。彼らはまだそれを知るだけの文字文章を心得ておらず、その中にとり上げられた事柄に対する理解力も不十分であるし、いわんや全体的な内容を把握するだけの精神力には進んでいないからである。

仮に非常に手腕のある作者が現われて、そうした表現上の問題を征服したとしても、さらにその次にはどうしても避けることのできない作品の道徳面の制限も考えてみなければならぬ。端的に私の気持を言えば、おとなに対すると同様、子供にも人生の姿を――暗黒な方面もさらけ出して示してさしつかえないとも思うのであるが、しかしそれをほんとうに子供に理解されるように表現することは人間わざでは不可能と言わなければならない。

なぜならおとなの文学における人生の陰の部分の描写は、他の光の部分を光彩あらしめんがためのもので、つまり光を求める欲求としての陰であるが、童話においては、すなわち子供に対してそういう手の込んだことは理解の限度を越えた表現になってくるからである。それは子供に対してとうてい望み得ない。そこで子供には端的に人生の光の部分を示し、常に輝く希望を持たせることが童話作家の常々心得ておかなければならぬことになるのである。

三

さらに私は進んで、児童に現実の世界を見せたいという理由について、もう少し述べてみなければならぬ。一般に童話と言えば、昔から空想的な話がその主要部分を占めていた傾向がある。それは童話が神話や伝説から発生したことにもより、また父母の寝物語がおとぎばなしに終始していたことにもよるであろう。つまりそれは文字を通してのものでなく、耳を通してのものであった。したがってその話は筋の通ったものであることが主要な条件になっていた。その時代の子供たちは、現代のような科学の発達した時代とは違って、まだ未分化、未発達の精神の持ち主として、起伏の多い空想的な話を喜んで聞いていたものであろう。

しかし現代においては、おとなの文学に科学の発達とともにリアリズム文学が起こったと同じ意味において児童の文学にもこのリアリズム方面を開拓してもいいのではなかろうか。これは児童文学に残された一つの新分野となるのではなかろうか。古典は古典とし、伝統は伝統としても、もとより十分尊重されなければならない。いや、それどころかその中にも数多くの児童文学の宝玉はあるに違いない。けれども現在の時代においては現実を基礎とした童話も一つの分野としてあってもよいのではなかろうか。童話をそんなものばかりにするということについては識者の非難もあることであろうが、一分野としては十分存在理由のあることと思うのである。

しかし、ここで私の正直な気持ちを打ちあけると、事実私には空想的な童話は書けないのである。なぜかと言うと、私にはもう夢が、昔の人たちが童話に語ったような夢が失せてしまっているのである。広く見ると、こういった思想は、おとなの文学がリアリズム文学に転移した最大の理由があるのだが、現代人としては一面やむをえないことでもないだろうか。

飛行機ができてみれば、昔のような空飛ぶ絨毯《じゅうたん》などのことは想像できないし、ラジオやテレビジョンができてみれば、またそれだけ空想の世界はせばめられることになる。そこで昔のような漠然とした大きな世界でなしに、卑近な現実の中から正しい世界の姿を描こうという気持が出てきて、それだけ内容には昔よりずっと質的に純粋なものが表現されるようになってきた。それがリアリズム文学であるが、童話においても全くそれと同じことが言われなければならぬはずである。――私は自分の夢の失せた気持に、こういう理屈をつけてみているのである。

四

次に私は童話の教育的効果について述べたいと思うが、常識的に考えて、子供に童話を与えてどんな利益があるだろうか？　それによって学校の成績がどれだけ上がるだろうか？　また子供たちがどれくらい行儀がよくなるだろうか？　あるいはまたどれくらい親孝行になり、どれくらい勉強家になるだろうか？　しかしそう考えた場合、童話には決してそんな効力はないのである。

それならば童話は、一方子供たちを喜ばしてやることができるであろうか？　映画に比べてどうであろうか。また紙芝居などに比べてはどうであろうか？　しかしそう考えた場合も童話は全く落第である。童話は、あの子供たちが熱狂的に喜ぶ映画に比べて、またあの街頭の人気者である紙芝居に比べて、とても足もとへも寄りつけないのである。

それならば童話の真の効果はどこにあるのであろうか？　つまり私の考える芸術であり、文学である童話の求めるものは最初にも述べてきたとおり、人生を客観的に見せるところにある。それをまとめて見せるところにある。その俯瞰図を見せるばかりでなく、人生の一部分としての精細なる生活をも見せてやるところにある。

このように子供に対して人生を、生活を客観して見せてやるところから反省が生まれる。反省から初めて親たちの望んでいる倫理道徳の生活が生じてくる。倫理道徳は決して暗記や暗誦から生まれるものではない。それは法律のようなものとは違う。真のモラルというものは生きたものであり、自由に、自分の責任をもって選ぶことができるものである。それゆえにこそ人生の客観と反省が必要になってくるのである。

さらにまた見方を変えて、童話は子供の心に精神文化の芽を植えつけるという意義を考えてみたいと思う。もとよりそれは思想というようなものではない。しかし、人間は眼前の世界ばかりでなく、別に物語の世界を持つことができる。それはおとぎの世界、空想の世界と言ってもよい。しかし、いずれにせよ子供に外面的な世界の外に、人間は内面の世界を持つことができることを教えることは、彼らの一生にどんな大きい影響を与えるかもわからないのである。

人類は、外面生活においては言語に絶する発達を遂げている。しかしそれによって、いや、それによってこそかえって幸福になり得ない現状でもあるのではないだろうか。この不幸を救い得るもの、あるいはこれを緩和し浄化するものは、内的なる精神文化の力にまたなければならない。

そうすれば、たとえ成人して知識階級に進まないにしたところで、少年時に見せられた内的世界の美の片鱗は、彼らが外面的には多難な生涯を、内的浄化によって、多幸な意義深いものとしないではおかぬだろう。

そこでこの内なる世界の存在を知らせることは、子供に生活を反省させて、その意義を考えさせることになる。もとよりこれはいたって素朴な姿であろうけれども、その芽ばえというものは生涯を通じて生長し、その人自身ばかりでなく、家庭を社会をどのくらい浄化し、幸福にするかわからないであろう。これは世界における狂人の統計について見ても、精神文化の一般に未発達の国においてその指数の著しく上がっていることによって明らかに看取できる。いや、精神文化の効用については、このような統計をあげるまでもないことなのである。

それなら次に、童話の精神文化の上の効用と、私の現実的であれという童話観とは、どんな関係にあるであろうか。それは私から言えば、彼らの人生を客観して、現実を見させるということは、つまり現実の生活を反省し、咀嚼し、その意義を考え、それに内着して離れない内的世界をつくるに至るということである。その内なる世界は現実と離れないもの、そのすぐ内側にあるものであるがゆえに、現実と密接に関連しているばかりでなく、それを動かす力となり、それに動かされるものとなり、生活にとって無二の意義を持つものになると考えるのである。これはいかにも高い理想を言っているようであるが、童話とてもそれが芸術であり、文学である境地をねらっている以上、しょせんこの例に漏れるはずはないと思うのである。

五

最後に私は、童話は結局のところ子供に対する愛を教えるものであることを述べて筆をおきたいと思う。広義に文学について考えても、究極の目的は人々にこの愛の心を与えようとする点にあるのであって、まして子供を対象とするところの童話がその点を究極の目的として考えないことはあり得ないはずである。しかもこの愛の心は、単に対人関係においてばかりでなく、自然に対しても、社会に対しても、また自分に対しても同様に発揚したいと思うのである。

ただここに注意しなければならぬことは、むしろ現在《げんざい》わが国の童話においてはこの愛とやさしさとが偏狭に強調され過ぎてはいないかということである。救世軍のような甘すぎる愛情は、それこそ童心を本当に弱いものにしてしまいはしないだろうか。これは私などのように童話を書くもの、または直接児童教育に当たられる先生がたに、十分の戒心を要すべき点でなければならない。

甘すぎる愛情は決して真実の愛ではない。それは作られたる、そして偽りの心に過ぎない。そして結局子供に偽善を教えることになってしまう。私が人生を客観化したところの現実的な童話を作りたいと心がけているのも、結局はこの点から出発したものであって、その場だけ子供を喜ばせておいて、あとで泣かせるようなことはしたくないからである。

論争よ起れ

論争よ起れ（上）

小波三重吉《さざなみみえきち》の嘆《なげき》

今から四十年前、私は巌谷《いわや》小波《さざなみ》を訪ねたことがある。学校を出たてで、原稿や仕事の口をさがしていた。その時、将来、童話を書いて行きたいような話をすると、

「童話を書いても、手答えはないよ。時に、教育者が何か言ってくれるくらいのものだ。」

小波先生はそう言うのであった。

小波《さざなみ》の児童のための著作は五百何十冊かと言われ、その活躍は明治二十年以来、四十カ年に及んだ。作品の文学的評価に問題があるにしても、児童文化につくした功績ははかり知れない。手答えの無さを嘆じた心持ちは、さぞやと察しられる。

☆

鈴木《すずき》三重吉《みえきち》は、通俗的であったわが国の童話を、高い文学に引上げた、実に未曾有《みぞう》の人である。童話だけではない。童謡、綴方、児童詩、それに児童画までが、「赤い鳥《あかいとり》」によって、初めて芸術の生命を吹きこまれた。その「赤い鳥」に三重吉は二十年間、何とかの鬼と言われるほどの力をそそいだ。肺臓癌で死ぬる三日前まで家なき児「ルミイ」の訳筆をつづけた。視力が衰えていて、原稿紙のわくに書く字が入らなかった。この三重吉も独言《ひとりごと》のように嘆くことがあった。

「今度『赤い鳥』をやめたら、もう出してやらないぞ。」

その言葉の通り、三重吉没後、赤い鳥が廃刊になると、そういう雑誌はもう出なかった。爾来《じらい》十八カ年である。「赤い鳥」のような理想的児童雑誌を出すことが、如何《いか》に困難であるか。それは新潮社、中央公論、実業之日本社というわが国名代の出版社が、終戦後それぞれ出した児童雑誌を、四年とつづけられなかったのを見ても解る。だからと言って、今さら鈴木三重吉をほめたたえよと言うのではない。小波のことも同様である。

言わんとするところは、ナゼ「赤《あか》い鳥《とり》」のような雑誌がつづかないか、それについて考えて見たいのである。それが小波《さざなみ》の嘆きにも答えることになると思うからである。

☆

オトナ社会では現在多くの高級な雑誌があって、明治以来永い生命を保っている。ナゼであろう。

一口に言えば、オトナは教養があって、高級なものを解りもするし、味いもする。それに批評家があって、読者のためにはその理解を助ける働をし、作者のためには作品を評価したり、批判したりする。ところが、児童文化となるとことは凡《すべ》て逆である。

児童には教養がない。批評家のような人もいない。高級な作品が受け入れられる場所がないわけである。

高級な作品というものは、どこに育つか。読者の中に、その心の中に育って行く。その心がわが国の児童にあっては、未墾の荒地である。従って、そこに育つ文化、文学は雑草のようにたくましいものでなければならない。今ごろの少年少女雑誌を読まれれば、一目でそれが解る。探偵、冒険、西部活劇、何とかの魔王、魔城、魔女などという、非常に刺激の強いものである。そこには実に文学のカケラもない。児童文学とか、児童文化とかいうものは、三年前中央公論社の「少年少女」が廃刊になると共に、雑誌の中ではわが国から跡を絶った。小波《さざなみ》が嘆き、三重吉《みえきち》が憤ったことが、今も変らない有様なのである。

☆

そこでもう一度、疑問を発して見たい。これは何故か。つまるところは、日本のオトナというものが、児童文化に無関心なのである。無関心というよりは、良否の判別がつかないのである。

「子供の雑誌も昔と違って、近ごろナカナカ面白くなった。」

くらいに考えているかも知れない。そうなると、これに端的にものを言う人が必要である。

「これは非文化的で、子供を知識のある野蕃人にしてしまう。」

こうハッキリ理論をもって言ってくれる人がなければならない。然《しか》しこれは読者の側に向ってのことばかりではない。作者側にも、児童文学理論というものがないのである。これが大きな弱点となっている。

論争よ起れ（下）

漸《よう》く早春の候か

児童文化、児童文学に対して、世の中をもっと本気にさせるためには、まず、その方面の批評家がいなければならない。そういう人たちが、

「児童文化が如何《いか》に大切であるか、今の政治家のような人たちがどんな文化の中に育ったか」を、直截に論理的に言う必要がある。作品を読まないオトナにはこれは毒だ、これは薬だと、そんな言方をする必要があるのである。小川未明《おがわみめい》の言葉にも、

「明日の社会を知らんとするものは、今日の子供を見よ。」

というのがあり、児童文化の大切さを歌っている。源を清めよという言葉は昔の格言の中にもあった。

☆

ところで、理論とか、批評家とかいうものの必要なのは、読者側にばかりではない。今、児童文学にシッカリした背骨のようなものの感じられないのは、理論がないせいである。あっても弱いせいである。そこにはオトナの文学のように流れがない。だから小《お》川《がわ》未《み》明《めい》、浜田《はまだ》広介《ひろすけ》、宮沢賢《みやざわけん》治《じ》、文学的には高山ながら、みな孤峰となって出現する。山脈とならない。これは前に後に続く歴史がないためであろう。

その歴史をつくるのは、作家作品が本位であるけれども、理論の解明がなくては、世の中には解らない。

実はその理論や批評家が、わが国に創作童話が始って、五十年、半世紀にして、どうやら生れかかっているらしい。少しくうれしがらざるを得ない。と言っても、オトナの文学と比べれば、その重要さにも係らずまだ小規模なことは言うまでもない。

☆

まず、ことの起りは去年の六月である。早大童話会というのが、その会誌「少年文学」というので「少年文学の旗の下に」という威勢のいい宣言をやった。要約すれば「われわれはメルヘンを克服する。生活童話を克服する。無国籍童話を克服する。少年少女読物を克服する。児童文学の総称の下に呼ばれる、これらの全ては、近代文学の位置を確立することができなかった。そこで我々は従来の童話精神によってその児童文学を克服し、近代の小説精神を中核とする少年文学の道を選ぶのである。」

ということらしい。これは間もなく朝日新聞学芸欄がとり上げ、児童文学者協会の総会で問題になり、その機関誌日本児童文学でも鳥越信《とりごえしん》、塚原亮一《つかはらりょういち》の両氏が論じ合った。今のところ、どちらが、どうとも言えない感じであるが、大に火の手があがるようにと祈っている。

こういうところから、児童文学理論が次第に形をと丶のえ、次第に棟だの、梁だの、柱だのと出来あがっていくからである。

然《しか》し現代児童文学を攻撃する側の鳥越氏等早大側も、これを守る側に立つ塚原氏側、児童文学者協会派も、一度の論争で鳴りを沈めてしまった。惜しいことである。もっとも、若くて、元気な早大派は書評のようなところでも、歯に衣きせずでものを言っている。然し協会側は老成派なので、もうこれに係る気がないらしい。

☆

然しもう一ところ、児童文学理論の起りかけているところがある。それは戦後数多くなったそれぞれの大学である。そこの卒業論文に、「赤《あか》い鳥《とり》研究」だの「宮沢賢治《みやざわけんじ》論」だの「小川未明《おがわみめい》論」だのが出はじめている。これは私たちにとって実に有難い。若い年代の目が児童文学に向いて来たらしい。明治以来かつてなかったことである。

かすに年月を以てすれば、わが国の児童文学理論も整理されて軌道にのり、理論的に、思想的に考え、たどられるようになるであろう。

終《しまい》に、「子供を守る会」というのが、「赤《あか》い鳥《とり》」におとらない児童雑誌を企画し、来年早々発刊されるという話である。これも慶びの一つである。「児童文学の早春」という題で、本紙に一文を草したのが、もう十八年も昔になった。どうやら、今ごろがその早春かも知れない。

「東京新聞」(昭和29年7月22日/23日)

坪田譲治先生はつねづね日本の児童文学全体の発展を願っておられた。この「論争よ起れ」はその先生の願いが遺憾なくあらわれた文章である。また、この文章発表以来もう三十年近い時間が流れたが、先生の願いはどこまで実現されたのだろうか。この文章はまだなお現在的意義を持つ。こうした判断に立って、このエッセイを再録した。

(本誌編集委員会)

《再録「日本児童文学」一九八三年二月号より》

童話の考え方 (1)

私は、もう四十年も、童話を書いてきました。数にしても、何百かになります。そこで、今日は、その童話を書くときの私の気持ちを聞いていただきたいと思います。

「さあ、童話を書こう」

そう思って、机の上に原稿用紙をおき、ペンを手にとると、昔は、三人の子どものうち、だれかが、机のそばに来て、すわるような気がしました。三人の子どもというのは、私には、男の子が三人あったからです。彼らが、七、八つのころから、私は、童話を書きはじめました。それで、私は、書きながら、それを、子どもに読んで聞かせているような気がしていました。いや、子どもに話しながら、それを、原稿用紙に書きつけているような、気がしていました。実際には、書きあげた後で、それを読んでやることは、たびたびありましたが、書きながら読むようなことはありませんでした。それはやろうたって、筆のおそい私などに、できるゲイトウではありません。

それなのに、どうして、そんな気がしたのでしょう。

童話は、子どものために、書くものです。そして、私のうちには、子どもが三人おります。この子どもたちのことを思うと、自然に、気持ちがあたたかくなり、やわらかくなってくるのでした。子どもを前にした親父の気持ちというものは、清く美しいというと、少しおおげさかもしれませんが、私には、童話を書くのに、ちょうど、適当な気持ちのように思われます。

私は、小説も書き、童話も書き、随筆も書き、手紙も書き、いろいろのものを書きます。それらがすべて、これは、だれにあてて書くかと、そう思うことで気持ちがいろいろに変わります。ちょうど、それは、あのマユから絹糸をとる、あの場合に似《に》ております。かわいたマユからは、糸がとれないのです。それも、つめたい水に、マユをつけたのでは、やはり、糸はほぐれません。熱い湯の中で煮ながら、糸をほぐしとる――童話も、そんなもののようです。子どもを前にしているような、清らかな心と、あたたかい愛情とで、材料をあたためなければ、童話の糸は、ほぐれてこないのです。小説には小説の、随筆には随筆の、それぞれの心の温度や、その他いろいろの心がまえが必要なのだと思われます。

ところで、昔話のことを考えてみましょう。桃太郎《ももたろう》や、カチカチ山や、花咲爺《はなさかじい》などの、あの昔話です。あれは、今から何百年前にできたものか、わかりませんが、本にもならず、語りつがれ、聞きつがれして、今にいたった話です。それが、明治以後、だんだん、文になり、活字になり、本になって、今では、わが国の昔話のほとんどが、活字になってしまいました。もう、これで、発見される昔話というものは、なくなったものと思われます。

それはそれとして、この、おもしろい昔話ですが、これには、何が書いてあるのでしょうか。日本ばかりでなく、外国にも、たくさん昔話はあります。英語では、それを、フェヤリー・テールズといい、ドイツでは、メルヘンというそうです。みんな昔から語りつたえられた話ですが、みんな、一つの型をもっております。同じ気持ちからつくられ、語られ、伝えられたものと思われます。

そこで、その同じ一つの型というのは、何でしょう。ふしぎがあるということです。この世ではないこと、現実にはないことで、話ができているということです。そして、それで、人間が幸福になっているということです。いってみれば、人間は、現実には、そう自由自在に、しあわせにはなれません。ところが、話の中では、人間は、思うぞんぶん、しあわせになっております。

つまり、つごうのよくできた話の中で、人間は、思いのままのしあわせを楽しんでいるわけです。

一方からいえば、子どもというものは人生の経験が浅く、桃から生まれた桃太郎《ももたろう》と聞けば、それにミジンの疑いをもたず、そのまま、それを信じます。これが、昔話の、子どもにうけるわけであります。もっとも、昔は、おとなも、この昔話を聞いたそうです。それで、今ごろは、昔話といわず、民話ということになっております。どちらにしても、夢のような話を、昔は、そんなこともあったとして、すなわち、真実の話として、楽しく、おもしろく聞いたものと思われます。

しかし、この夢のような話でも、それが、いかにも、真実であるように語られ、話され、書かれていないといけません。夢だからといって、夢なのだ、ウソなのだ、つくりものなのだとはいいません。書きもしません。それは、なぜでしょう。人間は、そのウソを信じたいのです。そうあってほしい、その幸福が真実であってほしい、と思うからです。昔、昔の昔から、人間は、いつもいつも、現実と戦ってきました。今も戦っております。その戦いに人間が勝つのは、昔話、民話の中では、まず、魔法です。しかし、現実の中では、実行の中では、昔は宗教、今は科学、ということになりました。しかし科学には、ふしぎがありません。そのふしぎのないということは、昔話をこわします。そのかわり、科学の中には、真実があります。

ところが、この人生の真実を、作品の核心にして生まれてきたものが、今ごろの、近代文学といわれた小説です。そして、今ごろの、おもしろくないようにいわれる、創作童話です。つまるところ、一方は夢のはなし、一方は、真実の人生ばなしです。どちらが、子どもにとってよい文学か。それについては、次号で、もう一度、考えてみることにいたしましょう。

（「びわの実学校」七号）

童話の考え方 (2)

昔話に「吉《きっ》ちょむ話」というのがあります。肥後《ひご》の熊本《くまもと》へんに、吉ちょむどんという、おどけた男がいて、実にたくさんおもしろい、おかしいことをやった、お話です。その中に一つ、こんなのがあります。笑い話の例として、短く、筋を書いてみましょう。

ある日、夜中に、吉ちょむどんが、目をさますと、村内のどこかで、火事が起こっております。そこで、吉ちょむどん、これは早く庄屋さまにお知らせしなければと思うのですが、なにぶん、庄屋さまともなれば、今ごろの村長さんや、町長さんのように、えらい方ですから、礼儀に欠けることがあってはなりません。そこで、吉ちょむどん、まず起きると、ヒゲをそりました。顔もていねいに洗いました。羽織、はかまに、たびに、げたと、まるで結婚式にでも行くようなよう

すで、庄屋さまのおうちへ出かけました。門につくと、トン、トン、トンと、やさしく、ていねいに門の戸をたたき、

「庄屋さま、ただ今、村内、火事でございます」

と、うやうやしく申しました。しかし、夜ふけのこととて、庄屋さまでは、みんな、よくねむっていて、なかなか、目がさめません。一時間も、たたきつづけ、言いつづけた時、庄屋さまが、やっと起きてきました。そして火事と知って、あわてて、火事場へかけつけました。しかし、その時には、もう火事はすっかり終わっていて、庄屋さまもすることがありません。それで、庄屋さまの上役である代官さまに、後できびしくしかられました。庄屋さまは、吉《きっ》ちょむが、あんなに礼儀ぶらないで、どん、どん、戸をたたいて起こしてくれたらと思ったもので、今度は、吉ちょむどんを呼んで言いました。

「吉ちょむどん、火事の時は、礼儀なんかいいから、遠慮なしに、戸をたたき、大きな声で、火事だ、火事だと言いなさい」

するると、その晩です。夜中に、吉ちょむどんは、とび起き、ねまきのまま、しりからげで、外へかけ出しました。庄屋さまの家につくと、途中でひろった、丸太ん棒をふりあげ、門の戸から、玄関、座敷、窓と、つぎつぎ、戸を破《やぶ》れるようにたたきました。そして、

「火事だ、火事だ、大火事だあ」

と、どなりたてました。庄屋さまは、もう、ビックリぎょうてん、起きるが早いか、

「火事は、どこだっ」

と、問い返しました。すると、吉《きっ》ちょむどんが言いました。

「庄屋さま、火事の時は、こんなちょうしに、お知らせしたら、よろしゅうございましょうか」

これには、庄屋さま、あきれはてて、返すことばもなかったということです。


有名な話ですから、きっと、多くの人が、この話は読まれていることと思います。ところで、これは、どこがおもしろく、どこがおかしいのでしょうか。それは、つまり、吉ちょむどんが、庄屋さまを、一ぱいくわすところであります。庄屋さまを一ぱいくわすということは、どんなことかと言いますと、この世の中というものは、ちゃんと、仕組みとか、組織とか、制度とか、あるいは、習慣とかいうものがあって、それを破ることはできません。庄屋さまを、バカにしたり、からかったりしたら、きびしい罰を受けなければなりません。それが吉ちょむどんの生きていた、徳川《とくがわ》時代の制度だったのです。それを、もののみごとに、吉ちょむどんが破って見せました。それが、おもしろく、おかしく、笑わないではおれないわけです。

昔話には、本格昔話と、笑い話との二つがあるように言われております。本格昔話とは、不思議が、話のかぎになっております。不思議な力で、人間が救われて、幸福になっております。救われるということは、この宇宙の、物理的な制約、時間的な制約から自由になることです。天へも行けば、地へももぐり、海でも山でも、自由自在。それに、山でも海でも勝手に動かすのですから、オリンピックの万能選手どころではありません。神さま仏さまほどの力をもつことです。ああしたいと思えば、もうすぐ、そうなるというわけです。ところが、笑い話の方では、そんなことではありません。不思議が少しもありません。これは、社会をばかにする話です。社会の約束を無視する話です。だから、少しばかのような人間が出て来て、世の中のわくから、はずれたことをして見せます。すると、これを読んだ人は、うれしくなります。自分たちは、世の中のわくからはずれないように、日夜、心をくだいているもので、それを、ものの数とも思わない人の行動を見ると、おもしろくて、おかしくて、つい、ふきだすことになるのです。

（「びわの実学校」八号）

童話の考え方 (8)

私が書いたもので、一ばん古いものは、日記だろうと思います。小学五、六年生だったか、それとも、四、五年生だったでしょうか。先生に言われて、暑中休暇中、日記を書きました。日記そのものは残っておりませんが、ひとりの叔母が、それを読んで、ハッハッ笑ったもので、今に、それを覚えております。つまり、

八月一日、朝七時におき、顔を洗い、朝めしを食べ、大いに遊び、十二時、ヒルめしを食べ、また、大いに遊び、六時、バンめしを食べ、九時、フロに入りて、ねる。

と、こういう日記です。これを八月一日から、三十一日まで、同じくり返しの日記を書いたわけです。叔母に笑われてもしかたのない日記ですが、単純な、子どもの生活ですから、ウソとい

うわけでもないように思われます。

ところで、それから十年も経ったころのことです。私は、早大文科へはいりました。そして小《お》川《がわ》未《み》明《めい》先生のところを訪ねました。先生を、わが文学の師と仰ごうと考えたものと思われます。短い、小説だか、童話だか、それとも、散文詩のようなものか、エタイのしれないものを書きました。

「北の海の浜辺です。白波がよせていました。風は、それほどはげしくなかったのですが、いつも波の荒い海なのです。砂浜で、一人の子どもが、城をつくっていました。塔なのかもしれません。浜辺の石を集めて、さしわたし一間くらいに、丸い形につみ上げていました。スイカや、カボチャくらいの石もあれば、その二倍も三倍もの石もありました。近くの石は、すぐなくなり、何百間という遠い先の方まで、砂浜を歩いて行かなければなりませんでした。そんな時、子どもは途中で、砂の上にしりをすえて、二回も三回も休みました。そして肩を上下して大きな息をつきました。

まわりには、だいたい、大きな石を並べ、中には、小石をつめました。何のつもりか、子どもは、その石塔を、何日もかかって、つみあげていきました。

子どもは、初め、さしわたし一尺くらいの、小さな塔をつくっていたのです。しかし、それはすぐ、打ち寄せる波に、うちくだかれ、引きさらわれてしまいました。それで、一尺が二尺になり、二尺が三尺になり、とうとう、六尺もの大きな塔になりました。

『今度こそ、大丈夫。二百十日のあらしにもくだけない、くずれない、大城だ、大塔だ』

子どもは、そんなことを言い、ついに、塔を六尺もの高さにつみ上げました。そしてその上に登って、打ち寄せる波に向かって、大きな声で、歌をうたいました。波は最初、その塔の足もとを洗っていました。それが、気がついた時には、もう、シブキが、子どもの顔にかかってくるようになっていました。子どもは、にわかにうろたえるのですが、もう、波が引いた時でも塔の下の砂は、見えなくなっていました。そして波が打ち寄せるたびに、下の方から、塔の石がくずれはじめていました。子どもは旗をふって、

『オーイ、オーイ』

と、助けを求めたのですが、海にも浜にも、一人の人も見えませんでした。遠くも近くも、目に入るものは、風と波と、西にかたむいた太陽ばかりでした」

しかし、この砂浜に築いた、石の塔とは、何のつもりだったのでしょう。そのころ、わが国では、ベルギイの作家、メーテルリンクの作品がもてはやされていました。『青い鳥』の作家である、あのメーテルリンクです。新劇で上演されたものなどもありました。それは「死」をあつかったものでした。人間が死ぬるということは、どのようにしても、さけることができない。そんな意味が、作品の中にこめられていました。そこで、私も、この散文詩のような作品で、子どもが、北海の打ち寄せる波に対し、石の塔をつくって、抵抗するのだけれども、ついには、自分の命まで危うくなってくる——人間は自然に勝てない——そういう意味を、ここで言いあらわしたつもりでいました。

そこで、小学生になって、初めて書いた作品らしいものと、この二つを比べて、考えてみようと思います。日記の方は、生活を書いております。作品の方は、人生を描いております。書けておるか、どうか、わかりませんけれども、私自身では、そのつもりだったのです。では、その人生と生活というのは、どう考えたら、いいでしょうか。

生活というのは、人生の部分で、人生は、生活の総合体、生活を総括した考え方。こういう解釈はどうでしょうか。

私は、『お化けの世界』『風の中の子供』『子供の四季』、このような作品を書くまでは、実は、人生を書こうと思って、小説や童話を書いておりました。だから、『正太《しょうた》の馬』『正太樹《き》をめぐる』『枝にかかった金輪』などは、どの作品も、みんな、私のつもりでは、人生を描いておるわけです。それで、これらの作品を読まれた人が、必ず疑問に思われることは、みんな、正太という主人公が死ぬることです。そして、かわいそうではないかと言われます。私も、そう思うのですが、人生というものは、そういうものなのです。もっとも、私は、童話の中では、子供が死ぬるようなことは、書いておりません。小説の中だけです。小説の中でも、人生を書こうとした時だけです。

ところで、私は、二十歳から四十歳くらいまで、人生の生き方なんて、むつかしいことを考えていました。ところが、四十になるころ、貧乏して、生活するのが、たいへんほねが折れることになり、人生なんかより、生活の方がさし迫った問題になりました。そこで、生活を、作品の主題にするようになったのが、『お化けの世界』『風の中の子供』『子供の四季』などの小説です。

童話にも、小説にも、生活を題目にして描いたものと、人生を主題にして書いたものと、二つの型があることを知っていただきたくて、この文章を書きました。

（「びわの実学校」十四号）

坪田譲治によせて

神秘派作家の風貌

小川《おがわ》未明《みめい》

昔から、文は人なりと、いわれているが、人為《ひとな》りと文学の渾然一致《こんぜんいっち》するものに、坪田譲治文学の如《ごと》きは、けだし少なかろうと思う。人格のうらづけなくしては、表現の上に生れざる、純一《じゅんいつ》にして、特異な文学だからである。

これを人として見るに、交るに従って、いよ〱親しみを増し、また作品として見るに、読むに従って、忘れることの出来ない一種の愛情を覚えるのである。これを仔細《しさい》に検すれば、空想と幻想と現実から体得せる鋭利なる観察の上に成立つのである。要するに恬淡《てんたん》たるあきらめも、おのずから生れるヒュモアも、また生命に対してははかなさを感ずるところは、たしかにソログーヴ的なものがあり、殊に人間的なものと、永遠的なものへのつながりに、何をか暗示するあたり、ラフカディオ・ハーンを思わせるのである。氏はこの極めて類例に少ない、近代神秘派の作家の一人として、算《かぞ》えられるべき人であるが、また天性の善意と、ユニークな資質がなければ、何人《なんぴと》も容易に到達し能《あた》わざる芸術上の至境《しきょう》である。

たとえ、そこには絢爛多彩《けんらんたさい》の飛躍は見られなくとも、絶えざる湧出《ゆうしゅつ》の状《ありさま》は、さながら岩清水《いわしみず》の如《ごと》き観がある。時に点々として、時に滾々《こんこん》として、小説と童話によって、形式を異《こと》にし、趣《おもむ》きは変るけれど、等しく静かに耳を傾ければ、その、うん蓄《ちく》あるモノトーナスなひゞきは、聞く者をして、却《かえ》って幽遠《ゆうえん》な詩境に誘い行く、不思議な魔力を持っている。

そして、氏は好んで、作中に水の流れや、池を描く。また、これを配するに、少年と老人をもってする。思うに漾々《ようよう》として、湛《たた》えられる水面に映る雲の影程、音なくして、変幻きわまりなきものはない。また少年や、老人程、単純にして、真実であり、同時に虚飾なくして、素朴なるものを、他に見ないのである。何人か虚心《きょしん》にして、これ等の風物に対する時、たま〳〵刹那《せつな》に、人生の何たるかを心に悟り、天地の悠々《ゆうゆう》たる実相の片鱗《へんりん》を脳裡《のうり》につかむことがないであろうか。よく一を聞いて十を知るということがある。この神秘派の作家は、こうして沈黙の心臓にふれて、永劫《えいごう》を観ずる妙技《みょうぎ》を会得《えとく》しているにちがいない。

時には、もう一歩踏み込んで、閉した扉を排せば光芒無限にして、思想の広野を望まれるような気がして、焦躁の感をさせないこともないが、氏は粗硬《そこう》のイデオロギーに囚われることを喜ばいず、黄昏《たそがれ》の微醺《びくん》に浸り、恣《ほしいま》まに詩的の魅了を楽しむがごとく、ロマンチシズムの殿堂に坐している。こゝに謙遜にして、唯美《ゆいび》主義作家のなつかしき風貌が見られるのである。

思うに成人は、すでに少年時代を過ぎ、少年はまたやがて成人たらんとする過程にあるといえる。のみならず人類は、曾《かつ》て真実であり、善良であった時代を過去に経験したが故に、昔話をきくのを喜び、徒然《つれづれ》にはその郷愁をさえ催すのである。このため最も人間性に富むとされる、譲治文学の生命が、また永久的のものであるのを信じて疑わぬのである。

《『坪田譲治全集』（全八巻）第一巻（昭和二十九年五月・新潮社刊）月報より》

わが師「風の中の子供」

壺井《つぼい》　栄《さかえ》

坪田譲治氏にむかって、先生とお呼びするとき、私はなんとなくぴったりしないものを自分に感じる。氏とかくこともまた同じように私のものでない。しかし後輩の私としては先生と呼び、氏と書かねばならないのだと距離を置いて考えてみるのだが、私の一方的な親愛感は不遜《ふそん》にも坪田さんといってしまう。これは多分、年齢が近いということの外に、坪田さんを「正太《しょうた》の馬」の昔から知っているせいかもしれぬ。といっても、昔の坪田さんを知っていたのは私の方だけで、私はそれを、坪田さんと一しょに『潮流《ちょうりゅう》』という同人雑誌をやっていた夫の繁治《しげじ》を通してかげながら知っていただけの話で、坪田さんの作品をよむ機会はなかった。あれは大正十四年頃だったと思う。

それから十年ほどたって、昔の同人雑誌『潮流』は同じ年に二人の新潮賞作家《しんちょうしょうさっか》を出した。坪田さんと伊藤永之介《いとうえいのすけ》さんである。そこで『潮流《ちょうりゅう》』の仲間が集ってお祝いの会をやった。その時の記念写真なのだが、ちょうどその写真が届いた時に来合せていた手相などを気にする私の知人は、何の事情も知らずにその写真を眺め、その中の一人を指して、この人は風雲児ですよ、という意味のことをいった。何故？　と聞くと、人相をごらんなさい、両あごが張った「風」型でしょうという。なるほどその写真の限りでは、坪田さんの顔は風型だった。「風の中の子供」という題名との不思議な組合せもあって、私は強い印象でその時のことを忘れないでいる。

「風の中の子供」についてはその前後更《さら》に大きな感銘――というより、私の生涯を左右するような出来ごとがあった。つまり、私が小説を書くようになった最初の出発に、いわば、これをお手本にという意味も含めて友人から手渡されたのが実にこの本だったからである。私は異常な感動でそれをよんだ。私にペンを持てとすすめた友人が、まず第一に読むべき書物として与えてくれたのだから、私は自分の方向をさし示されたつもりでそれをよんだ。そして私なりの受けとり方で、一生懸命お手本にしたつもりだった。私の初期の作品はそんなきっかけもあって生れたのである。

あるとき小さな随筆のなかでそのことを書いたところ、宇野浩二《うのこうじ》氏が何かの文章の中で、そんなことをいっても坪田譲治の影響なんかちっともないではないかという意味のことを云《い》われ、ぴしっと感じて赤面してしまったのを思い出す。今でも思い出して更《さら》に血がのぼる気がする。そんなこともあって、私はついに坪田さんをお訪ねすることに気おくれを感じていた。それでも「風の中の子供」が私の師であったことに相違はなく、講義録で少し見当はずれの勉強をしている校外生のような立場から、しかしそれと気づかずに生徒としての親愛感をもちつづけていたようだ。だから、はじめておあいしたとき、私はべらべらおしゃべりをしてしまった。初対面は新宿駅《しんじゅく》の夜のプラットホームだった。壺井《つぼい》繁治《しげじ》が一しょだったので紹介してもらったのだが、そのとき私は、うちで飼っている鯉に「モルトゲ」という名をつけた話などをした。（モルトゲは、「子供の四季」に出てくる鯉の名）

このごろの坪田さんはたくさんの若い人たちにとりまかれているときく。とりまかれるという語弊《ごへい》がありそうだが、それはいわゆるとりまきではなく、師と仰ぎ、慈父となつかしむ意味でのとりまきであって、私も校外生ながらその一人だと自負している。校外生はわっさわっさともまれぬことで見当ちがいもするけれど、あの慈顔《じがん》のかげからぴしっとした痛さを一入《ひとしお》に感じることもあって、それはそれでまことにありがたいと感謝している。今度の全集は、まともに坪田先生に接しられることで、校外生の私にとってはこの上もない喜びである。

《『坪田譲治全集』（全八巻）第二巻（昭和二十九年六月・新潮社刊）月報より》

坪田先生のこと

椋《むく》 鳩十《はとじゅう》

『正太《しょうた》の馬』は、今回刊行された『坪田譲治全集』の一巻で、少年文庫として、昭和十一年七月にも、春陽堂《しゅんようどう》から出版されていることを知った。

したがって、少年文庫としての『正太の馬』は読んでいないが、文壇新人叢書として出版された『正太の馬』の方は読んでいる。昭和四年ごろかな、あるいは、もっと前のような気もする。もう、五十年も前のことであるから、そのへんのところは、どうも、はっきりしない。

私の読んだのは、岩波文庫みたいに小形で、あまり上質な紙はつかってなかった。どちらかというと、粗末な装幀の本であった。

しかし、読んでみると、何ということなく心に沁《し》みこんで来る内容をもっていた。その当時の作品とちがって、糞《くそ》きばりに、りきみかえっていなくて、それでいて、風みたいに心のすき間に、なつかしさと、哀調を、すーと、吹きこんでくるのであった。

この『正太《しょうた》の馬』の出版は、どこであったか記憶にないが、どうも、春陽堂《しゅんようどう》ではなかったような気がする。そしてまた、大人の文学作品として出版されていたように思う。

そのころ、私は、児童文学のことは、全く念頭になかったので、もし、少年文庫として扱われていたら、たぶん、私は、『正太の馬』は手にとらなかったであろう。

坪田譲治という名前は、『正太の馬』で、初めて知った名前であったし、作品も『正太の馬』は初めてお目にかかった作品であった。が、私は、『正太の馬』は、折にふれては、ふいと、美しく思い出される作品であった。

坪田譲治という人の作品を読んでみたいと、当時の文学雑誌を、毎月、本屋の店頭に立って調べてみたが、一向に、探し出すことが出来なかったのである。今から考えてみると、私が、『正太の馬』を読んだのは、坪田先生が郷里に帰られていた頃だったにちがいない。

いずれにしても、坪田先生のお名前と、作品から受けた強い印象は、ずっと、心の中に残っていた。

昭和九年のことであった。この年は、はっきり覚えている。この年は、『朝日新聞』に、私は「山《やま》の天幕《テント》」という作品を、連載した年であったから……。そのころ、『朝日新聞』から、「現在は活動していないが、もう一度、文学活動をしてほしいと思われる作家は……」という意味のアンケートを受けとった。

その時、第一番に、心に浮かんだのは、坪田譲治という名前と、『正太《しょうた》の馬』という作品であった。

こんな素晴らしい作品を書いた作家が、なぜ、あの一作だけで、沈黙してしまったのか、ほんとに不思議であった。――私は、そのころ坪田先生が、郷里に帰られて、会社の社長さんをしていることなど、全然知らなかった。――私は、『朝日』のそのアンケートに、坪田先生のお名前と、作品から受けた感動を書いて出したのであった。

それから、何年かして、『改造《かいぞう》』に「お化けの世界」が発表され、『朝日新聞』に「風の中の子供」が連載されはじめられて、まだ、お会いしたこともない作家であったが、若い日に、感激した作家が、再登場したということが、たいへん嬉しく、懐しく思うのであった。

しかも、『朝日新聞』の「風の中の子供」は、当時としては、手のきれるほど、新鮮な作風で、一つの新しい宇宙を、文学の世界にうちたてたといってもよい作品であった。

この作品は、また、一般の庶民にも、限りなく愛されて、当時、私と新しい魚屋さんが近くにいて、遠慮なく語り合う間柄であったが、

「こんどの風の中の子供は、毎日、夫婦で、争って読んでおりますわ。この前の朝日の貴方《あなた》の作品は、お隣の方だから義理で読みましたが、こんどの風の中は、読まずには、おられませんわ。貴方も、しっかりしておくんなさいよ、あっはっはあ。」

と、魚屋のおやじに、からかわれたりするのであった。

「風の中の子供には、わしも、頭が上らんわ。」

と、私は頭をかくのであった。

この坪田先生に、始めてお目にかかったのは、終戦後であった。昭和も、二十七、八年の頃であったような気がする。しかし、それにしても、私は、ずいぶん以前から、何回もお目にかかっているような気がして、不思議な懐しささえ感じてお話をするのであった。

《『坪田譲治全集』（全十二巻）第六巻（昭和五十三年二月・新潮社刊）月報より》

聞き書き譲治文学

前川康男《まえかわやすお》

九月中旬、北海道恵庭市相生町《ほっかいどうえにわしあいおいちょう》に、坪田謙三《つぼたけんぞう》氏をお訪ねした。

謙三氏は、明治二十六年岡山《おかやま》生まれ、本年（昭和五十二年）八十四歳、醇一《じゅんいち》、政野《まさの》、譲治《じょうじ》、謙三《けんぞう》、恭平《きょうへい》、五人兄姉の三男で、譲治先生の三歳下の弟さんである。

お訪ねした目的は、少年時代の思い出や、兄上の文学についての感想、若い頃の印象などをうかがってみたかったからであった。

謙三氏の住んでおられる恵庭市は、千歳《ちとせ》の空港から札幌《さっぽろ》へ向かうバスで約三十分、国道に沿う小都市だが、謙三氏は恵庭駅前通りで坪田商店という店を奥さんと二人で経営しておられる。

お店を尋ねて初めてお目にかかった時、ハッと驚いた。兄上よりわずか背が高く、髪を短くしておられるが、体付き、顔の輪郭、表情、話しぶりなど兄上にそっくりだったからだ。年齢の近いせいもあるが、補聴器をつけ、うつむきかげんで、こちらの話にじっと耳を傾けておられる様子は、ご兄弟のどちらと話をしているのかわからなくなるほどであった。健康そうで、記憶も確かで、お話もシャンとしている。

「先日、六月三日に譲治先生の米寿《べいじゅ》を祝う会がございましたが、ご兄姉みなさんご長命で。こちらへうかがう途中、計算しましたら、亡くなられた醇一《じゅんいち》さんを除く四人の方のお年を合計すると、三百四十何歳かになったので、びっくりしました。」

「ほう、そうですか、姉も九十二とか三ですから、そうなりますね。譲さんも長生きして。でも、父や長兄は早く亡くなりました。父は四十二歳、譲さんが八つ、私が五つの時でした。」

「北海道へ渡られたのは。」

「戦後間もなくですから恵庭《えにわ》暮らしはもう三十年になります。」

「どういうキッカケで。」

「敗戦のあと始まった恵庭の開拓村《かいたくむら》にはいるためでした。戦争中私は中国へ行っていまして、昭和十八年から安慶《あんけい》（安徽省《あんきしょう》）という所で商社勤めをしていたのですが、終戦翌年に帰りましたところ、岡山《おかやま》は焼け野原、仕事もない、子供をかかえてどうやって生きて行くかという時、家内の義兄から北海道の恵庭に来ないかと手紙をもらったんです。土地五町歩《ちょうぶ》に、家、馬一頭くれるというので家族を連れてやって来ました。ところが、土地には当たりはずれがある、私のところは低地で、馬鈴薯《ばれいしょ》を作っても、家族が食べる分くらいしかとれなかった。大変な苦労をしました。私が百日も病気をしたり、火事にあったり、家内も苦しかったろうと思います。それに苦しい苦しいと言っているうちに三年目に開拓中止という命令が出て、それでこの駅前に移って来ました。でも、ここは人情も厚いし、静かで住み良い所です。」

「それまでに農業の経験は？」

「全然ありませんでした。兄の随筆でもおわかりのように、私たちの生まれた岡山《おかやま》の家のまわりは見渡す限りの田圃《たんぼ》で、祖父は農業をやっていました。でも、私は畠仕事はやったことがなかったのです。」

この恵庭《えにわ》の開拓村《かいたくむら》のことは、私も、当時の新聞で読んだことがあった。収穫も少なく、生活できないで開墾途中《かいこんとちゅう》で土地を去った人もいたという。謙三《けんぞう》氏にうかがいそびれたが、その土地はたしか昔の陸軍の演習地で、三年目の開拓中止というのは、米軍が演習地に使うためだったのではなかったろうか。私は子供の頃北海道で育ち、戦後も三年ほど札幌《さっぽろ》にいたので、恵庭の辺りには何度か来たことがあった。昭和二十三年か四年、恵庭に近い道を自転車で走っていると、突然、雑草の原野から米軍の戦車がぬっと現われて、びっくりしたことがあった。

「農業の経験がなくてここに来られたのでは大変だったと思います。岡山《おかやま》とちがって、北海道の冬はきびしいし。」

「はい、でも、今思い返してみると、その時よりも、もっと苦しかったのは、兄と一緒に働いていたランプ芯《しん》の島田製織所《しまだせいしょくじょ》、あの会社を罷《や》めた時分だったと思いますね。会社をくびになって、仕事がなく借金をかかえていた時期ですね。あの時、私は四十二歳でしたが、五十歳までの八年間、生涯で一番つらい思いをしました。谷間へ突き落とされ、頼りにしていた人たちにも見捨てられて、岡山県下をすみずみまで、山奥へも自転車一台で走りまわり、家族八人食うために汗水《あせみず》たらして働きました。あんまりつらくて死んだほうがましだと思ったくらいです。譲《じょう》さんが小説の『最後の総会』で書いているように、あの時をさかいに悪戦苦闘しました。行動を共にした兄も苦しかったでしょうが、私のほうは兄以上だったと思っています。」

「譲治先生は、十九歳か二十歳の頃、北海道開拓《かいたく》の夢を抱いたと随筆に書いていますが、そういう話をお聞きになったことは。」

「いいえ、北海道へ行きたいなどということは聞いておりません。」

「兄上の作品で最初に読まれたのは。」

「それは『風の中の子供』でした。あれが兄の出世作になったとあとで聞いて、なるほどそれだけの価値はある、なかなかよく書けている、そう思いました。つぎは『子供の四季』です。この作品には、私自身も登場して、いろいろ活躍しておりますから、特に興味がありました。童話も好きなものがいくつかありますが、題は忘れました。子供の時分の岡山《おかやま》が書かれている話は好きです。」

「正太《しょうた》、善太《ぜんた》、三平《さんぺい》という少年主人公は、譲治先生のお子さんたちだけではなく、すぐ下の弟さんである謙三《けんぞう》さんの子供の頃のイメージも加わっているのでは。」

「そうでしょうね。読んでいて、はああ、これは私かもしれないと思うことがありますよ。岡山はのどかな田園で、虫も魚もいっぱいで、遊ぶ所はいくらでもありました。家の前の小川で雨の降った日の夜はカニがとれました。譲さんも書いているように、手製の網でいくらでもとれると、母が甲羅《こうら》ごとつぶしてカニ団子《だんご》を作ってくれました。」

「子供の頃の兄上は？」

「譲さんは、おとなしい一方の子供で、口数も少ないし、私のほうが活潑《かっぱつ》でした。兄とはよく遊びましたが、一緒に遊ぶのは足手まといなんでしょう、私がついて行くと、すっと逃げてしまいます。すると、私はわあわあ大声で泣く、くやしくって、泣いて家へ帰ったものです。

私は運動好きで、小さい時から工場のそばの川で泳いだり、野球をやったり、テニスをしたり、今でも泳げと言われたら泳げますが、譲《じょう》さんは運動をやりません。いたずらも私のほうが上で、譲さんはシャンシャンやるほうではなかった」

「譲治先生の作品に、少年主人公の弟が、他所《よそ》の家に預けられて兄弟別れ別れになって淋しい思いをする場面が出て来ますが、あれは謙三《けんぞう》さんのことでは……」

「ええ、私は、どういうわけかわかりませんが、三歳の時から小学校を卒業する年まで、島田《しまだ》の村の中ですが、里子《さとご》にやられていたんです。そのためでしょうか。人見《ひとみ》のおばあさんという人の家で、この人は親戚《しんせき》ではなく、一人で暮らしていた人でした。（筆者註、人見のおばあさんは、長篇童話集『かっぱとドンコツ』に登場する。）里子に出されていたせいで、私には父の記憶がほとんどありません。祖父平作《へいさく》のことも。父のことではっきり覚えているのは、亡くなったあとで、体を清めますね、その情景だけです。ぼんやりした印象ですが、きびしくって、こわい父でした。

母方の祖父に坪田《つぼた》甚七郎《じんしちろう》という人がいます。この人は兄の小説や童話に出て来る甚七老人のモデルですが、祖父坪田平作の妻はこの甚七郎の従妹《いとこ》で、母の幸《こう》は甚七郎の娘です。祖父の平作は養子で、祖母の米《よね》が亡くなると、私の父を戸主にして隠居しました。ですから、父は若いうちに家族を養う責任を負ったのですね。学校へは行きませんでしたが、父は頭が良く、才能があって、二十五歳で島田製織所《しまだせいしょくじょ》を興《おこ》したり、備前紡績《びぜんぼうせき》の重役になったり、御野《みの》銀行の頭取もやりました。

郡内の名士の一人だったんです。父のお蔭《かげ》で長兄は慶應義塾《けいおうぎじゆく》、譲《じょう》さんと私は早稲田《わせだ》大学へ、姉も東京の学校へ行くことができました。」

「早稲田大学時代、謙三《けんぞう》さんは兄上と一緒にキリスト教青年会の友愛学舎《ゆうあいがくしゃ》に寄宿されたそうですが、兄上が文学の道に進まれるということはご存知だったのでしょうか。」

「兄が文学をやるつもりとは、私は全く知らなかったのです。兄の友人たちも予想していなかったんじゃあありませんか。大学を出て、私はアメリカへ四年行っていました。向こうで綿を作っていたんですが、綿の値段が暴落してうまくいかなかった。その時、譲さんから手紙が来て、岡《おか》山《やま》へ帰って来ないか、一緒に会社の仕事をしよう、帰って来るなら自分の持っている会社の株《かぶ》を半分やろう、それで戻って来たんです。岡山へ戻って十数年、私も譲さんもくびになって、何年かの間に譲さんは作家になり、『朝日新聞』に『風の中の子供』を連載して大いに評判をとった。そういうふうになろうとは、今日のようになろうとは、私は夢にも思わなかった。

友愛学舎では、六畳間に二人で暮らしていました。私は勉強はそっちのけで野球やテニスなど運動ばかりやっていました。兄もそれほど勉強はしていなかったようです。ふとんのあげさげ、部屋の片付けもみんな私がやり、譲さんはのっそりしていて何もしませんでした。私たちがよく似ているもんで、夏休みに私が先に寄宿舎に帰ると、よう坪田《つぼた》と、兄の友だちに声をかけられたものです。友愛学舎《ゆうあいがくしゃ》には、私と同じ商科の学生で小出正吾《こいでしょうご》さんがいました。野球とテニスの坪田と言えば思い出してくれるでしょう。」

「岡山《おかやま》へは、ずっと帰っていらっしゃらないのですか？」

「そう、行っておりません。私は故郷を捨てた人間ですと言いたいところです。この数年、私の子供たちが、もう八十を越えたのだからやめろやめろと言いまして、近くこの店を閉じるつもりです。そうしたら、兄と一緒に岡山へ行って、母の墓参りをしたい。

母は昭和五年に死にましたが、その二日前に兄の醇一《じゅんいち》が自殺したんです。母は病気で離《はな》れに寝ていたので、兄の死を知りません。母屋《おもや》は大騒動していたのですが、母には黙《だま》っていたのです。騒ぎの最中、私が母の所へ行きますと、今日は調子が良いので庭が見たい、起こしてくれと言いました。抱き起こすと、母は、なあ謙《けん》や、譲《じょう》は小説がよう書けんで金もはいらず、食うに困るにちがいない、これからあと、謙が兄さんの面倒を見てやってくれよ、と言ったのです。そう私は頼まれました。私のほうが兄より生活力があると、みんな思っていたのでしょう。母には頼まれましたが、譲さんの面倒をみる余裕はありませんで、譲さんより私のほうが苦労したと思います。兄は、めぐまれていました。作家になる才能があったのですから。墓参りをしましてね、あの時以来の報告を母にするつもりです。」

「お二人が中学生の頃でしょうか、醇一《じゅんいち》さんがアメリカ留学して、クリスチャンになって帰られると、ご一家はクリスチャンになられたそうですが、謙三《けんぞう》さんは今も……。」

「いえ。私は中学の時、洗礼を受け、大学を出るまで教会へ通っていましたが、出てからはそれっきりになりました。家の者が教会へ行っている頃は、みんな気持ちがそろってうまくいっていたのですが……。

やはり人間というものは、谷間に突き落とされて始めて、一本立ちできるものなのでしょうね。譲《じょう》さんも岡山の会社をくびになって、谷間に突き落とされたので、文学が書けた。あのまま無事だったら、『風の中の子供』は書けませんでしたよ。人間いろいろなことがあります。」

《『坪田譲治全集』（全十二巻）第九巻（昭和五十二年十一月・新潮社刊）月報より》

引揚《ひきあげ》少年の坪田譲治

五木《いつき》寛之《ひろゆき》

坪田譲治は、私にとって格別に忘れがたい作家である。

私は昭和二十二年の早春に、外地から九州の郷里へ引揚げてきた。当時、私は中学一年生で、家族は父と、弟と、妹の四人だった。

父の郷里といっても、生後三カ月あまりで両親に抱かれて朝鮮《ちようせん》半島に渡った少年にとっては、異国のようなものである。まして着のみ着のままの引揚家族のことであるから、毎日がつらい事の連続だったのは当然だろう。

当時、私たちが仮りに身を寄せていたのは、福岡《ふくおか》県の柳川《やながわ》にちかい八丁牟田《はっちょうむた》という町だった。父はブローカーまがいの商売をはじめて外泊が多く、妹は母方の親戚に世話になることになって、その寄留先の古い旅館では、私と弟の二人だけで日を過ごすことが多かった。

建物の裏手に古い沼があった。黒くよどんだその沼では、ときどき異様に大きな魚が水面に音を立てて跳ね、弟はそれをひどく怖がった。

私がそんな暮しの中で偶然手にしたのが、坪田譲治という未知の作家の本だった。誰の蔵書だったのかは、わからない。旅館の主人が亡くなって、そのまま閉じられている二階の部屋で、その本をみつけたのだ。

私はこっそりそれらの本を持ち出しては、沼のそばの日だまりで熱心に読んだ。「お化けの世界」や、「子供の四季」、そのほかにも何冊か日灼けした表紙の単行本があったような気がする。どの物語りも、当時の鬱屈《うっくつ》した私の気持ちに一筋の透明な光を投げかけてくれる感じがあり、ひまさえあれば私は同じ作品をくり返し読んだ。活字が苦手な弟には、話の筋を勝手に脚色しては話してやったりした。

後年、浅見淵《あさみふかし》さんと親しくさせていただくようになって、何度か雑談の折りに坪田譲治の名前を聞くことがあった。あれはたしか高井有一《たかいゆういち》、高橋昌夫《たかはしまさお》の両氏といっしょに金沢《かなざわ》へ来られたときのことだと思うが、宿で坪田譲治の思い出話をぽつりぽつりと話されたことなども忘れることができない。

坪田譲治全集におさめられている「片隅の交友録」という一章には、阿佐ケ谷《あさがや》のピノチオという店に集った文士たちの名前が出ている。その片隅に、井伏鱒二《いぶせますじ》、亀井勝一郎《かめいかついちろう》、太宰治《だざいおさむ》などの高名な作家たちの間に浅見淵《あさみふかし》さんの名前がちらっと見えていて、とても懐しい気がしたこともあった。

昨年だったか、古くからの友人の太田治子《おおたはるこ》さんが坪田譲治文学賞を受けられることになったと聞いて、とてもうれしく思った。選者の中には、金沢《かなざわ》市の泉鏡花《いずみきょうか》文学賞の選衡《せんこう》委員でもある三浦哲郎《みうらてつろう》さんの名前もあったので、なおさら坪田譲治賞に親しみをおぼえていたのかもしれない。

作家と読者との出会いは、一期一会《いちごいちえ》の感じがある。私にとって引揚《ひきあげ》少年として出会った坪田譲治の世界は、批評の領域をこえた絶対のものだ。そのことを、あらためて幸運だったと思わずにはいられない。

《第二回坪田譲治文学賞冊子より》

坪田譲治文学賞　受賞の言葉

第一回

太田《おおた》治子《はるこ》

第一回坪田譲治文学賞をいただいた今、かぎっ子だった少女の頃をとても身近に思い出している。

受賞のお知らせのあった日の夕焼けは、ことのほか美しかった。明るく暖かな夕映えの中を歩きながら、私は大きく深呼吸していた。そして家に帰ってくるなり、受賞が決ったというお電話をいただいたのである。電話の後、私はまだ夢の中にいた。夕映えは、部屋いっぱいに輝いているように思われた。タンスの上の写真の母が微笑みながら見つめていた。「心映《こころば》えの記《き》」、母との想い出を綴ったものである。

「坪田譲治文学賞」が制定されたという新聞記事を読んだ記憶がよみ返ってきた。「よい賞が生まれたのだわ」とほのぼのとうれしかったのを思い出した。よもやその賞の第一回をいただけるようになるとは、夢にも思わなかった。

坪田譲治先生の善太《ぜんた》と三平《さんぺい》の物語は、かぎっ子の頃に読ませていただいたのだった。母一人娘一人の家庭で育った私は、二人を通して男の子の世界を教えていただいたように思う。私には二人が、理想の男の子に思われた。清らかでりりしい感じがした。こんな男の子だったら、どんなにいたずらをしても仲よしになれると思った。

「よかったね」善太と三平の大きな声が夕映えの中から聞えてくる心地がした。善太と三平にふさわしい心映えのよい娘になりたいと思った。

空の上の坪田先生、清らかな賞をありがとうございました。

《第一回坪田譲治文学賞（一九八六年）冊子より》
受賞作品『心映えの記』

第九回

李《イ》　相琴《サンクム》

坪田譲治文学賞の受賞を、この上ない光栄に思います。

思えば、私にとって、坪田先生はある意味で親密な方です。実は、善太《ぜんた》、三平《さんぺい》と親しんだ子どもの頃は、坪田という作家には覚えがなかったのですが、その主人公たちは、私に大きな共感を持たせ、ずっと心に残っていました。戦後、日本と韓国《かんこく》の国交が再開された一九六五年の冬、週刊朝日の記者として来韓された永井《ながい》萠二《ほうじ》さんをとおして、坪田譲治先生のお話を聞く機会に恵まれました。早大童話会メンバーで童話作家の永井さんとは、昨年亡くなられるまで、三十年近い親交が続きましたが、坪田先生がたびたび話題にのぼりました。そのうち、なんだか私も坪田先生と知り合いになったような気持ちで、話題に興じたものです。

私は「凧」ということばが好きです。二十年前の私の作品に「凧に当たる子」という、「凧の中の子供」に習ったような短編があります。坪田先生の影響が、潜在意識の中に潜んでいたのかも知れません。人々は、いろんな風の中で生きているのではないでしょうか。ときに逆らい、ときに倒れ、ときに乗り、ときに慰められながら。日本や韓国《かんこく》の今の子どもたちは、温室の常温に慣れて風を知らなすぎます。どんな風にあっても、まっすぐにすなおに育ってほしいです。

ここに改めて坪田譲治文学賞の受賞に感謝します。これからも、坪田先生のヒューマニズムの「風」に教えられながら、このテーマを大切にしていきたいと思います。選考委員の方々に厚くお礼申しあげます。

《第九回坪田譲治文学賞（一九九四年）冊子より》
受賞作品『半分のふるさと』

第十回

森《もり》　詠《えい》

思いがけなくも坪田譲治文学賞をいただくことになり、身に余る光栄と感激しております。

ぼくが子供の頃、学校の保健室と同居していた図書室の本棚に、坪田譲治さんの本があったのを覚えています。その頃、ぼくは坪田さんの『子供の四季』や善太《ぜんた》少年たちの物語をむさぼり読んだように思います。いまもそれらの物語が印象派《いんしょうは》の風景画のように記憶のスクリーンに浮かんで来ます。学帽を被りカスリの着物を着た子供たち、メンコや金輪遊《かなわあそ》び、茅葺《かやぶ》きの農家、真っ赤な実がたわわになった柿の木、松の木の立った丘、燃えるような夕焼け、村や田畑を静かに包む夕霞み、等々。

坪田さんの時代とぼくの過ごした時代はだいぶ違いますが、それらはぼくの幼い頃の原風景と重なり合い、いまも心の中で生き続けています。

ぼくが『オサムの朝《あした》』で描こうとしたのは、そうした一見ノスタルジアに思えるような子供時代の心象風景でした。それもいまの大人のぼくたちが何時の間にか忘れ去ってきた、誰もが通り過ぎてきたはずの日々を描きたかったのです。子供の頃、ぼくたちの周りはどんなに自然の恵みが溢《あふ》れていたことか。そして世界はどんなに広く、興味深い驚きに満ちていたことか。その中で、子供であるぼくらは、日々、さまざまなことに嬉しさや悲しみ、怒りや寂しさを感じたものでした。そうした豊かな感受性を持った子供時代を思い出したかったのです。

子供は大人への成長する過程の未熟な存在ではなく、子供は子供という形で完成された一人の人間存在です。その感受性に富んだ子供の目で、世の中を見直してみると、大人のぼくらがすっかり忘れてしまっていた大事なことを思い出すのではないか？　『オサムの朝《あした》』は、そんな思いを込めて書いた作品でした。

オサム少年は限りなく少年時代のぼくに近い存在ではありますが、決してぼく自身ではありません。ですから『オサムの朝』は、ぼくの自伝小説ではありません。オサムは当時どこにでもいた少年たちの一人です。オサムはあなたの心にも住んでいる、幼い頃のあなた自身でもあります。

今後も、ぼくの中のオサムは、ぼくに自分の物語を書いてくれとしきりに催促《さいそく》しています。今回の受賞が、そんなぼくやオサムにとってどんなに励みになったことか。選考委員の方々、それから『オサムの朝』を認めてくれたすべての皆さんに深い感謝の意を表します。ぼくはいま新たなるオサムの物語を無性に書きたくなっています。
本当にありがとうございます。

《第十回坪田譲治文学賞（一九九五年）冊子より》
受賞作品『オサムの朝』

坪田譲治の文学への歩み

坪田《つぼた》理基男《りきお》

明治四十一（一九〇八）年、父十八歳、四月に早稲田《わせだ》大学高等予科文学科に入学、最初の授業のとき、担任の教授が言った。

「諸君が、早稲田の英文科に入学したからには、人生の目標、あるいは、将来どんな職に就くかなどあってのことと思うが、ひとりひとり話してくれ給え」

学生達の答えは、新聞記者や、雑誌の編集者、学校の英語教師、英語を生かせる貿易会社、中には、家業を継ぎますという者もいた。しかし、作家になりたいと答えた学生が多数だった。やがて父のところに順番がきた。

「君はどうかね。」

父は、人生の目標とか、将来の仕事などいままでに考えたこともなかった。そこで、最多数の

「作家」が無難だと思い、

「作家になります。」

と答えた。父が作家になる第一歩であった。

「ほほー、それは楽しみだな。」

教授は、そう言って次の学生へと移った。

授業が終ると、隣りに坐っていた生田蝶介《いくたちょうすけ》（歌人・明治二十二―昭和五十一年）が、

「君、作家志望だと言ったが、誰か先生についておるのかね。」

と、尋ねた。父は、たった今、作家志望したばかり、師事している先生などいる筈もないのだ。

「いや、誰もおらん。」

「そうか、それでは僕が、夏目漱石《なつめそうせき》か、小川未明《おがわみめい》のどちらかを紹介してあげよう。」

「えーっ、漱石もですか、僕には偉らすぎます。小川未明にお願いします。」

明治四十年頃には、漱石は名高い大家になっていたのだ。生田蝶介は、名刺に「坪田譲治を紹介す」と書いてくれた。父が言うには、

「あの頃の学生は、いっぱしの作家気取りで名刺を持っている学生が多かった。細田源吉《ほそだげんきち》（小説家・明治二十四―昭和四十九年）などは、学生の頃から雑誌に原稿を書いてさっそうとしていた

よ。」

といって、父は笑った。しかし、父は、学校の成績はあまり良くなかったようだ。岡山《おかやま》の金川《かながわ》中学を卒業した頃は、ビリから二番だったと言っていたし、早稲田《わせだ》大学でも、国木田独歩《くにきだどっぽ》の著作にひかれ北海道開拓や、牧場経営を夢みたり、徴兵猶予《ちょうへいゆうよ》願いを怠って兵役につくことになったり、肺を煩ったり、入退学を三回も繰り返し、当時の学制は、予科二年、学部二年で四年で卒業の筈が、七年もかかっている。

「最初に同級生だった友達が、最後に復学したときは、先生になっていたよ。」

そう言って、苦笑した。

しかし、昭和五十三年版、新潮社刊、坪田譲治全集の年譜をみると、最初の同級生は、生田蝶介《いくたちょうすけ》、国枝史郎《くにえだしろう》らがいたとなっており、明治四十二年四月二十五日、一度退学して、同年九月七日に再入学したとき同級に広津和郎《ひろつかずお》、谷崎精二《たにざきせいじ》らがいたとなっている。私が思うのには、先生になっていたのは、谷崎精二ではないかと思う。

何年か前に、早稲田大学の教務課で学籍簿の写しを貰って来たら、この年の再入学の際に、保証人に小川健作《おがわけんさく》がなっている。小川未明《おがわみめい》先生である。父も良い先生に師事したと思う。保証人になっていただく程、親密な関係になっていたのだ。

その学籍簿の写しの最後を見たら、大正四年七月五日「早稲田《わせだ》大学大学部文学科英文学科得業」となっている。卒業ではなく、業を得たと認めたということで、卒業させて貰ったということだと思う。入退学を三回も繰り返し、七年もかかったのだから成績だって良い筈もない。小学校のとき級長だったというが、子供のときから空想的だったのではないだろうか。

何故ならば、父の作品には、空想的な風景、情景、思考などの描写が多いからだ。多分、小学生のときから、学校の授業中、ボンヤリと空想したり、何かを考えたりしていたに違いないのだ。先生の話など殆んど聞いていなかったのではないか。「ガマのゆめ」、「引っ越し」、「サバクの虹」などもヒントがあってもヒントから、空想を広げて行くような作品が多い。

父の随想《ずいそう》のような「児童文学論」の中に、「現実と空想」とか、「空想と実在」というような文章がある。また「童話の作り方」という文章では、空想とか、想像などを重視しているようにも思える。

学校の成績は悪かったが、空想に耽けっていたことは、文学を創作するにはプラスになっていたのかもしれない。

父の作品の傾向というか、雰囲気の違うものが、三通りある。しかし、三年位の間に、突然変異のように出て来たものを入れれば、四通りになる。

第一は、大正九年位から書き始めた「正太《しょうた》」を主人公にした作品群だ、「正太の馬」をはじめ、「正太樹《き》をめぐる」、「枝にかかった金輪」、「コマ」など、亡くなった子供の生前を回想する親の愛《あい》惜《せき》の情を描いた作品が印象的だ。「コマ」は、大正三年、小川未明《おがわみめい》先生のご長男哲文《てつふみ》さんが亡くなり、何日か、何週間か経った後、先生のご自宅に伺いご夫妻が嘆げかれている様子を見て後に書いたものだと父から聞いた。

昭和二年、鈴木三重吉《すずきみえきち》先生に師事することになるが、このあたりから、善太《ぜんた》、三平《さんぺい》が登場してくる。昭和三年、この年は、「ろばと三平」に、正太、善太、三平の三人の子供が共に登場する。しかし、第二には、この年突然変異の如《ごと》く「激流を渡る」、昭和五年には、「女は救はれない」、「美しき仮面」など風俗小説を書いている。何故《なぜ》か。

父の話だと、生活も苦しく、帰郷して会社に勤めたが、不愉快なこと多く、さらに学生時代の同級生は皆な活躍している。西条八十《さいじょうやそ》は北原白秋《きたはらはくしゅう》と並ぶ童謡詩人となり、直木三十五《なおきさんじゅうご》、細田源吉《ほそだげんきち》、細田民樹《ほそだたみき》などは、作家として認められ活躍していた。青野季吉《あおのすえきち》は、第一線の評論家になっていた。父は会社で「会計さん」と呼ばれていた。それで焦っていたのだ、と父は言った。しかし、それも評判にならず、結局、善太、三平の登場する第三の作品群を描くことになる。この時期が父の最も良き時代だといって良いであろう。

最後は、「せみと蓮の花」に代表される老年ものの作品群となる。父は晩年、「お父さんは、作家になろうと思って、一生懸命描写を勉強した。しかし、筋をたてるのは下手なんだ。」

と言った。それは、正太《しょうた》ものから、老年ものまで通してそういえるかもしれない。

正太ものの時代を代表する「正太の馬」は、家庭に不満をもつ妻であるとともに、母でもある女性が家を出て行くのだが、それは、その作品の前提だけで、大部分を、残された父と子の戯れを描写している。

善太三平ものの代表作「風の中の子供」も、父親が、会社の紛争に巻き込まれている間の善太、三平や、その友達の対応を描写したものだ。これも筋よりは、描写に片寄った作品だ。松竹映画で清水宏《しみずひろし》監督により映画化されたが、私は、子供の生態映画を見ているようで、余り面白く感じなかった。原作に描写が多かったのでそうなったと思う。

晩年の作品では、「せみと蓮の花」など、昔の思い出や身近なことを描いたものが多く、随筆風、あるいは私小説とでもいうべきだろう。

父の作品は、全体的にみて描写が多いということは、純文学的であると共に、長編より短編の方が優れていると思う。

魔性の時代——坪田先生との出会い

松谷《まつたに》みよ子《こ》

先生のところへはじめてうかがったのは、一九四六年のたしか夏でした。私は長野《ながの》県下高井《しもたかい》郡平野《ひらの》村に疎開《そかい》、終戦を迎えたのですが、ある日、女学校時代の友人Uさんから突然手紙が舞い込んだのです。目下、野尻湖《のじりこ》の坪田譲治家へひょんなことから御厄介《ごやっかい》になっていること、オマツもこっそり童話を書いているらしいが一度先生にお目にかかってはどうか、というのです。「風の中の子供」の坪田先生にお目にかかれる……。まるで夢のような心持でマクワウリをかつぎ、早速出掛《でか》けました。残念なことに先生はヨットで湖に釣りに出られてお留守でしたが、それから一年後、私はノートに書きつらねた童話を持って先生の門をたたきました。もう友人はいず、玄関に出てこられた先生にノートをお渡しすると最敬礼《さいけいれい》をして戻りました。仙花紙《せんかし》の粗悪なノートでした。インクの色だって薄《うす》かったように思います。戦後の物資不足の中で私は、作品は原稿用紙に書くものだということさえ忘れていたのです。

一九四八年五月、私は信州から上京し、東京の雑司《ぞうし》ヶ谷《がや》へ戻られた先生をお訪ねしました。「いやあ、あのノートをどこかへ仕舞《しま》い忘れましてねえ」と困惑されました。実はそういうこともあろうかと、全く同じノートをもう一冊つくっておいたのです。しかもちゃんと持参していたのです。先生もこれにはびっくりされて、「明日いらっしゃい。読んでおきましょう」といわれました。

次の日、先生は「生原稿でこれだけの作品を読んだのははじめてです。しっかり勉強なさい」と励ましてくださいました。帰途私はただもうおろおろと夢のような心持で目白《めじろ》駅のプラットホームを歩きまわりました。

この日のことがなかったら、そしてそれ以後折にふれての先生からの励ましがなかったら、私の今日はあっただろうかといつも思うのです。

考えてみれば当時私は二十歳をいくつも越えていない小娘でした。ある日目白駅まで送ってくださった先生が、松谷さん、お汁粉を御馳走しましょうか、コーヒーにしますかとおっしゃったところ、私はつんとあごをしゃくって「コーヒーです」と答えたそうです。「こちらはまだ幼い少女のように思っていましたが、これはいかん、もう一人前の娘さんになられておったとそう思いました」先生はよっぽどその時のことが可笑《おか》しいらしく、ときどきおっしゃるのです。「そんなこともありましたか」私は恐縮いたしました。

それから、長い歳月が経ちました。戦後の三十年です。その間に先生は『せみと蓮の花』にはじまる小説の短篇集を三冊出されていますが、私はこのあたりの短篇がひどく好きなのです。坪田文学の頂点であると思われてなりません。その好きさをどういったらいいのでしょうか、老舗《しにせ》のおいしい和菓子にこっくりといれた玉露《ぎょくろ》を添えて、さあいただきましょうと思う、そんな楽しさでもあります。いやそれよりも名優の舞台をみる胸のときめきといったらいいのでしょうか。

最近、坪田文学についてごく短い文章をといわれたとき、こんなふうに書きました。

「歌舞伎のだんまりの華やかさと不気味さを坪田譲治の文学にたとえたら、叱責をこうむるでしょうか。日常の中にある非日常。現代に欠けている父性の語りが、さりげない日常の中から我々の内なる魔性の世界の深淵をのぞかせてくれるとき、私は身ぶるいし、三十年来師事してきた恩師の文学のこわさを思うのです」

我ながら気負った文章で恥ずかしいのですが、私にとっては実感なのです。歌舞伎のだんまりは暗やみの中で登場人物がだまって手さぐりしあう面白さ、チョーンと柝《き》が入って黒幕が切って落とされ、ぱっと明るくなった舞台との対比がまことに絶妙なのですが、戦後の坪田文学には暗やみの中で手さぐらねばならぬ、人間同士の悲哀を色濃く描きながら、陰湿なリアリズムでなくカラリとしたユーモアを湛《たた》えて書き切っているところに見事さがあると思うのです。虚構の世界です。歌舞伎にたとえたいほど、ある面では華やかですらあると私は思うのです。しかもぱっと幕が引き落とされ、あれあれと顔が合うあの幕切れまで、読者を堪能させてくれるように私には思われます。

私が先生の許《もと》へうかがうようになった時期が、ちょうどこの作品群と重なっていることもあって、恥かしいこともあるのです。『昨日の恥《はじ》 今日の恥』という作品の最後に出てくる親しい一人の夫人というのは、どうも私のことらしいのです。読み返すたびにひとりで赤面し恥じ入っております。私の「昨日の恥」であります。

しかし、この恥のほかにも私はいいつくせないほど先生の前でいろいろなことをしでかしました。先生は座談の名手です。短篇になった作品も何回となく座談でくり返されている部分があるのですが、私のことも早速はじまります。「いやあ、松谷さんがですねえ……」集りにおくれた私はふすまの外にまで聞えてくる「松谷さんがですねえ」に閉口して、エヘンエヘンと咳ばらいをしたり、もう一度階段をトントンとあがり直してから部屋に入っていきますと、ワッハッハア、先生は大笑いです。「みなさん、松谷さんが見えましたァ、カンパーイ」

そのとき起った事件、私の受けとめ方、先生が『びわの実学校』の同人達に語った語りの重点を、私は近頃思い出してみるのです。もし先生が作品にされたら、どう書かれるだろうか。あの事件もまた魔性の世界であり、人生の深淵がちらりとのぞいていたのではないかと、とつおいつ、考えてみるのです。

また、当時の記憶に、フィルムのひとこまのように鮮明に浮ぶ一場面があるのです。自動車の中で先生がなにか話してくださって、私が「先生、そこのところは何故お書きにならないのですか」と問うている、そういう場面です。すると先生は「そこを書いては文学になりません」といわれました。その言葉は生涯、忘れてはいけないと思っています。不気味にも華やかな、あの歌舞伎のだんまりにも、考えてみれば作者がおり、演出家がいるわけです。先生はきびしいまなざしで、人生を舞台にのせ、凝視し、創っておられるのでした。創られたものであることも忘れるほど楽しい舞台に。

しかし……、今回もういちど、戦後の作品群をひもといてみて、読手である私に、どこかちがうものを感じました。それは何なのだろうと考えました。

もしかしたら、私もまた年ふりて、魔性のものになりつつあるからではないだろうかと思いました。お汁粉《しるこ》とコーヒーと、どちらを御馳走しましょうかと問われた、愛らしい？　少女の日は過ぎ去って、私もまた、魔性の時代に踏みこんでいるのかもしれません。それが、先生の作品を別の意味で身近にさせているのかもしれません。

《『坪田譲治全集』（全十二巻）第六巻（昭和五十三年三月・新潮社刊）月報より》

思いだすままに

あまん　きみこ

「先生、きょうの富士は雲がかかっていました」

「富士山の頂上には、もう雪が積っていました」

坪田先生にお目にかかると、私はたいてい富士山のことを報告してしまいました。補聴器に口を近づけて、そう言ってしまいました。

先生の前にでると、私は緊張して、いつもだまってしまいます。先生のお話をうかがい、質問に答えるだけが、せいいっぱいでした。けれど、それだけでは、先生に申し訳ない、何か一言でも自分から申し上げなければと、おいとまをする頃、あせってしまいます。そんな時、私の口からとびだした言葉が、

「新幹線でこちらにくる途中、富士山が見えました」

でした。はじめて、そう申し上げた時、坪田先生は、

「ほう、富士山が見えましたか」

と言われ、はっはっはあとお笑いになりました。何の脈絡もなく、いきなり富士などをもちだしてしまった私は赤くなりました。そしてその時、なぜか先生は、何処《どこ》から見ても紛《まぎ》れもない富士山がお好きではないような気がしたのでした。


それなのに愚《おろ》かな私は、つぎにお目にかかった時も、富士山のことを口走ってしまいました。人は緊張すると、同じ言葉が口からとびだしてしまうことがあるのでしょうか。

「先生、きょうの富士は、特にくっきりと見えました」


童話雑誌「びわの実学校」につたない作品を投稿していた頃のことです。

或る日、「びわの実学校、童話教室主任」というかたから励ましのお葉書をいただきました。それには、作品に対して過分の評が書かれ、次作を待っていますという言葉が添えられていました。

私は、繰り返し読みました。読むたびに元気が出てくる気がします。

そこでそのお礼を申し上げたいと思いましたが、宛名をどう書けばよいのかわかりません。あれこれと考えて、「びわの実学校、童話教室主任さま」としてお礼を書きました。

それから半年も過ぎていたでしょうか。或る会の末席に出させていただいた私は、水藤春夫《みずとうはるお》先生にお目にかかったので、思いきってうかがいました。

「あのう、『びわの実学校』の童話教室主任って、どなたでいらっしゃいますか？」

「えっ、童話教室主任ですか？　さあ」

水藤先生は、首をかしげられました。

「そんな人は、いませんねえ」

「でも、でも、童話教室主任さまから、私、お葉書をいただいているんですけど」

水藤先生の口元に、ふっと微笑が浮かびました。

「それは、おそらく坪田先生でしょう。先生の字ではありませんか？」

「さあ」

こんどは私のほうが首をかしげました。そして確かに、その字が坪田先生のものとしったのは、それから二ヶ月ほども過ぎていました。

はじめての本『車《くるま》のいろは空《そら》のいろ』を抱えてお礼にうかがったのは、一九六八年の早春、まだ寒い日でした。

坪田先生は、「お化けの世界」「風の中の子供」「子供の四季」など、次々に発表された時期のことを話してくださいました。その頃、先生の心の中の風景として、大きな木の下でいつも善太《ぜんた》と三平《さんぺい》がまわりながら追っかけあっていたということでした。

「そんな折に、私は善太と三平ものしか書けないと評論家にいわれたので悔しくて、他のものを書くようにしました。そうして気がついたとき、善太と三平が木の下から消えていました」

先生は遠くを見るような目をなさって、高くお笑いになりました。

「あなたは、この本の主人公の松井《まつい》さんをだいじになさい。松井さんのことなら、まだまだ書けるでしょう。書ける時は、書くことです。たとえ『松井さんのことしか書けない』と誰かにいわれても、そんな言葉を気にしてはいけませんよ」

私は、書きたいことは全部書いてしまった思いでしたのでびっくりしました。松井さんという主人公の本を、更に上梓していただく日があろうなどとは、夢にも思えませんでした。

一九八二年七月八日、先生のお通夜の日、富士山は厚い雲のむこうにかくれて見えませんでした。

七月十六日、東京にむかう新幹線「ひかり」の中で、同乗の沖井千代子《おきいちよこ》さんと、富士山をけんめいに探しました。

その時、私は、坪田先生の前で最初にとびだした言葉に支えられて、富士が見えなくても探す癖がついていることに気づきました。

──先生、私は富士山のことしかお話できなくてお許しください。きょうは、先生の告別式。富士は、姿をかくしています。

灰色の空の中に深くひそみ、日本一の山はその裾野さえ茫茫《ぼうぼう》とわかりませんでした。

《「びわの実学校」一一三号（一九八二年九月）坪田譲治追悼号より改稿》

いただいた宝物

沖井《おきい》千代子《ちよこ》

二十代のはじめの春の日でした。

なにげなく受けとった郵便のなかに、私あての葉書をみつけ、そのお名前をみたとき、私はおどろいて手がふるえました。

「坪田譲治」とありました。

そのすこし前、お目にかかったことも、紹介してくださる方もないまま、先生につたない作品をお送りし、童話を教えてくださるようお願いのお手紙をさしあげたのでした。

しかしすぐ、不躾《ぶしつ》けでたいへん厚かましいことだったと気づき、お返事をいただけるなど、考えもおよびませんでした。

ご批評をくださったあと、

「作品の指導などということは、できるものではありません。まあこの作品が成功した作品ではないというくらいしか申し上げられません。ただ童話を送ってくる人の多くが童話を書いていても文学を忘れているのですが、これには文学が狙われていて、その点をいいと思いました。」

何度読み返したでしょう。成功していないとおっしゃっているのに、お返事をいただいたことで、童話を書くのを認めてくださったのだと思いました。

童話の門の通行証をいただいたように思いました。

そののち、仲間をあつめて、中国地方ではじめて日本児童文学者協会の支部を広島《ひろしま》につくりました。

そんな時、坪田先生が会長でいらした協会で地方講演活動をなさることになり、広島と私の住んでいた山口《やまぐち》県の岩国《いわくに》で、講演会をお引受けしました。

先生は、与田準一《よだじゅんいち》氏、小林純一《こばやしじゅんいち》氏と三人でおみえになり、広島では主催の中国新聞社の広い階段状のホールが、次の日の岩国でも小学校の大きな講堂が人であふれ、心にしみるお話をきかせていただいたものでした。

岩国の講演会が終って、錦帯橋《きんたいきょう》畔のお宿に向われる途中の映画館で、ちょうど「風の中の子供」が上映されていて、大きな看板をみんなで見上げ、先生はたのしそうに声をあげてお笑いになりました。

それからしばらくのち、はじめて書いた長編の原稿をもって目白《めじろ》のお宅におうかがいしました。まだ新幹線もない頃でした。

〝びわの実文庫〟の二階の先生のご書斎に、かしこまって坐っている私に、奥さまがやさしくお茶のご接待をしてくださり、先生は私の通ってきた瀬戸内《せとうち》や岡山《おかやま》の話をしてくださって、緊張をほぐしてくださいました。

「児島《こじま》半島がね、おじぎをしているんですよ」

岡山ののどかな風景をいとおしんでいらっしゃるようでした。

持参した原稿は、やがて実業之日本社から『もえるイロイロ島――くまのチロ吉ものがたり』として出版していただくことになりました。私のはじめての本であり、その後のシリーズの最初のものとなりました。

二百枚余りのつたない生原稿をようこそと、胸をあつくし、深く感謝をしたことでした。

そうしたころのある時、ご書斎でのお話で、実業之日本社の編集長でいらした篠遠喜健《しのとおよしたけ》さんが、ひげをのばしはじめられたということがありました。

いつまでもつでしょうという話になり、先生と賭けをすることになりました。

先生は年末までもたない方、私は年を越す方の意見でした。

しずかに様子をうかがっていますと、お正月すぎ、先生からお葉書がありました。

「お正月の十日だったか篠遠《しのとお》さんに会いました。篠遠さんのヒゲは顕然として存在しておりました。明らかに私の敗北です。……」

「いかに先生でも、勝負の世界はきびしうございます」

私は申しあげ、お約束にしたがって、先生に色紙をかいていただき、斎藤博之《さいとうひろゆき》さんの描かれた絵を頂戴いたしました。

私が負けたら、「びわの実学校」によい作品を一編書くというものでした。それは私にはたいへんなことで、篠遠さんのひげの行方を息をこらして見守っていたものでした。

すこし前になりますが、岡山《おかやま》県の笠岡《かさおか》市にカブトガニをたずねました。

かつて美しい笠岡湾には古くから生き続けてきたカブトガニがたくさん棲んでいましたが、埋めたてられたり環境の変化で少くなってしまいました。

細々と生きているカブトガニをみ、岡山へ引返し鉄道で瀬戸《せと》大橋を通って、四国へ渡りました。

「先生、おじぎをしているとおっしゃってた児島《こじま》半島をとおって、四国へわたっています。海の上に橋もかかりました。」

私は先生とお話をしていました。

このときの取材の旅は、「空《そら》ゆく舟《ふね》」という作品になりました。それは他の作品と一しょに小峰書店から一冊の本として、出版していただきました。

そして「空ゆく舟」は、『赤い鳥文学賞』と『日本児童文学者協会賞』を受賞しました。

「作品としては成功していないが、心をこめているのをいいと思う」

先生はそうおっしゃってくださるかもしれないと思います。

先生からいただいた色紙は、今、信州の山の村から子どものための催しでもらった、自然木の色紙立ての中で私を励《はげ》ましてくださっています。

私のたいせつな宝物です。

二〇〇四年十一月十六日

解説

譲治文学の魅力・活力・魔力

早稲田大学名誉教授　紅野《こうの》敏郎《としろう》

坪田譲治の第一創作集は、春陽堂《しゅんようどう》の「文壇新人叢書《ぶんだんしんじんそうしょ》」の一冊として刊行された『正太《しょうた》の馬』である。この「文壇新人叢書」は、それより先に刊行され、四十数冊に及んでもいた新潮社《しんちょうしゃ》の「新進作家叢書」（武者《むしゃの》小路《こうじ》実篤《さねあつ》よりはじまり稲垣足穂《いながきたるほ》に至る）の成功に刺激され、明治以来の文芸書の大手出版社としての春陽堂の意地ともいうべきかたちで刊行にふみきったシリーズである。坪田のほかに、蔵原伸二郎《くらはらしんじろう》・久野豊彦《くのとよひこ》らや葉山嘉樹《はやまよしき》・小島勗《こじまつとむ》・林房雄《はやしふさお》・黒島伝治《くろしまでんじ》・村山知義《むらやまともよし》・山田清三郎《やまだせいざぶろう》・里村欣三《さとむらきんぞう》らも加わって全十冊。プロレタリア文学のほうにかなり偏《かたよ》ってはいるが、これが大正末期から昭和初期にかけての文壇の動向でもあった。

坪田譲治はそもそもは小説家たるべくスタートを切り、児童文学者の側に組み入れられてはいるが、小説家としての坪田譲治と児童文学者としての坪田譲治は、その最後に至るまで両者を含み込んだ、表裏一体の稀有な作家として屹立している。

　譲治が影響を受けた鈴木三重吉《すずきみえきち》や小川未明《おがわみめい》は、その文学活動の初期から中期にかけて、小説家としての王道を歩んでいたが、三重吉の場合は、「赤《あか》い鳥《とり》」以降、未明の場合は、アナーキズムの側面を持ちつつも、関東大震災《かんとうだいしんさい》以降、児童文学の側に完全に身を投じていった。しかし坪田譲治は、九十二歳で生を閉じるまで、小説家と児童文学者の両者をおのずと統合。その作品のなかには、ふたつの要素が矛盾しあうことなく融合しあっていた。

　坪田譲治の関与した大正期の諸雑誌を眺めてみると、「六合《りくごう》雑誌」「科学と文明」「地上の子」「黒煙《こくえん》」というような大正文学の中軸《ちゅうじく》というよりはいささかずれた総合雑誌や同人雑誌が拾いあげられる。彼は早稲《わせ》田《だ》の文科に進んだが、岡山《おかやま》の実家、親族内部の不協和音に悩まされ、中退と復学を三度もくりかえすという他の人にはほとんど見られぬような曲折を経たが、しかも文学への志の初心ともいうべき手綱《たづな》を決して手離さなかった。彼のよく書く色紙のいくつかの名文句のなかに、「吾《われ》は窮鼠《きゅうそ》　文学の猫《ねこ》を噛《か》まむ」があるが、それは他の「童心浄土」「心の遠きところ　花静ふる田園あり」の名文句以上に、坪田譲治のしたたかな文学魂のありどころを示すものと私は思っている。坪田譲治は学んだ早稲田において、幾人もののち文学者、編集者となっていった人と会ってはいるが、三度の中退、復学であったせいもあってか、広津《ひろつ》和郎《かずお》と宇野《うの》浩二《こうじ》のような生涯通しての親友、知己《ちき》を持つことが出来なかった。つまり早稲田においては、「外様《とざま》」

であった。友愛学舎《ゆうあいがくしゃ》において、キリスト教の周辺をうろつき、それが「六合雑誌」への寄稿《きこう》の縁《えん》となっていったが、故郷とのゆきき、親族をめぐっての、もの憂く、閉塞的になりがちな愚かしい日常に耐えつつ、文学への信念のみは切断することなく、「科学と文明」「地上の子」「黒煙」などに、おのれの内的風景を、一刷《は》けに描く修練を重ねていったのである。それが春陽堂の文芸雑誌「新小説」や改造社《かいぞうしゃ》の総合雑誌「改造」への寄稿へと進展、ついに『正太《しょうた》の馬』に結実する。広津《ひろつ》や宇野《うの》の作品は、新潮社の「新進作家叢書《そうしょ》」のなかにいちはやく採れられ（広津は『神経病時代』、宇野は『高い山から』）、細田《ほそだ》民樹《たみき》や細田《ほそだ》源吉《げんきち》の作品（民樹は『妹の恋』、源吉は『死を恃《たの》む女』）とて同様であった。広津や宇野ならまだ耐えられたであろうが、「両《りょう》細田」（民樹と源吉はそう一般に呼ばれていた）にもおくれをとって、どうにか『正太の馬』が「文壇新人叢書」の一冊となったのだから、坪田譲治の本音の次元では、口惜しい思いがつもりにつもっていたろうと推察される。しかしそのオクテとしての登場が、やがて実を結び、版画《はんが》荘《そう》文庫の一冊『お化けの世界』であり（昭和十年代を代表する作家の短編を主とした小冊子形式のシリーズ。『お化けの世界』の次に太宰《だざい》治《おさむ》の『二十世紀旗手』、ついで丹羽《にわ》文雄《ふみお》や伊藤整《いとうせい》や高見《たかみ》順《じゅん》や石坂洋次《いしざかようじ》郎《ろう》などがつづく）、それにつづいての長編『風の中の子供』『子供の四季』へと成熟。一時期はなやかであった「両細田」は徐々に作家としての地位を喪失。この対比のなかに、坪田譲治の文学の魅力は、「流行」のはなやぎではなく、質朴にして堅実な「不易《ふえき》」の道を歩んだ点にあった。オクテが逆のかたちで花開いたのである。

「正太樹《しょうたき》をめぐる」のなかに、

　子供は正太、正太の家は直ぐ彼方にあった。クルリと樹を一廻りすると、彼方に見えるのが正太の家だ。白壁の土蔵、茅葺の大きな屋根、築地の塀に、屋根のある門。クルリと廻ると、正太の家。正太はそれが面白い。隠れたと思うと、また出て来る家。自分の家、母の家、弟の家、お爺さんの家。クルリ、クルリ、隠れたと思うとまた出て来る家、正太の家、正太の家。何度廻っても面白い。次から次へ、何度でも出て来る家、正太の家。

　弾むようなリズムで、樹をひとまわりすることによって幾度も見え隠れする「正太の家」の不思議さ。少年を主人公にしながらも、それに大人が静かにからんでくる。少年の心理の綾《あや》と大人の心理の綾の交錯。正太ものにまつわりついている活力と不安。しかも詩情を底辺に漂よわせながら、力強い筆致《ひっち》で譲治は書く。「コマ」のような子供であった正太はあっという間に亡くなり、弟の善太《ぜんた》が正太のかたみともいうべき「コマ」をまた持って遊ぶ。正太の不幸は消えてしまい、活気とユーモアを持った善太として再び作品のなかでよみがえってくる。

「お化けの世界」では、六年生の善太と三年生の三平《さんぺい》が登場する。のびやかに遊び、キャッチボールのような会話を交わし、時として喧嘩もするこの二人の兄弟の生活の背後には、大人の俗悪なまがごとがのたうちまわっている。どうなっていくか不透明な日常だが、決して暗鬱一点張りではない。「この町は恐ろしい。会社も恐い。家も恐い」。父は不安のなかで死を考えたりもしている。背後に納得のいかないおびえを抱きつつも、子供は子供の世界を自在に動きまわる。そういう活力とそれに伴なってあわせにじみ出てくる魔力。坪田譲治は子供と大人の白昼夢のような文学世界をゆっくりと紡ぎ出す。「お化けの世界」から「風の中の子供」への展開のなかで、子供の活力はさらに弾んでいく。大人が読んでも子供が読んでも、活力と魔力の融合した、不可思議な作品として昇華する。小説としてのスケールの大きな物語性には欠けるかも知れないが、土俗性とか民話の要素をも内に含んだ、ワンカット、ワンシーンの圧縮の美は、いたるところでかいまみることが出来る。

早熟な秀才、大正文学の花形選手のような芥川龍之介《あくたがわりゅうのすけ》の文学世界とは異なったかたちの、オクテの文学者坪田譲治の、曲折した人生コースより生れた独得の長距離選手としての実力。それをこそじりじりとさらに評価していくべき時代にいまさしかかっている。

坪田譲治略年譜

年	年齢	
一八九〇 明治二三	0	三月三日（戸籍上は六月三日）岡山県御野郡石井村島田一二五番地（現・岡山市島田本町三丁目）に父平太郎、母幸の次男として生まれる。
一八九六 明治二九	6	四月、石井尋常小学校に入学。修身の時間に答がよいと白墨をもらう。
一八九八 明治三一	8	一二月、父平太郎没。享年四一。平太郎はランプやロウソクの芯を作る島田製織所を経営していた。
一九〇〇 明治三三	10	四月、御野高等小学校入学。新聞小説「赤穂義士銘々伝」をふりがなを頼りに読む。
一九〇一 明治三四	11	石井尋常小学校に高等科がおかれたので同校二年に進級。
一九〇二 明治三五	12	石井尋常小学校高等科二年修了。四月岡山中学校の受験に失敗、養忠学校に入学。
一九〇三 明治三六	13	養忠学校が金川中学校（現・金川高等学校）となったので、同校二年に進級。
一九〇七 明治四〇	17	三月、金川中学校を卒業。第六高等学校の受験に失敗、上京して神田の正則英語学校予備校に通学。一〇月、米国留学中だった兄醇一帰国、家庭内にキリスト教の雰囲気を持ちこむ。
一九〇八 明治四一	18	早稲田大学予科文学科に入学。国木田独歩の作品の影響から北海道開発の夢を持つ。五月ころ、生涯の師となる小川未明を訪ねる。
一九〇九 明治四二	19	四月、思想上の悩みから学校を退学して帰郷、兄が経営する牧場で働く。九月、無断上京して再入学。
一九一〇 明治四三	20	九月、早稲田大学文学部英文科に進学する。一二月、一年志願兵として岡山第十七師団系輜重兵第十七大隊に入隊。翌年一一月除隊。徴兵検査延期願いを出し忘れたための入隊であった。

一九一二	明治四五 大正元	22	一月上京、早稲田大学に再入学。三田四国町の統一教会で洗礼を受ける。九月、肺炎カタルで神奈川県茅ヶ崎の南湖院に入院。
一九一三	大正二	23	八月、早大二年に復学。研究論文「コサック」執筆。
一九一五	大正四	25	六月、卒業論文「小泉八雲論」を書いて早大を得業。しかし就職先がなく岡山に帰る。
一九一六	大正五	26	二月、前田ナミコと結婚。雑誌の編集や翻訳で生計を立てる。
一九一七	大正六	27	一月、長男正男誕生。三月、トルストイの短編『コルネー・ヴシリエフ他一編』を訳して洛陽堂より刊行。一〇月、早稲田大学図書館に勤務。
一九一八	大正七	28	三月、早稲田大学図書館退職。小川未明を中心とした青鳥会にしばしば出席し、尾崎士郎らを識る。
一九一九	大正八	29	三月、同郷の藤井眞澄と「黒煙」を創刊。四月、母や兄の要請で岡山に帰り、家業の島田製織所に勤務。
一九二〇	大正九	30	四月、島田製織所大阪支店勤務となる。八月、次男善男誕生。
一九二三	大正一二	33	四月、合名会社島田製織所が株式会社となったのを機に、文学に専念するため上京。六月、三男理基男誕生。
一九二五	大正一四	35	七月、雑誌「新小説」に「正太の馬」が掲載される。九月、山本有三を訪問。
一九二六	大正一五 昭和元	36	一月、初めての童話「正太の汽車」を「子供之友」に発表。一二月、文壇新人叢書の一冊として、短編集『正太の馬』（春陽堂）刊行される。
一九二七	昭和二	37	六月、編集者難波卓爾の薦めで画家深沢省三の紹介により鈴木三重吉主宰の雑誌「赤い鳥」に「河童の話」発表。以後、鈴木三重吉に師事する。
一九二八	昭和三	38	七月から翌年一月まで山陽新聞に最初の長編小説「激流を渡る」連載。
一九二九	昭和四	39	六月、生活難から妻子を東京に残し、岡山に帰って島田製織所に勤務する。

一九三〇 昭和五　40　四月、兄醇一自死。享年五〇。相次いで母幸没。享年七一。九月、都新聞に「女は救はれない」、ついで山陽新聞に「美しき仮面」連載。一〇月『激流を渡る』（アトラス社）刊。

一九三一 昭和六　41　島田製織所専務取締役に就任。約二年間休刊していた雑誌「赤い鳥」が復刊され、四月、「黒猫の家」を掲載。

一九三三 昭和八　43　七月、島田製織所専務取締役を突然解任され即日上京。

一九三四 昭和九　44　六月、雑誌「文學界」に「善太の四季」一一月、雑誌「赤い鳥」に「お馬」を発表。

一九三五 昭和一〇　45　雑誌「赤い鳥」に毎月童話を発表。三月、山本有三の紹介で雑誌「改造」に「お化けの世界」発表、好評を博する。四月、短編集『お化けの世界』（竹村書房）、七月、第一童話集『魔法』（健文社）、一一月、童話集『狐狩り』（健文社）それぞれ刊。

一九三六 昭和一一　46　四月、劇団東童が「お化けの世界」上演。五月、『お化けの世界』により日本大学芸術科賞受賞。六月、師鈴木三重吉没。九月より一一月まで東京朝日新聞夕刊に「風の中の子供」連載、三月、竹村書房より刊。

一九三八 昭和一三　48　一月より六月まで都新聞に「子供の四季」連載。この作により六月、北村透谷賞受賞。八月、新潮社より刊。九月、最初の評論集『児童文学論』（日月書院）刊。

一九三九 昭和一四　49　四月、『子供の四季』により新潮社文芸賞受賞。五月、中国を旅行、上海、杭州、蘇州、南京、北京、張家口、包頭などをめぐり七月帰国。

一九四〇 昭和一五　50　一月、童話集『善太と三平』（童話春秋社）刊。四月、佐藤春夫、榊山潤らと神戸、岡山、広島を講演旅行。

一九四二 昭和一七　52　一月、評論家浅見淵と満州旅行。三月帰国。四月、長編小説『虎彦龍彦』（新潮社）刊。

一九四三 昭和一八　53　七月、初の昔話集『鶴の恩がへし』（新潮社）刊。同月、海軍報道班員として徴用され、インドネシアのスラバヤにいく。

一九四四 昭和一九　54　三月、スラバヤを出発、ボルネオ、セレベス、フィリピン、上海経由で帰国。

一九四五 昭和二〇　55　四月、空襲を避けて野尻湖に疎開。六月、岡山の島田製織所全焼。八月、終戦、年内に三人の子息ぶじ帰宅。

一九四七 昭和二二　57　一月、雑誌「童話教室」を主宰。八月長編童話『山の湖』（桐書房）、一〇月、長編小説『家に子供あり』（日東出版社）刊。

一九四八 昭和二三　58　一月、短編小説集『一人の子供』（小峰書店）、六月、童話集『ひるの夢よるの夢』（桜井書店）刊。

一九四九 昭和二四　59　元旦より禁煙。二月、長編小説『春の夢秋の夢』（新潮社）、五月、童話集『がまのげいとう』（海住書店）、七月、童話集『ねこのままごと』（アテネ出版社）、九月、長編童話『四羽の小鳥』（新潮社）それぞれ刊。

一九五〇 昭和二五　60　三月、童話集『谷間の池』（小峰書店）、一一月随筆『故里のともしび』（泰光堂）それぞれ刊。

一九五四 昭和二九　64　五月より『坪田譲治全集』全八巻（新潮社）の刊行開始。一二月完結。

一九五五 昭和三〇　65　三月、『坪田譲治全集』により日本芸術院賞を受賞。

一九五六 昭和三一　66　一二月、日本児童文学者協会会長に就任。任期一年。

一九五七 昭和三二　67　五月、短編小説集『せみと蓮の花』（筑摩書房）、八月、昔話集『新百選日本むかしばなし』（新潮社）刊。一二月、長野県信濃町野尻湖畔に「心の遠きところ花静なる田園あり」の詩碑が建立される。

一九六一 昭和三六　71　三月、短編小説集『昨日の恥今日の恥』（新潮社）刊。五月、師小川未明没。葬

儀委員長をつとめる。六月、『坪田譲治童話教室』全三巻（小峰書店）刊。七月、豊島区雑司が谷の自宅に「びわのみ文庫」を開設、公開。

一九六三（昭和三八） 73 十月、隔月刊の雑誌「びわの実学校」創刊、主宰する。

一九六四（昭和三九） 74 一月、芸術院会員に推挙される。一一月より『坪田譲治幼年童話文学全集』全八巻（集英社）の刊行開始。翌年五月完結。

一九六八（昭和四三） 78 六月、『坪田譲治童話全集』全一二巻（岩崎書店）刊行開始。翌年六月完結。

一九六九（昭和四四） 79 四月、『びわの実学校名作選』全二巻（東都書房）編纂。同書により一一月、毎日出版文化賞受賞。一〇月、童話集『かっぱとドンコツ』（講談社）刊。同書により翌年五月、サンケイ児童出版文化賞を受賞。

一九七一（昭和四六） 81 九月、妻ナミコ没。享年八二。一一月『坪田譲治自選童話集』（実業之日本社）刊。

一九七三（昭和四八） 83 七月、童話集『ねずみのいびき』（講談社）刊。同書により翌年一一月、野間児童文芸賞受賞。

一九七四（昭和四九） 84 児童文学への長年の業績と「びわの実学校」一〇年の実績により朝日賞（文化賞）を受賞。

一九七七（昭和五二） 87 六月、『坪田譲治全集』全一二巻（新潮社）刊行開始。翌年五月完結。

一九八〇（昭和五五） 90 六月、文京区の椿山荘で九〇歳と「びわの実学校」百号を祝う会開催。同月随筆集『心遠きところ』（講談社）刊。また同月、「びわの実学校」巌谷小波文芸賞受賞。

一九八二（昭和五七） 92 七月七日、永眠。同月一六日、青山斎場で「びわの実学校葬」。

一九八五（昭和六〇） 岡山市主催「坪田譲治文学賞」発足。第一回受賞作太田治子『心映えの記』。

（千葉幹夫編）

編集・坪田理基男／松谷みよ子／砂田　弘

画家・松永禎郎（まつなが　よしろう）
1930年東京に生まれる。東京芸術大学卒業後、ニッポン放送、フジテレビの広報活動を経て現在の仕事に入る。作品に『しろふくろうのまんと』（サンケイ児童出版文化賞）『すみれ島』『油屋のジョン』『風暦』等がある。第10回サンリオ美術賞受賞。

装幀・稲川弘明
協力・赤い鳥の会

●本書は『坪田譲治全集（全12巻）』（新潮社）を定本として、現代の子どもたちに読みやすいよう新字、新仮名遣いにいたしました。
●現在、使用を控えている表記もありますが、作品のできた時代背景を考え、原文どおりとしました。

風の中の子供　　坪田譲治名作選　NDC913　342p　22cm

2005年2月20日　第1刷発行
作　家　坪田譲治　　　画　家　松永禎郎
発行者　小峰紀雄
発行所　株式会社小峰書店　〒162-0066 東京都新宿区市谷台町4-15
☎03-3357-3521　FAX 03-3357-1027
http://www.komineshoten.co.jp/
組版／株式会社タイプアンドたいぽ　装幀印刷／株式会社三秀舎
本文印刷／株式会社厚徳社　製本／小高製本工業株式会社

　ISBN4-338-20404-4